講談社文庫

ミステリー・アリーナ

深水黎一郎

講談社

目次

ミステリー・アリーナ

Si l'hypothèse est séduisante ou la théorie est belle,
j'en jouis sans penser au vrai.

—Paul Valéry; *L'homme et la coquille*

もし仮説が魅力的で理論が美しいならば、
真実かどうかは度外視して私はそれを楽しむ。

——ポール・ヴァレリー『人と貝殻』

1

鞠子《まりこ》の別荘のエントランスに到着したとき、俺はびしょ濡れになっていた。車に傘を積んでいなかったので、ボストンバッグを抱えて駐車場から玄関までのわずかな距離を走っただけで、頭のてっぺんから足のくるぶし近くまで、全身がびしょ濡れになってしまったのだ。エントランスに車を横付けにして屋敷内に駆け込み、車はあとで雨が小降りになった時に駐車場に移動させるという手もなくはなかったのだが、それだと後続車が来た時に道を塞《ふさ》いで迷惑をかけてしまう。普段は後部トランクにビニール傘を二本積んであるのだが、この前の雨の日曜日、同乗した友人たちに貸したままなのを迂闊《うかつ》にも忘れていた。

鞠子の別荘は一階のフロアーが、実質中二階と言えるくらいの高さになっている。地下室に明り取りの窓をつけるためにこういう構造になったらしい。従ってエントランスに入るのに、コンクリートむき出しの外階段を数段上る必要がある。その明り取り窓には、今は厚手のカーテンが引かれている。

それにしてもいくら駐車場に屋根が付いていようとも、そこから玄関まで屋根がなかったら一緒ではないか。これは設計上の不備ではないのか、いやそうかこのカーポートの屋根は、人ではなくそこに駐まる高級車を風雪から護るためのものなのか、やっぱり金持ちは考えることが違うな、などと心の中で独り言を呟《つぶや》きながら、その外階段を駆け上がってエントランスに入ると、そこにはヒデが、大きなバスタオルを片手に持って立っていた。

「よう」

俺は前髪から水滴をぼたぼた垂らしながら、ヒデに向かって右手を挙げた。

「いやあ、ずぶ濡れだね」

笑顔でそう言いながら、バスタオルを差し出してくる。さすがは〈気配りのヒデ〉、これは有難い。

「ああ、ひどいもんだ」

「さ、風邪引かないように早く」

どうやら俺の姿を窓越しに見て、出迎えに来てくれたものらしい。俺は渡されたタオルで、さっそく顔と頭髪を拭《ふ》きはじめた。

「とりあえず、無事で良かった。ひょっとしたら、来るのは無理なのかと思ったよ」

「ああ。何度も途中で立ち往生するんじゃないかと思って焦ったよ」

抱えていた小型のボストンバッグを、玄関の三和土《たたき》に下ろしながら俺は答える。

「すごい雨だもんなあ」

「細い道はもう川みたいになっているんだもん、こんなの初めてだよ」

俺はタオルを小脇に抱えたまま、上体を屈めてボストンバッグのファスナーを開けた。幸いなことにバッグの生地《きじ》は撥水性《はっすいせい》なので、中はほとんど濡れていない。

「ちょっと待ってくれ。着替えてしまいたい」

「え、今ここで？」

「だってこのまま上がって廊下をびしょびしょにしてしまったら、鞠子に悪いだろ」

「ああ……」

俺は立ったまま、ずぶ濡れのカッターシャツをまず脱ぐと、上半身を隈《くま》なく拭き、バッグから出した新しいシャツに着替えた。続いて革靴を片方ずつ脱いで、靴下を穿《は》き替えた。その場で片足で立ったまま履き替えるのは、ちょっとしたバランス感覚が必要だった。最後にバッグから洗濯物用のビニール袋を出して、脱いだシャツと靴下をその中に仕舞《しま》った。

正直なことを言うと一番替えたかったのは、さっきからずっと下半身に冷たく貼り付いているボトムだったわけだが、残念ながらそれはできない相談だった。その理由は単純で、トップスの替えは持って来たが、ボトムの替えは持って来ていなかったからだ。従って着替えるとなると、いきなり寝巻き代わりの灰色のジャージになってしまう。そんな恰好でみんなの前に出るのは絶対に嫌だ。いま穿いているこのビンテージ・デニムが乾くまで、このまま気持ちの悪い状態で過ごさなければならないかと思うとうんざりだが、これぱっかりは替えを持って来なかった自分が悪いのだから仕方がない。それからバスタオルを裏返し、まだあまり濡れていない部分で、ボストンバッグの表面の水滴を拭《ぬぐ》う。

「あとは丸茂《まるも》だけだ。他のメンバーはもうみんな来てるぞ」

俺が着替え終わったのを見届けると、ヒデは先に立ってゆっくりと歩き出した。

「あとは丸茂だけ？」

片手にバッグ、もう片手にバスタオルを抱えて、ヒデの後に続いてエントランスから延びる廊下を歩きながら俺は、少し意外な気持ちで訊き返した。この悪天候では、さすがに今年は一人か二人、欠席者が出るものだと思っていたからだ。

「こんな天気なのに、丸茂以外はもうみんな揃っているのか？」

「毎年のことだけど、すごい団結力だね」

ヒデはそう言ってくすりと笑った。

「それでみんなはこの天候の中、問題なく来られたわけ？」

「まず沙耶加《さやか》だけど、昨日の夜からいるらしい」

「えっ？　昨日の夜から？」

俺は思わず訊き返した。全く知らなかった——。

「何でも鞠子に折り入って相談があったとかで、みんなより一日早く来たらしい」

「ふうーん」

俺は平静を装いつつ、わざと気のなさそうな返事をしたが、勘の鋭いヒデには、揺れる内心を見抜かれたかも知れない。もちろん何時《いつ》からいようと沙耶加の勝手なわけだが、一体何の相談だろう？　そもそも沙耶加と鞠子は、〈折り入った相談〉をするほど親しい間柄だっただろうか？

「あと文太《ぶんた》は愛車を飛ばして午前中のまだ本降りになる前に着いたから、ほとんど雨には濡れなかったそうだ」

「ああ、あいつはまあ、いついかなる状況でも来れるよなぁ」

バイク狂の文太は、この年次会にも毎年一人で単車で来ては、一人で帰って行くのが常だ。ポリシーがあるらしく、後ろのパッセンジャーシートに誰かを乗せているところを見たことは一度もない。そもそもヘルメット自体、自分用の一つしか持っていないものと思われる。

「他のみんなは？」

「残りはみんな電車だよ。当たり前じゃないか」

「駅からはどうしたわけ？」

俺は尋ねた。俺たちのメンバーの中には、車を持っている人間が何故か少なく、去年までは俺と丸茂が、それぞれ何人かずつ分乗させて来るのが習慣になっていた。だが今年は俺も丸茂もぎりぎりまで仕事があって不参加の可能性があったので（丸茂の〈用事〉とやらは本当に仕事なのか怪しいものだと俺は思っているが）、みんなには自力で行ってもらうことになったのだ。

結局仕事の方は何とか片付き、少なくとも俺はこうして、まだ西の空に陽のあるうちに——もちろんこれは比喩《ひゆ》的な表現で、土砂降りのいま、太陽など当然見えていない——到着することができたわけだが——。

「駅からは当然タクシーさ。誰も車も免許も持っていないんだからしょうがない」

「タクシー代が高かったんじゃないか？」

この屋敷は、最寄りのＪＲの駅からも結構な距離がある。

「まあな。五千円を超えたかな」

「そんなに？」

俺は愕《おどろ》いた。「それは申し訳なかったな」

「何を言っているんだ。こちらこそ普段お前や丸茂に、どれだけお世話になっていたかを痛感したよ。それに五千円と言ってもワリカンだからね、一人当たりは千円ちょっとだったさ」

ヒデは苦笑《くしょう》しながら付け加えた。

「それよりタクシーの運ちゃんが、帰りの道のことをやたらと気にするんで、途中で降ろされたら困るなあと思って、乗っている間じゅう、ずっとハラハラしていたよ」

「え、それ、乗った後の話？」

「そうだよ」

「タクシーが一度乗せた客を途中で降ろすなんてこと、有り得ないだろう？」

「今はね。だけどバブルの頃は、そういうことが実際にあったんだよ。そろそろ営業所へ戻る時間だから、ここから先は別のタクシー拾って下さいとかね。なにしろみな六本木の路上で、一万円札を振ってタクシーを停めていた時代だからね。あの頃はタクシーの方が、客を〈乗せてあげる〉という感覚だった」

「何だそりゃ」

俺は呆《あき》れ返りながら答えた。信じられないような話だが、羨《うらや》ましいかと訊かれたら、全くそうは思わない。むしろ自分はそんな時代に青春を過ごさなくて良かったとつくづく思う。若い頃にそんな時代を体験したら、金銭感覚がおかしくなってしまうこと必定《ひつじょう》だ――。

「まあ降ろされなくて良かったよ。だけどあの運ちゃんが無事に帰れたかどうか、ちょっと心配だなあ」

「とりあえず来る途中で、対向車線で事故ったり立ち往生したりしている車は見かけなかったよ」

「それは良かった」

ヒデが吻《ほ》っとしたような口ぶりで言った。誰が名付けたのか、〈気配りの〉というのが俺たちの間での添え名になっているヒデだが、時に気配りや気遣いの度が過ぎて、お人好しに近いところもあるから、きっと本当にその運転手の安否を気にかけていたのだろう。

「あ、これサンキュー」

リネン室の前を通りかかったので、俺は持っていたバスタオルをヒデに差し出した。このメンバーで集まる時は、ヒデは一番年上ということになるわけだが、敬語を使われるのを嫌がるので、俺は可能な限りこうして〈タメ口〉を使うようにしている。ヒデはそれを摑《つか》むと、そのままリネン室内の大きな洗濯籠《かご》の中に投げ込んだ。

「ところで部屋割りは例年通り?」

「ああ、いつものようにお前の部屋は一階東側の一番奥になっているけど、それで良いんだよな?」

「ああ、もちろん」

希望通りだ。俺は頷《うなず》いた。

リネン室のすぐ隣がちょっとした待合室のような空間になっており、長椅子《ながいす》などが置かれているのだが、そこから階上へと重厚な中央階段が伸びている。深い琥珀《こはく》色を湛《たた》える手摺《てす》りには彫刻が施され、横幅は四メートル近くあって、組閣されたばかりの内閣が、マスコミ向けの記念写真でも撮りそうな立派な階段だ。

これは恐らく、かのジョサイア・コンドルが設計し、現在国の重要文化財にもなっている、台東区の旧岩崎《いわさき》邸の階段を模したものだろう。あそこもこれとほぼ同じ作りになっていて――もちろんこっちが真似したのだが――長年三菱財閥のトップとして君臨した岩崎家の代々当主は、面会を求める客人たちを階段脇の待合に待たせておいて、自分は階上から悠然《ゆうぜん》と登場したのだ。客人たちは、大事な商談や交渉事に入る前に、無意識のうちに心理的下位に立たされてしまうという仕組みだ。

「どうする？　このまま部屋に行く？　それともラウンジに一旦顔を出す？」

階段の前でヒデは立ち止まり、俺の顔を上目遣いに見つめた。

この屋敷は南向きの正面玄関に、左右の棟が東西に伸びる四階建てだが、一階には今通ってきたエントランスに食堂、厨房、食材庫、客間、浴室、リネン室などがあり、二階にはやはり客間の他に、正面向かって左翼すなわち西側の一番端に、みんなが集まれる広いラウンジがある。まっすぐ部屋に行くならばこのまま廊下を直進だが、ラウンジに顔を出すならば、目の前の重厚な中央階段を上ることになる。

というのも、この建物の一階部分と二階部分を結ぶのは、この中央階段一つだけだからだ。二階より上へは別のルートもあるのだが、それは後ほど話す。

「よし、先にラウンジに行こう」

俺は意を決すると、荷物を小脇に抱え、中央階段を一段飛ばしで上りはじめた。荷物と言ってもボストンバッグ一つだし、何よりも一刻も早く沙耶加の顔を見たかったからだ。

遅れがちなヒデを途中の踊り場でちょっと待ち、折り返して後半も一段飛ばしで駆け上がった。廊下で再びヒデを待ち、途中の白い円柱状のものを避けながら真っ直ぐに進んで、突き当たりにあるラウンジの観音開きのガラス扉を、ごろつきどもが屯《たむろ》する酒場に単身乗り込む西部劇のガンマンのように颯爽《さっそう》と押して中に入ると、そこにいたのは文太に沙耶加、そして恭子《きょうこ》の三人だった。てっきり鞠子やたまもいるものだと思っていた俺はちょっと拍子抜けがしたが、沙耶加と言葉を交わすには、人数が少ない方が都合がいいとすぐに考え直した。

「よお。無事に着いたか」

一人掛けのソファーに座って煙草をふかしていた文太が、俺を見て片手を上げた。胸にエンブレムのついた、毎度お馴染みの、上下つなぎの白いライダースーツを着ている。

「ああ。たった今、何とかな」

　俺も片手を上げてそれに応えると、それから壁際の長椅子に座っている沙耶加の方へと、ゆっくりと視線を巡らせた。沙耶加は煙草の煙が嫌いなので、文太から少し距離を取っているのだろう。

　だが沙耶加は何の反応も示さない。沙耶加のいる位置とその姿勢からして、俺の姿はその網膜上に間違いなく像を結んでいる筈《はず》なのだが、何か物思いに耽《ふけ》っているかのように、ぼんやりとフローリングの床に視線を落としている。

　俺は少し失望しながら、後ろにいるヒデの方を振り返って言った。

「そんな時代がこの国にあったということ自体、俺には信じられないよ」

　するとヒデは、きょとんという顔をした。

「え？　何の話？」

　おいおいヒデ、自分で言ったことだろ。もうさっきの話の内容を忘れてしまったのか？

「だからタクシーの方が、客を〈乗せてあげる〉という感覚だった時代の話だよ」

「ああ、そうか。うん、確かに今ではちょっと考えられないよな」

「それにしても、明日は晴れて欲しいよなあ」

ところが俺が独り言めかして続けると、そのヒデが一転して渋面《しぶつら》を作った。

「残念だけど、そいつはちょっと望み薄だと思うなあ。さっき天気予報で、この雨は最低でも二、三日は降り続くみたいなことを言っていたから」

「げっ、そうなのか?」

「おまけに次の台風も、すぐ近くまで来て待機しているらしい」

「何それ。ラッシュアワーの山手線かよ!」

「ははは」

ヒデがちょっと大袈裟《おおげさ》に上体を捩《よじ》らせる。さすがは気配りのヒデ、きっと俺と沙耶加の間の微妙な空気を素早く察して、場の雰囲気を少しでも盛り上げようとしてくれているのだろう。濡れたビンテージ・デニムが太腿《ふともも》に貼りついたままなのが気持ち悪いが、ヒデの気遣いのおかげで気分は少し上向きかけて来た。

「それにしても、何だか最近台風多すぎないか? 今年は台風の当たり年なのかなあ」

「そうかも知れないな」

「ワインとかの当たり年は有難いが、台風の当たり年ってのは、あんまり有難くないね」

「全くだね。はっはっは」

何のひねりもなく、普段の俺だったら口に出すのも潔《いさぎよ》しとしないような凡庸《ぼんよう》極まりない台詞《せりふ》だったが、ヒデは今回も快活な声で笑ってくれた。

もちろん俺だって天気予報や交通情報くらいは、来る途中に車の中で聞いていた。むしろこんな日に車を運転していて、のんびり音楽なんかを聞いている奴がいたら、そいつの顔を拝んでやりたいくらいだ。だからこの悪天候がしばらく続くことも知っていた。

だから俺の本当の目的は、そんなどうでもいい会話をしながら、壁際にいる沙耶加の様子を窺《うかが》うことだった。毒にも薬にもならないような話であっても、いやむしろ毒にも薬にもならないような話だからこそ、こうしてみんなに聞こえるような声で続けていれば、そのうち自然に沙耶加も会話に加わって来るのではないか――ひそかにそれを期待していた。

携帯が着信拒否されている現状、世間話でも何でも良いから、とにかく一言目を早く交わすことが大切だと思っていた。最初にそれに失敗すると、どんどんどん気詰まりになって行く。そしていざ二人きりで言葉を交わす機会ができた時も、どうしてずっとあんな態度を取っていたんだという気持ちが胸の奥に蟠《わだかま》ってしまう。どうせ俺のことなんかという卑屈か、相手への非難のどちらかに心の針が振れた状態になってしまい、素直に接することができなくなる――俺が恐れていたのはそれだった。

だが俺のその期待も空しく、沙耶加があらぬ方向に視線を落としたまま、一向に会話に加わって来ないので、俺は改めて失望した。ヒデの気遣いのおかげで上向き加減だった気分が、また少しずつ沈んで行くのが感じられた。

「うわあ、何だか風も強くなって来たなあ」

そのヒデが外を眺《なが》めながら無邪気な声を上げたので、つられて俺も窓の方を振り返った。高く張り巡らされた塀の向こうに、横なぐりの雨に激しく打たれている並木が、まるで身を捩るかのように左右に揺れているさまが、ガラス窓《まど》越しに眺められた。

だが俺はこの時ふと、今のヒデの言葉に小さな違和感を覚えていた。

ラウンジの窓は、高窓とまでは行かないが、危険防止のためか床から一メートル五〇センチくらいのところに下端がある。

そしてヒデは、窓から少し離れたところに立っている。

窓のすぐ近くにいる俺には、塀の向こうで並木が左右に激しく揺れているさまが、はっきりと見て取れるものの、場所と角度からして、ヒデには見えていないと思われるのだ。

それならばヒデは一体どうやって、風が強くなったことを知ったのだろう。俺だって今ヒデがいる位置に立ったら、黒い雨雲に覆われた空しか見えないことだろう。その俺よりも十五センチ以上背が低いヒデには、どう考えても並木が見えるわけがない。

するとヒデは一体どうやって……？

俺は少しの間考えて、とりあえず納得できる一つの結論に達した。そうだ、きっと雨粒だ。窓に当たった雨滴が風に煽《あお》られて、ガラスの上を高速で辷《すべ》って行くのを恐らく見たのだろう。

「ところで我らが鞠子は？」

視線を室内に戻しながら俺は訊いた。訊きながら無意識のうちに、シャツのポケットに挿《さ》してある万年筆のキャップの部分を、指の腹で触っていた。

「昼過ぎからずっと自分の部屋に籠《こ》もっているんだって。恐らく今夜の準備で忙しいんだろう」

ヒデがそう言って、さっき通ってきた廊下の方を顎《あご》をしゃくった。

「ふうーん」

俺はラウンジのガラス扉越しに、廊下の真ん中に鎮座ましますフ白い螺旋《らせん》階段をちらりと眺めた。

この屋敷が四階建てであることはすでに話したと思うが、実はその四階には、たった一つしか部屋はない。元々三階建てだったものに無理やり屋上階を増築したからだが、それが鞠子の私室で、建物の中央から向かってやや左側の屋根から、まるで人間の頭のようにぽこんと突き出している。鞠子は哥徳《ゴシック》の大聖堂のような尖塔《せんとう》にして欲しいと言ったのだが、建築基準法が立ちはだかって、こういう形になったらしい。そしてその四階に上るには、増築時に同時に取り付けられたこの螺旋階段を上ることが、たった一つの方法なのだ。さっき俺が上って来たあの重厚な中央階段は、まるで将来西側に螺旋階段ができるのを見越していたかのように、屋敷の中心線から東側に少しずれた位置（わざと左右対称にしないこの建築様式を、何とか様式と言うらしいが忘れた）——すなわち正面向かって右側——に作られているが、その階段は創建当時のものだから三階止まりなのだ。

その螺旋階段は、鞠子の部屋のある四階から三階、さらに天井を貫いてこの階まで下りているが、安全性を考えてか、それとも鞠子本人や女性のゲストたちが短いスカートで往来しても平気なようにか、吹き抜けではなく全体が壁に蔽《おお》われているので、初めて来た人が開口部が見えない位置から眺めたら、古代ギリシア神殿風のぶっとい円柱が、いきなり廊下のど真ん中に聳《そび》えているようにしか見えないことだろう。さっき俺が〈白い円柱状のもの〉と表現した所以《ゆえん》である。

さらに特筆すべきことは螺旋の内部が、手すりも踏み板も壁面も、すべて百合の花のような純白の雪花石膏《アラバスター》で統一されていることで、従って上りでも下りでも一旦その中に入ると、四方八方、白以外の色は一切目に入らなくなる。

これは小さい頃からお姫様願望が強く、成人してそれが治まるどころかますます昂《こう》じて来た鞠子が、とろろめしの全国チェーン店を展開している実業家のパパにねだって特注で作らせたものであることは、俺たちの間では知らない者はいない。正直俺はこの別荘を初めて訪れるまで、純白の螺旋階段なんてものは全て映画撮影用に作られたセットであり、現実世界で実用に供されるために存在しているものではないと思っていた。だからこの別荘に来て初めてそれを見た時は、文字通り魂《たまげ》消たものだ。屋根の一部を剝《は》がして屋上階を架したり、二階と三階の間の天井をぶち抜いて階段を通したりするのは、さぞかし費用も嵩《かさ》んだことと思われるが、鞠子の話ではフランスのどこかのお城にある、有名な芸術家の設計した螺旋階段を模しているらしい。こんな乙女チックな階段のモデルがあるなんて、さすがはフランスだ。俺は日本国内の建築物には多少関心を抱いているが、海外はフランスどころかハワイにすら行ったことがない純国内派なので、詳しいことはよく知らないが——。

「じゃあたまは？　たまはどこだい？」

俺は誰に向かってともなしに尋ねた。正直なことを言えば、たまのことなんか別にどうでも良かったのだが、そう訊けば今度こそ沙耶加が答えてくれるだろうと期待したからだ。沙耶加は常日頃からたまのことをとても可愛がっているし、それはたまの方にもちゃんと伝わっていて、いつも沙耶加の後ろをぴったりくっついて歩くのだから——。

だがその願いも空しく、あいかわらず沙耶加はあらぬ方角を向いたままで、返事をするどころか、俺に一瞥《いちべつ》すら投げかける気配がない。俺の心の中で、失望感がいやが上にも高まった。

「ああ、たまね。あれえ、そう言えばどこ行ったかしら？」

ソファーに深々と腰掛けていた恭子が、そう言って身を乗り出すと、フローリングの床の上に忙しく視線を走らせた。

「あれ、本当だ。どこ行ったんだろ。ついさっきまでそこらへんの床の上で、ゴロゴロ転がったり、身体《からだ》を伸ばしたりしていたんだけどねえ」

ヒデが言葉を継いだ。やはりこの場の雰囲気を何とか救おうと、精一杯気を回してくれているらしい。

俺はヒデの篤《あつ》い友情に感謝しながらも、あくまでも俺と目を合わそうとしない沙耶加の整った横顔を、凝《じ》っと見つめた。

何故無視するんだ？

ただの友達に戻ることすら許されないというのか？

そして俺は無意識のうちに、自分が左の拳を、爪が皮膚に食い込むほど強く握りしめていることに気が付いた。

なるほど、可愛さ余って憎さ百倍という言葉は、こういう時に使うのか――。

†

俺は一旦ラウンジを辞して、一階に下りることにした。さっきは一段飛ばしで息せき切って上った中央階段を、一人背中を丸めてとぼとぼと下りる。下《くだ》り切ると左に折れて廊下を進み、自分に宛てがわれた一階東側一番奥の客間に、ボストンバッグを運び込む。

見通しが甘かった。まさか沙耶加に、あんな冷たいあしらいを受けるとは予想していなかった。とりあえず世間話くらいは、普通にできるものと思っていた。荷物を置く間も惜しんで、急いでラウンジに顔を出したのがバカみたいである。

もっとも滞在はまだはじまったばかりであり、ここで苛々《いらいら》しても仕方がない。今日の夜か明日には、二人きりで話ができる機会がきっと訪れると信じて待つことにしよう――。

部屋の中は綺麗に整理整頓がされていた。俺は屋敷の一番東端の、朝陽が最初に射し込むこの部屋が気に入っていて、毎年ここにしてもらっているのだが、昨年の年次会が終わって去った時のまま、まるで丸一年間冷凍保存でもされていたかのように、備え付けの家具や小物類の配置まで全て同じである。別荘と言っても近ごろ鞠子は一年の半分近くをここで過ごしているらしいし、鞠子の家族はもちろん、父親は商談で使うこともあるらしいので、去年から一年間、誰も使っていないわけではないと思うのだが、掃除も行き届いていて、床にはチリ一つ落ちていない。

プライバシーを守るため、部屋のドアには内側から鍵がかかるようにスライド式の差し込み錠がついている。鍵穴式ではないので、外からは鍵はかけられない。二階のラウンジや一階の食堂などの共用スペースを除き、屋敷内の全ての部屋がこれと同じ仕様になっている筈である。ちなみにそれらの共用スペースには鍵はかからない。

ふと思い出して、ボストンバッグの中から、さっき脱いでビニール袋に仕舞ったシャツと靴下を出すと、ハンガーに掛け、洗面台の上に吊るした。一泊の予定だから、実は靴下の替えも一足しか持って来ていない。明日の朝にはどうあっても靴下を替えたいから、それまでに何とか乾いてもらいたいものだ。二日続けて同じ靴下を履くというのは、俺にはちょっと耐えられない。

それから俺は、掛布団が二つ折りになっている備え付けのベッドの上に、本来来るべき位置と、頭と足が逆になるような形で身を投げ出した。ベッドはいつも通りふかふかだった。豪雨の中、慎重な運転を長時間強《し》いられたおかげで、精神的にも肉体的にもかなり疲弊《ひへい》していた。

†

大きなくしゃみの音で目が覚めた。それが自分のくしゃみだと気が付くのに、ほんの少し時間がかかった。

どうやら俺は、不覚にも濡れたビンテージ・デニムを腿に貼り付けたまま、うたた寝をしてしまっていたらしい。しかも自分が思っているよりもずっと疲れていたらしく、ほんの少し微睡《まどろ》んだだけのつもりが、腕時計を見るとさっきから一時間近くも経過していた。

しまった。俺はちょっと焦りながらベッドの上で上体を起こした。ビンテージ・デニムは微睡む前よりも乾いていたが、それは下のシーツが、デニムの水分を吸収したからに他ならない。

部屋を出る前にしばし迷った。鞠子に言えば、うっかり湿らせてしまったシーツは替えて貰えるだろうが、ここまで綺麗に整理や掃除がなされた部屋を使わせてもらって、着いた匆々《そうそう》シーツを替えてくれと言い出すのは、さすがに図々しいようで気が咎《とが》める。鞠子はいま忙しいみたいだし、まあこの程度ならば今夜寝る時刻までには乾くだろうと考えて、とりあえず今は何も言わないことに決めた。

俺は壁に架けられた楕円形の鏡で、頭に寝癖がついていないかどうかを確かめてから部屋を出た。

廊下に出るのと同時に、もう一度大きなくしゃみが出た。

おっとやばい。風邪を引いたか？

2

　中央階段を今度は普通に一段ずつ上って二階のラウンジに戻ると、ヒデが俺を見て吻《ほ》っとしたような表情を泛《うか》べた。

「おいおい、どうしたんだよ。荷物を運ぶと言って部屋に行ったと思ったら、それっきり一時間近く戻って来ないから、何かあったんじゃないかと心配していたんだぞ。いま文太と、もう少ししたら様子を見に行こうかと相談していたところだ」

「悪い悪い。ちょっと部屋で気を失っていた」

「何それ、大丈夫なの？　救急車呼ぶ？」

　ヒデが心配そうな顔を向けて来る。俺は苦笑しながら顔の前で掌《てのひら》を左右に振った。そうだった。気配りが過ぎて心配性なところのあるヒデに対して、大袈裟な言い方は禁物だった——。

「いやいや大丈夫。睡眠不足で爆睡しちまったという意味だ」

「なあんだ、そういう意味か。びっくりさせるなよ」

「そんなつもりはなかったんだが……悪い悪い」

ラウンジ中央のテーブルの上にはコーヒーメーカーが置かれていて、サーバーの中には、いつものようにたっぷりのコーヒーが保温状態で用意されていた。主《あるじ》の鞠子が大のコーヒー党なので、この屋敷では朝から晩まで、鞠子がラウンジにいる時は鞠子本人が、いない時は他の誰かが勝手にマシンを操作して、常にこうしてすぐに飲める状態にしておくのが暗黙の了解になっている。まるでファミレスのドリンクバーだが、ファミレスの薄かろう不味《まず》かろうのコーヒーとは違い、深煎《ふかい》りの良い豆をたっぷり使っているので味も申し分なく、やはりコーヒーに目がない俺としては実に有難い。俺は眠気覚ましに一杯目をブラックでたちまち飲み干すと、今度は少しミルクを入れて味わおうと思いながら、二杯目をカップに注いだ。

その時窓の外で車のクラクションが鳴って、みんなが一斉に音の方を振り向いた。そのうち何人かが窓に駆け寄る。

俺もコーヒーカップを持ったまま、ゆっくりと窓へと近づいた。だが見なくても誰が来たのかは明らかだった。

予想に違《たが》わず、丸茂の愛車である黒塗りのボルボが、いまだ篠突《しのつ》く雨の中、並木の間を縫って敷地の中にゆっくりと入ってくるのが見えた。

屋敷の前の道は、密生する雑木林の中に切り拓かれた一本道の私道で、表の幹線道路からこの屋敷にのみ続いている。道幅は車が二台すれ違うのに難儀するほどだが、対向車など今はもちろんあるわけがない。つまりはここでクラクションを鳴らす必然性など全くない筈であり、ただただ目立ちたがりの丸茂が、ああやって自分が来たことをみんなにアピールしたいだけなのである。全くいい年齢《とし》をして——と言っても俺と丸茂は同じ年齢だが——まるで子供みたいな自己顕示欲の持ち主である。いつ会っても忙しいが口癖のやつだが、忙しいフリをするのが好きなだけで、本当に忙しいのかどうかは怪しいものだと俺は思っている。

†

そのまま窓から前庭を見下ろしていると、俺の車の隣にボルボをぴたりと停めた丸茂が、降り続く雨の中、玄関に向かって颯爽と歩いて来るのが見えた。一流企業のロゴが入った、大型でカラフルな傘をさしている。さすがに俺と違って準備の良いことだ。

例によって迎えに出て行ったヒデが、すぐに丸茂を連れてラウンジに戻って来た。俺みたいに玄関先で着替えたりする手間がないので早い。

ところがその丸茂は、ラウンジに入ってくるなり、いきなり物騒なことを口にした。

「いやー参った参った。もうちょっとで死ぬところだったよ」

「あいかわらず大袈裟な奴だなあ」

呆れた俺は、思い切り皮肉な口調で答えてやった。馬鹿野郎。そんなことを言って、心配性のヒデが死んでしまったらどうするんだ——。

「どうせスピードを出しすぎてカーブでガードレールにぶつかりそうになったとか、雨でスリップしてうっかり中央分離帯を越えそうになったとか、その程度のことだろう？」

本人はヒヤリとしたのかも知れないが、聞かされる方からしたら、正直退屈極まりない。俺はこの〈車に乗っていてもうちょっとで死ぬところだった自慢〉を、〈学生のテスト前の勉強してない自慢〉や〈サラリーマンの寝てない自慢〉、それに〈いい年した大人の若い頃はワルだった自慢〉などと並ぶ、世界の四大どうでもいい自慢とひそかに名付けている。

「馬鹿言え。人の話は最後まで聞けよ」

だが丸茂はそう言って親指を立てると、肩越しに自分の背後を指し示した。

「ここに来る途中の川に架かっている、木造の橋があるだろう？」

「白鬚橋《しらひげばし》か？」

以前渡ったときに、欄干《らんかん》に埋め込まれている長方形のプレートを目にして、面白い名前の橋だと思ったから記憶に残っている。確か浅草あたりにも同じ名前の橋があった筈だ。

「うん、そんなような名前だ。あの橋が、正に俺のボルボが渡っている最中に、上流からの濁流で冠水したんだよ」

「何だ、やっぱりその程度のことかよ」

俺はわざと少しずっこけるような仕草をしてみせた。少々橋が水びたしになったくらいが一体何だと言うのだ。

すると丸茂は俺の言葉を打ち消すかのように、顔の前で掌を左右に振った。

「人の話は最後まで聞けと言っただろう？　本当にヤバかったんだって。車もろとも危うく濁流に呑み込まれるところだったんだから。咄嗟《とっさ》の機転でアクセルを踏んで、橋を一気に渡り切って間一髪《かんいっぱつ》何とか難を逃れたけど、あそこで下手にブレーキを踏んでいたら、そして乗っていたのがボルボじゃなくて軽だったら、俺は今ここにいないかも知れん。というかひょっとすると、もうこの世にいないかも知れん」

女性たちが思わず息を呑む音が聞こえたが、俺はその言葉に一人カチンと来ていた。何故なら俺はいま正に軽自動車に乗っているからだ。数ヵ月前、前のセダンが車検を迎えたのを機に乗り換えたばかりで、丸茂はそのことを知らない筈だが、底意地が悪いくせに頭の回転だけは速い丸茂のことだから、カーポートで中の小物類から隣の軽が誰のものかを素早く見抜いて、咄嗟にこんな皮肉を思いついたことも充分に考えられる。うるさい、軽は自動車税も車検の代金も高速料金も、すべて安いんだぞと反論しようかと思ったが、分が悪そうなのでやめる。

「それでその橋は、今どうなっているわけ？」

ヒデがチキンハートぶりを存分に発揮し、蒼ざめた顔で尋ねた。

「もちろん今は完全通行止めだよ。全くもって、水の力ってのはもの凄いな。橋脚の一本が折れたらしくて、非常に危険な状態にあるらしい」

「それじゃあ本当に間一髪だったわけだな……」

「そうなんだよ」

「それで復旧の見込みは？」

二人のやり取りを聞いて、俺もそれ以上皮肉を言うことは差し控えて訊いた。丸茂のことだから多少の誇張はしているのだろうが、この悪天候だ、橋脚の一本が折れたこと、橋が通行止めになっていることなどは、紛れもない事実なのだろう。

「おいおい、橋脚が折れているんだぜ。事実上の崩壊だ。今夜はまず無理だろ。少なくとも明日以降にはなるだろうな」

丸茂は両手を拡げて俺を見る。

「明日じゅうには復旧してくれないと困るなあ。俺は一泊の予定で来たんだから……」

「俺だってそうだよ。だが少なくともこの雨が止むまでは無理だろうな」

「絶対に無理か？」

「無理だと思うぜ。嘘だと思うんなら、自分で行って確かめてみな。橋の袂《たもと》までは行ける筈だから」

弱った。この別荘は海に突き出た半島にある。そして内陸部に戻るには、その橋をどうしても渡らなくてはならないのである。

†

「それにしても、この悪天候にもかかわらず、今年もみんなよく揃ったものだな」

丸茂がみんなの顔を見渡しながら、感心したように言った。まあそれは俺も同感だ。

「実はあたしは、昨日から泊まっているの」

沙耶加が言った。

「へえ、昨日から？　何で？」

「それは内緒」

「何だか怪しいなあ」

丸茂は笑いながら文太の顔に視線を移した。

「関、お前は今年もバイクで来たのか？」

「ああ。だけど本降りになる前に着いたから、雨にはほとんど濡れなかったぜ」

「それはラッキーだったな」

「コーヒー飲むよね」

ヒデがサーバーからコーヒーを注いで丸茂に渡すと、丸茂はサンキューと言いながらソーサーごと受け取った。

「恭子は？　おかわりは？」

「ううん。あたしはいい」

「ちょっと恭子、そのスカート初めて見るけどいいんじゃない？」

「アキのスカートも素敵よ。よく似合ってる」

「そう？　サンキュー」

「どこで買ったの？」

「バーゲン」

屋敷が陸の孤島と化しているのにもかかわらず、女たちは暢気《のんき》なものだ。まあここで気を揉《も》んでも事態が好転するわけではないし、月曜以降の仕事のことを今からあれこれ考えても仕方がないし、それに毎年来ているからわかるのだが、この屋敷には、これだけの人数が優に一週間以上生活できるだけの水や食料の備蓄がある筈である。ここにしばらくカンヅメになったからと言って、とりあえず飢えや渇きに苦しめられることはないのだから、むしろ彼女たちのようにどっしり構えて、滞在を楽しむべきなのかも知れない。

「だから、どこのバーゲンだって訊いているのよ！」

「へっへっへ、それはタダでは教えられない！」

「あーひどい！」

二杯目のコーヒーを飲み干した俺は、そんな他愛もない話を続けている女性たちを抛《ほう》っておいて、一人で上の階へと向かうことにした。

鞠子に話があったからだ。特に急ぐ用事ではなく、滞在中にすれば良い話だったが、できれば他人には聞かれたくない話だった。それならば、みんなが世間話に興じている今が絶好の機会だろうと考えた。

俺は観音開きのガラス戸を押して廊下に出た。手を放すと、ドアは蝶番《ちょうつがい》に埋められたバネの力で、ひとりでに元に戻る。

俺は螺旋階段をゆっくりと上りはじめた。毎度のことながらこの螺旋の中に足を踏み入れる時は、自分が小人になって、巻き貝の貝殻の中を進んで行くかのような錯覚に囚われる。また壁に埋め込まれた間接照明をはじめ、前後左右見えるものがすべて白一色なので、かまくらの中に入って行くような気分にもなる。俺が小さい頃を過ごした雪国では、冬になるとよくかまくらを作り、その中におばあちゃんの火鉢を持ち込んで、友達と何時間も遊んだものだ。見た目とは裏腹に、かまくらの中は不思議なほど温かく、それなのに不思議なほど雪は融《と》けないのだ。最近の子供は雪がたくさん降っても雪合戦や雪だるまが精々で、かまくらは滅多に作らないらしいが、勿体《もったい》ないことだ。あれこそが雪国の冬の醍醐味《だいごみ》なのに――。

横幅があまり広いとは言えない螺旋階段を、一段一段上る。それぞれの段は、円の中心から円弧にかけて中心角二〇度ほどで引いた二本の線分が形作る図形から、円の中心に近い部分をカットしたもの、より卑近なもので譬《たと》えれば、おやつの時間に大家族が切り分けた、バウムクーヘンの一切れのような形をしている。やがて螺旋がぐるりと回転し――もちろん正確には螺旋の中に入っている自分が回転しているわけだが――バウムクーヘンの大きさが、誕生日などの特別な日に切ってもらえる大きさに変わった。三階に着いたのだ。

開口部から垣間見える三階の廊下は、ひっそりと静まり返っている。この階には特に用はない。俺はそのまま足を止めずに上へと向かった。

また螺旋がぐるりと回転し、小さなバウムクーヘンが誕生日の大きさに変わった。

同時に階段も行き止まりだ。俺は開口部から白い螺旋の外に出た。

四階には一部屋しかないので、廊下もやはりすぐ行き止まりになるが、幅は他の階と同じだ。螺旋階段の円柱の太さも、当たり前のことだが同じ。その円柱は、天井にほど近いところで終わっている。あの上を掃除するのはさぞ大変だろうなあと俺は思った。

俺はすぐ目の前に一つだけあるドアの前に立って、そのドアをノックした。

だが返事はない。そこでもう一度、今度はさっきよりやや強めにノックした。

しかしドアの向こうは、やはりひっそりと静まり返っている。

ただ静まり返っているだけではない。このドアの向こう側では、何か禍々《まがまが》しい光景が俺を待っているような、何故かそんな嫌な予感がする。

俺は入るぞ、と断ってからドアノブに手をかけた。鍵はかかっていなかった。

嫌な予感は的中した。

ドアを開けた俺は、発見してしまったのだ。

鞠子が床の上で、血まみれで死んでいるのを——。

「さあさあさあ、今年もやって来ました！　年に一度のお楽しみ、大晦日《おおみそか》の夜恒例の、国民的娯楽番組《推理闘技場《ミステリー・アリーナ》》！　貧富の差が拡大し、富める者はますます富み、貧しい者はますます貧しくなった二十一世紀中葉のこの日本、人々が人生の一発大逆転を狙ってチャレンジするこの超人気番組も、今回で記念すべき第十回を迎えます！　総合司会の樺山桃太郎《かばやまももたろう》です」

「何でもこの番組が誕生する以前は、大晦日の定番番組と言えば、歌手たちが男と女に分かれて、紅勝て白勝てとか言っている番組だったそうですが、今考えると笑っちやいますよね。アシスタントのモンテレオーネ怜華《れいか》です」

「全くです。数で勝負みたいな音痴《おんち》のアイドルグループや、声もロクに出ないおじさんおばさん歌手たちが歌うのを聞いて、一体何が楽しかったんでしょうね！」

「まあまあ樺山さん、もう終わった番組の批判はそれくらいにして」

「怜華ちゃんがはじめたんじゃない」

「あたしは台本通りに喋ったただけですよぉ」

「それはそうと、今年のミステリー・アリーナは第十回の記念として、特にミステリーヲタ大会と銘打ちまして、我こそはミステリーヲタクという濃ゆ〜い解答者に集まってもらっています！」

「ミステリーヲタですかぁ……。この番組で出題される問題は、毎回難問で知られていますが、今回は特に歯ごたえのある超難問の出題が予想されますねぇ！」

「そうですね。さてさきほど、本日の問題の冒頭の二章が読み上げられましたが、なななーんと！　本日はすでに解答ボタンを押していらっしゃる方がいます！　これは早い！　さすがはミステリーヲタ大会、番組史上最速記録更新です！　ええっと、一ノ瀬《いちのせ》さんですか。いやあ、猛者《もさ》ですねー」

ランプが点いている解答席の男が、モニター画面に大写しになった。三〇代中ごろ、短髪に太い眉、がっしりとした顎に引き締まった頬というスポーツマンタイプの男だ。ポケットのいっぱいついた半袖のライフジャケットのようなものを着ているが、その袖をぎりぎりまで捲《まく》って、筋骨隆々の上腕部を見せている。

「だってこの番組のルールでは、もしも全く同じ解答だったら、少しでも早く答えた人の勝ちになるんでしょう？」

一ノ瀬と呼ばれたその男は、自信満々という表情で、胸の前で太い腕を組みながら答えた。

「はい、これからご説明しようと思っていたところなのですが、それは間違いありません」

「だったら、一瞬たりともぐずぐずなんかしていられませんよ。答えがわかったら、即座に解答しないと。正解がわかっているのにトンビに油揚げを攫《さら》われるようなことになったら、悔やんでも悔やみ切れない」

「でも、本当に大丈夫ですか？」

司会者の心配そうな顔がアップになる。

「まだ、ルールの説明も済んでいませんが」

「そんなもの、要らないでしょ。それとも何ですか？　何か今年は、例年とは違う特別ルールでもあるんですか？」

一ノ瀬は面倒臭そうに答える。

「いえ、特にそういうものはありません。例年と全く同じです」

「だったら要らないでしょ。この番組のルールなんて、アルメニアで材木商を営んでいるミコヤンさんや、マダガスカル島でバナナ・ビーンズを栽培しているアンドリアマハゾさんだって知っているよ」

「アンドリアマハゾ……一体誰なんですか、それ？」

「知らないよ。いま適当に言っただけ。要するに世界じゅうの人々が知っていると、そう言いたかっただけ」

「はあ……何だかいきなり絡みづらい人が来たようですね。まあ確かにルール自体は単純明快というか、問題を聞いて、わかった時点でボタンを押して犯人を指摘していただくだけですから、省略しても構わないのですが……。しかし一ノ瀬さん、まだやっと事件が起こったところですよ？　いくら何でも、被害者の死因とか関係者一同のアリバイとか、そういった事件についての詳細なデータがわかる前に犯人を指摘するなんて芸当は、どんなコアなミステリーヲタでも、さすがに不可能でしょう？」

「はっはっは」

一ノ瀬は上を向き、文字通り大口を開けて笑った。

「全然大丈夫です。実を言うと僕は、テキストの最初の章が終わった時点で、もう犯人の目星はついていたんですよ。だからこれでも自重して、第二章が終わるまで、丸々一章解答を遅らせたくらいなんです。これ以上自重して、さっきも言ったけど万が一トンビに油揚げを攫われたら、泣いても泣き切れない」

「ええっ？　最初の章で？」司会者が愕きの表情を見せる。「だけど第一章では、まだ事件自体が起こっていないでしょう？」

「いえいえ、僕のようなプロのミステリー読みにかかれば、たとえ事件が起きる前であっても、犯人がわかるのです」

「プ、プロのミステリー読み！　そ、それはすごい。恥ずかしながらわたくし、プロのミステリー読みを自称する人に、生まれて初めて会いました！」

「いえいえ、それほどでもありませんよ」

一ノ瀬は顔の前で広げた手を左右に振る。

「すごいんですね、プロのミステリー読みって」

「ええ、ここまで聞けばもう充分すぎるほどです。だってぶっちゃけた話、どうせ事件なんて、どれもこれも全部似たり寄ったりなんだから」

「え？　いいんですか、そんなこと言い切っちゃって」

「いいんです。舞台は人里離れた別荘。そして台風が来ている。別荘に通じる一本道は自然災害で遮断され、屋敷は外部から孤立、これはいわゆる本格ミステリーの定番中の定番、クローズド・サークルものというやつですよ。すると当然のことながら犯人は、この別荘に閉じ込められている中の一人ということになります」

「ええ、それは確かにそう……だとは思いますが、しかし解答の権利は一人一回だけで、一度解答してしまうと、後で変更することは一切できません。その点はちゃんと理解されていますか？」

「ええ、それも充分にわかっています。僕はそれらのことを全て承知した上で、解答席に設《しつら》えられた、この直径3センチほどの小さな円形をした真紅のボタンの上に、そう凶器であるナイフの刃《やいば》の上を伝わって現場に滴り落ちる被害者の鮮血のように紅《あか》く、また解剖台の上で監察医が切り裂く死体《ライへ》の脾臓《ひぞう》のように、ぷるぷると震えながら赤光りするこの解答ボタンの上に指をかけて、たったいま全身全霊を罩《こ》めてそれを下へと押し下げたんです！」

「そ、そうですか……。何だか勝手に盛り上がっておられるようですし、それに何よりも早い段階で第一解答者が名乗りを上げられることは、番組的にも美味《おい》しい、いやもとい助かることに間違いはありませんので、御本人がそこまで仰《おっしゃ》るならば、我々はもうこれ以上止めることは敢《あ》えて致しません！　さあそれではお答え下さい。犯人は一体誰でしょう！」

浅黒く引き締まった一ノ瀬の顔に、カメラがズームインする。

「もう言ってもいいの？」

「ええ、どうぞ」

「その前に一旦ＣＭに行ったりしないの？」

するとカメラが再び切り替わり、大きな蝶ネクタイをした司会者が、破顔一笑する様子がモニターに映し出された。

「これはこれは、解答者らしからぬ何とも濃《こま》やかなお気遣い。どうもありがとうございます。しかしその点もやはり大丈夫です。御存知のことかと思いますが、この番組は編集やカットなどを一切行わない、完全リアルタイム生中継が売りかつ人気の秘訣ですから、従って解答はＣＭのあとみたいなことを言って、無理やり引っ張るようなこともいたしません！」

「じゃあ言っていいんだね？　悪いけど俺、いきなり当てちゃうよ？」

「ど、どうぞ！」

カメラは再び一ノ瀬の胸から上を大写しにする。

上気した顔で、息を大きく吸って何かを言いかけた一ノ瀬だが、次の瞬間まるでレントゲン撮影の時のように、そのまま息を止めた。

それからふうっと息を吐き出して言った。

「だけど俺がここでいきなり当てちゃったら、放送時間が大幅に余っちゃうよね？新年カウントダウンまでの間、一体どうやって間を持たせるの？」

司会者は笑顔のまま、再び上体を大きく後ろにのけぞらせる。

「こ、これは重ね重ねのお心遣い、どうもありがとうございます。問題テキスト中の某人物のように、〈気配りの〉という添え名を進呈したいくらいです。しかしそれもやはり我々番組スタッフが考えることですので、解答者である一ノ瀬さんは、そのようなことは一切気になさらなくて結構ですよ」

「ふうーん」

「さあ、どうぞ。遠慮せずに当てちゃって下さい」

「じゃあ解答するけどさ、ちょっとその前に、一つだけいいかな」

「はあ、何でしょう？」

するとー一ノ瀬はその場でおもむろに屈み込むと、解答席の下から真っ赤な薔薇《ばら》の花束を引き出して立ち上がった。

「あのこれ、怜華ちゃんに。大大大ファンなんで」

そのまま花束を両手で抱えて解答席を降りると、スタジオを大股ですたすたと横切り、アシスタントのモンテレオーネ怜華の前に立って畏《かしこ》まる。

「これからも頑張って下さい。応援しています」

そう言って花束を差し出す。

「は、はい。ありがとうございます」

「あの、握手しても……」

「あ、はい」

花束を受け取ったモンテレオーネ怜華と一ノ瀬が握手を交わす。その隣で、それを冷ややかな顔で見つめる樺山桃太郎。

「ああそれですか、スタッフと押し問答の末、持ち込んだ花束というのは。もう気が済みましたか？」

「はい、もう思い残すことは何もありません。怜華ちゃんに花束を渡して握手までできるなんて、まるで夢のようです」

「そうですか……。では気が済んだら、御自分の席に戻ってもらえます？」

「はいはい」

解答席に戻った一ノ瀬の顔に、カメラがもう一度ズームインする。

「仏の顔も三度までです。それではお答え下さい。犯人は誰ですか？」

「言っていいの？」

「だからさっきから、どうぞと言っているでしょう！」

司会者が笑顔を引っ込めて目を剝《む》く。

「ははっ。ですから犯人はこの人ですよ」

一ノ瀬は、まるで憑《つ》き物が落ちたかのように、一転してあっさりと言った。

「この人と申しますと？」

「だからさっきからずっと喋っているこの男ですよ。ええっと、まだ名前は出て来てないですよね？　だから名前はわからないけど、軽自動車に乗っていて、つい最近沙耶加にフラれたらしくて、一人で四階に上って鞠子の死体を発見したこの男。そう、〈俺〉ですよ」

「おおっといきなり出ました意外な犯人！　主人公というか、視点人物が犯人ですか！」

樺山桃太郎、興奮気味に叫ぶ。

「そういうこと。いきなり当てちゃって申し訳ないけどさ」

「ですがこの人、鞠子さんの死体を発見して愕いているじゃないですか。矛盾していませんか？」

「矛盾？　してないよ。だってこの人、多重人格者だろう？」

一ノ瀬は、至極当然のことを言うような口調で言った。

「多重人格者？」

「ああ。第一章の終わりでこの男は、自分に宛てがわれた部屋に入って、ベッドに横になった瞬間に意識が途切れているだろう？　本人は運転疲れで眠ってしまったと思っているようだし、実際ちょっと寝たのかも知れないけど、実は睡眠中に人格の入れ替わりが起きて、この男の別人格が表面に現れ、犯行に及んでいたんだよ」

「えっ、そ、そんなのアリなんですか？」

「当然アリだろう。一時間近く意識が途切れているんだから、犯行は充分可能だ」

「いや、そっちのアリかナシかじゃなくて、ミステリー的にアリなんですか？　それってアンフェアなのでは？」

一ノ瀬は苛々した表情になった。

「俺に言われても知るかよ、そんなこと！」

「はあ」

「でも今のあんたの反応自体は、俺にも理解できるよ。正直言うとこれは俺的にも、ミステリーで一番あって欲しくないタイプの結末なんだよね。次から次へと実行される不可能犯罪！　そんな中、毎回煙のように消える真犯人！　みたいな状況を示されて、一体どんなすごいトリック、どんな意外な結末が待っているんだろうとワクワクしながら読み進めていって、視点人物が多重人格だったというオチの時のガッカリ感は、半端ないんだよ。事実俺もそれで、これまで何度本を壁に投げつけたことだろうか」

「そんな遠い目をなさらなくとも……」

「多重人格者の場合は、他の人格が表面に現れて行動している間に起こったことを、メインの人格が全然憶《おぼ》えていないということが普通にあるらしいから、いとも簡単に不可能状況が作れてしまうんだよね。そして一人称でそれをやられると、読者に真相を見抜く手立てはほとんどない。本人――というか本人格？――が何も憶えていないんだから、記述に関しても一応アンフェアではないということになるしね」

「ははあ」

「だがそうやって何度も何度も辛酸《しんさん》を嘗《な》めさせられたおかげで、俺は多重人格もののトリックが使われている時は、雰囲気でほぼ見破れるようになったのさ。この思わせぶりな意識の断絶、これはもう間違いないね。人格の入れ替わりが起きるのは睡眠中が一番多いんだよ。それに解離性同一性障碍《しょうがい》っていう病名がちゃんとある以上、そういう人がこの世の中にいるってことは事実なわけだろ？　この目で実際に見たことはないけどさ。だったらまあ、一つのオチとしてはありなんじゃないの。好き嫌いはともかくとしてさ」

「な、なるほど……」

「それにこの人、鞠子に何か話があったわけでしょ？『できれば他人には聞かれたくない話だった』とあるから、もちろんただの世間話ではないよな。つまりこの人と被害者の間には、利害の対立あるいは何らかのトラブルが発生していたということが、この短い文章の中にもはっきりと示されているわけ。ということで動機も充分。その動機はメインの人格からしたら、話し合いで何とか解決できそうなものだったが、犯行に及んだ別人格にとっては、相手の命を奪わなければならないほど強いものだったというわけだ。どうだい俺のこの推理。たったこれだけの記述から、プロのミステリー読みは、ここまで読み解くことが出来るのさ！」

「いやー参りました」

「おっ？　司会者、いきなりのギブアップ宣言か？」

「いやそうではなくて、その大胆な推理に参ったという意味です」

「何だその奥歯にものが挟まったような言い方。正解だろうが」

「いや、それはまだわかりません」

司会者はカメラの方に向き直った。衣裳のスパンコールがきらきら光る。

「いやー、いきなりの解答、びっくりしましたねえ。さすがはミステリーヲタ大会です。さて犯人は、本当にこの視点人物の〈俺〉なのでしょうか。もしもこの人物が犯人であったならば、もちろん劈頭匆々《へきとうそうそう》この時間帯で答えられた一ノ瀬さんが文句なしの優勝ということになり、キャリーオーバーによって溜まりに溜まった賞金の二〇億円は、全て一ノ瀬さんのものとなります。いやですから一ノ瀬さん、ガッツポーズをするのはまだ早いですって。正解だと言ったわけじゃないんですから。それでは一ノ瀬さんは隣の、解答済みブースの方へとお移り下さい。解答済みブース内には例年通り、世界中から集めた美味しい料理やお酒が用意されていますので、番組終了の時刻まで、お好きなだけ自由に飲み食いなされて構いません。ブース内のスピーカーをオンにして問題の続きを聞くこともできますが、さきほども申し上げました通り、一度なされた解答を訂正することはできない決まりですので、その点だけはご了承ください」

「ああ、わかっているよ」

「それではあちらの部屋へ、どうぞ」

一ノ瀬はゆっくりと解答席を降り、インカムを付けた男に誘導されて、隣のブースへと向かう。画面の中はモンテレオーネ怜華のバストアップ。

「なお今年《ことし》も序盤《じょばん》は例年通《れいねんどお》りペースメーカーとして、画面《がめん》に表示《ひょうじ》されたテキストをナレーターが読《よ》みあげて行《い》きますが、毎年自分《まいとしじぶん》のペースでテキストを読《よ》みたいという解答者《かいとうしゃ》および視聴者《しちょうしゃ》の皆様《みなさま》からの御要望《ごようぼう》が強《つよ》いので、今年《ことし》は中盤以降《ちゅうばんいこう》はナレーションが消《き》えてクラシック音楽《おんがく》に変《か》わり、テキストのみが一定時間《いっていじかん》、画面《がめん》に表示《ひょうじ》されることになります。その間《かん》ナレーターの朗読《ろうどく》は付《つ》きませんので、お茶《ちゃ》の間《ま》の皆様《みなさま》も、お手元《てもと》のリモコンの＋《プラス》と－《マイナス》のボタンで頁《ページ》を操作《そうさ》して、自由《じゆう》に読《よ》み進《すす》めるようにして下《くだ》さい。もちろん解答者《かいとうしゃ》のみなさんも同様《どうよう》です。もちろん読《よ》み進《すす》めるだけでなく、制限時間《せいげんじかん》の許《ゆる》す限《かぎ》り、いくらでも前《まえ》の箇所《かしょ》に戻《もど》って、気《き》になるところを確《たし》かめることができます。そこらへんの操作方法《そうさほうほう》は電子書籍等《でんししょせきとう》と全《まった》く同《おな》じです。キーワード検索機能《けんさくきのう》を使《つか》うこともできますが、当然《とうぜん》のことながら検索《けんさく》の対象《たいしょう》となるのは、すでに画面《がめん》に表示《ひょうじ》された部分《ぶぶん》のテキストのみということになります」

「はい怜華ちゃん、カンペ丸読みご苦労さま。日本語、だいぶ上達したね」

「でも漢字はまだまだ難しくてぇ……全部にふりがなが打ってあるから読めるだけですぅ」

「イタリアでは日本人学校に通っていたんだっけ？」

「いえ、現地の学校ですぅ。だから学校では完全にイタリア語でぇ。日本語は家でお母さんと話すときだけでぇ」

「そうか、じゃあ漢字が読めないのも仕方ないね」

「すみません」

「別に私はいいですけどね。ただカンペの〈今年〉とか〈自分〉とか〈一定時間〉にまで、いちいちふりがなを打たなきゃいけないスタッフさんは大変ですねー。苦労が偲《しの》ばれますねー」

「はいっ！　怜華、みなさんに支えられていることを、痛いほど感じています！」

「ところで怜華ちゃん、その花束持ったまま番組やるつもり？」

「えー、ダメですかぁ？」

「そんなの、ダメに決まってるでしょ。これは仕事なんだから。まったく最近の若い子は。そこのADさん、さっさとそれ持って行って！」

量販店のスニーカーを履いて髪をひっつめにした、化粧気のない若い女が駆け寄って来て、モンテレオーネ怜華が胸に抱えていた花束を、問答無用で持ち去る。

「そうそう。スタジオの隅っこにでも転がしておけばいいから。はい、それでは問題の続きをどうぞ」

3

「三郎《さぶろう》だけど、入るぞ」

返事がないことを不審に思った俺は、そう言いながらドアノブに手をかけた。

たった二度のノックだけでドアを開けようとするのは、早すぎるのではないかと訝《いぶか》る人がいるかも知れないが、俺と鞠子の間柄だったら、それはそれほどおかしなことではない。俺は鞠子の下着姿などもう散々見飽きているのであり、万が一着替え中だったとしても、今さらそれくらいのことで鞠子が目くじら立てることはないという確信があったからそうしたのだ。

それに一人の時ならばいざ知らず、屋敷にみんなが集まっている今、絶対に中を見られたくない状況ならば、ドアに鍵をかけていることだろう。勿論この部屋にも、客間と同じ差し込み錠がついているのだから——。

だがドアノブはあっけなく回り、ドアは内側にあっさり開いた。

嫌な予感は的中した。

発見してしまったからだ——。

青いサテンのドレスを着た鞠子が、フローリングの床の上に俯伏《うつぶ》せに倒れている。ぴくりとも動かない。

そしてその背中には、深々とナイフが刺さっている。刃の部分のほとんどが躰の中に埋まっているので、わずかに突き出している欛《つか》が、まるでゼンマイ仕掛けの人形の、ゼンマイを巻くための突起のようにも見える。

もしもこれが人形だったら、どんなに良かったことだろう。だが残念ながらそれが本物の鞠子であることは、疑う余地がなかった。まるで床にピンで留められたかのような形の鞠子の青いサテンのドレスの背中は、流れ出した血によってどす黝《ぐろ》く染まっている。血なのだから真っ赤に染まっていると表現した方がわかりやすいのだろうが、俺はあくまでも、自分の目で見た通りの印象を記しておきたい。その時俺の目には、サテンのドレスの背中はどす黝く見えた。きっと青い生地に血が染み込んでそう見えたのだろう。

俺はしばし茫然《ぼうぜん》とその場に立ち竦《すく》んだ。いくらミステリー研究会のＯＢだといっても、本物の刺殺死体を見るのは、生まれて初めてのことである。ナイフは刺さったままなので、その刃渡りなどもちろんわからないが、刃の部分が全部埋まっているのだから、創《きず》は相当深いことだろう。出血死なのかショックによる多臓器不全なのかはさておき、これが致命傷と見て、まず間違いはないだろう。

そのナイフの欄には、何やら幾何学的な紋様《もんよう》の装飾が象嵌《ぞうがん》されている。この紋様を最近どこかで見たような気がしたが、どこで見たのかまでは憶《おも》い出せなかった。

さまざまなことが忙しく脳裏を駆け巡り、俺はなおも少しの間、放心状態でいたらしい。その時間がどれくらいだったのか、自分ではよくわからない。

もっとも些《いささ》か自己弁護めいた言い方になるが、誰だってこんな場面に出くわしたら、瞬時に次の行動には移れないものではないだろうか？

俺は少しずつ落ち着きを取り戻すと、ほんの少し手を動かし、それから大声で階下のみんなを呼んだ。女性たちもいることを考えると自重するべきだったのかも知れないが、後で変に思われるのも困るので、そうした方が良いと判断したのだ。

「何だいまの？」

「誰か大声で呼んだ？」

「平《たいら》クンの声だったような」

「上の方から聞こえたよね」

「行ってみよう」

そんな声に続いて、螺旋階段を上って来る複数の跫音《あしおと》が聞こえて来た。跫音の大きさで、二階から三階、そして四階へと少しずつ近づいて来るのがわかる。

「どうした？」

部屋の入り口に真っ先に顔を覗《のぞ》かせたのが、多少のことでは動揺しなさそうなこわもての文太だったので、俺は少し胸を撫《な》で下ろした。

「見ろよ」

俺は部屋の中央に立ったまま、床の上を指差した。

「鞠子？　何でそんなところで寝ているんだ？」

文太は不審そうな顔のまま、部屋の中に一歩足を踏み入れたが、すぐに鞠子の背中に突き刺さっているものに気が付いたらしく、その顔はみるみるうちに強張った。

「こ、これは……」

「どうしたの？」

文太の後ろから恭子と沙耶加が、まるで双子の姉妹のように、左右からほぼ同時に顔を覗かせた。

「鞠子が……」

黄色い叫び声が響く。さっきはどこにも姿が見えなかったたまも、いつの間にか現れて、沙耶加の後ろの方で固まっている。いつもならどんな狭いところにも遠慮なくどんどん入って行くたまであるが、今はその鋭いカンで何かただならぬ雰囲気を感じ取っているのか、不自然で窮屈そうな体勢のまま、じっと動かない。

さらにその後ろではヒデが、やはり真っ青な顔で立ち竦んでいる。

最後に丸茂が現れた。部屋の入り口付近に固まっている連中をかき分けて、その傲《ごう》岸《がん》そうな顔をぬっと突き出して来る。

「一体どうしたんだ？」

「見ろよ……」

俺はかすれた声で床の上の鞠子を指差した。

それだけで丸茂は事情を悟ったらしかった。

「何も触っちゃいかん」

丸茂はそう言うと、部屋の中につかつかと足を踏み入れて来た。厳しい表情で俺のすぐ隣にしゃがみ込み、鞠子の脈を取ろうとする。

「残念ながらもう脈はないよ。俺が確かめた」

俺の言葉を聞くと、丸茂が顔を上げ、目を剝いてじろりとこちらを見た。

「確かめた？　お前が？」

「ああ」

俺は頷いた。

だが丸茂は返事をせず、そのまま無言で鞠子の左の手首を摑むと、ほんのちょっとだけ持ち上げて脈を探った。フローリングの床に俯伏《うつぶ》せになっている鞠子は、哀れ摑まれた左手一本だけを、水面から今まさに飛び出そうとするバタフライ泳者のように浮き上がらせたが、もちろん身体のそれ以外の部分は、ぴくりとも動くことはなかった。

「確かにそのようだな。もう完全に縡切《こときれ》れている」

「だからそう言ったじゃないか」

俺は少しムッとしながら答えた。何だこの野郎、つまりは俺の言葉を信用していなかったというわけか？

「重要なことだから、いちおう確かめないとな」

丸茂は腕時計を見ながら呟いた。

「午後五時五十五分、死亡を確認、と」

丸茂が鞠子の手首を下ろして静かに離すと、その手は再びだらりと床の上に伸びた。その姿は俺に、俺がかつて愛した鞠子が、もの言わぬ物体に変わってしまったことを、改めて強く認識させて俺を苦しめた。

「この部屋のドアの鍵は？」

丸茂がドアの差し込み錠の方を眺めながら訊いて来る。

「かかっていなかったよ」

俺は答えた。

それはそうと、さっきからの丸茂のダブルスタンダードぶりはちょっと目に余る。俺はそれを指摘するために立ち上がった。

「ところでお前、他人《ひと》には触るなと言っておいて、何を自分は勝手にべたべた触っているんだよ」

だが丸茂は、全く悪びれる様子がない。それどころか、あべこべに詰問して来る有様だ。

「そう言うお前こそ、何故鞠子に触ったんだ？」

何だこいつは。こいつには死者に対する畏敬《いけい》の念というものはないのだろうか？　あまりにも不遜《ふそん》な態度だろうと思い、俺はかっとなって叫んだ。

「仲間の一人がこんな風に床に倒れているのを見つけたら、誰だって脈くらい調べるだろ！　たった今お前がやったようにな！」

「通常の状況ならば、当然そうしてしかるべきだろうな。だが現在のこの状況を考えたら、お前は一切何も触れずに、最初から全て俺様に任せるべきだった。お前もミス研のOBならば、それくらいわかる筈だ」

「何だと？」

俺の怒りは激しさを増した。一体何様のつもりなんだ。やっぱりさっきエントランスのすぐ脇に車を停めて、こいつの車の邪魔をしてやれば良かった。全くこんな奴、白鬚橋の上で、自慢のボルボごと濁流に吞み込まれてしまえば良かったのに――。

だが丸茂は、至極当然といった表情を泛《うか》べながら続けた。

「だってこの状況ならば、どう考えてもこの俺様が探偵役をつとめるのが、自然な流れだろう?」

「さあさあ、事件の詳しい内容がわかりました！

被害者はこの屋敷の持ち主である〈鞠子〉さん、そして死因はナイフによる刺殺です。

そして第一発見者であるこの〈俺〉の名前が〈三郎〉であることも、同時に明らかになりました。鞠子の部屋を開ける前に、ノックしながら自ら名乗っていましたからね。

さて、犯人は誰でしょう？

どうですか？

解答者はいらっしゃいませんか？

うーん、さすがにおられませんか。

まあそれもそうですよねー。常識的に考えて、まだこの段階では答えられるわけがありませんよねー。死因はわかりましたが、それ以外はまだ何一つわかっていませんからねー。いくら早い者勝ちと言っても、さきほどの一ノ瀬さんの解答の早さは、ちょっと異常でしたよねー。

ええっと、するとあの方の扱いはどうなりますかね。プロのミステリー読みなどと豪語なさっていましたが、怜華ちゃんにちょっかいを出そうとしたり、結局はただのいけ好かない目立ちたがり屋だったような気もしますねー。いますよねーマラソン大会なんかでも、とにかく最初だけ全力疾走してトップに立って、一瞬だけでもテレビに映ろうとする選手。

あ、そうですか。まだ一ノ瀬さんの正解不正解については、何とも言えないと。確かに仮にこの〈俺〉が多重人格者で、自分の他人格が行ったことを一切憶えていないのだとしたら、この場面の描写も、アンフェアではないということになるわけですね……。

うーん、何か釈然としませんが、仕方がありません。楽しみは後に取っておきましょう！」

「あ、樺山さん、あそこ！　解答ランプが点いています」

モンテレオーネ怜華が解答席を指差す。

「おおっと！　たった今、二人目の解答者が名乗りを上げました！　いやー実を言うとさっきから、何となく現れるような予感がしていたので、面白トークで引き延ばしていたんですよ！　いいですねー、今日はみなさん積極的で！　さあどうですか、二《に》谷《たに》さん。犯人は誰でしょう」

カメラは解答者の中でも最年少と思われる、一人のお下げ髪の少女を映し出している。少女の顔立ちは整っているが、化粧っ気はまるでない。白いブラウスに木綿地《もめんじ》の青いスカートを穿いている。

「いや、あの……」

「どうされました？」

「その、あたし……ついノリでうっかり解答ボタンを押してしまったのですケド、実はその……まだはっきりしていないんですぅ……」

「それはまあそうでしょう。しかしさきほどの一ノ瀬さんなんか、事件についてほとんど何もわからない段階で、犯人を推理して解答を終えられましたし、決して早すぎるということはないと思いますよ」

するど少女は首をちょっと傾《かし》げた。三つ編みにした黒髪のお下げの片方が垂れ下がり、もう片方が白い首にまとわりつく。

「あれえ？　でもついさっき司会のおじさんは、あれはさすがに早すぎるとか、ただのいけ好かない目立ちたがり屋だったみたいだとか言って、一ノ瀬さんを口汚く罵《のの》っていませんでしたっけ？」

「と—んでもございません、司会者が解答者を罵るなんて、そ—んなことあり得ません！　解答者あってのこの番組、一ノ瀬さんは解答者の鑑《かがみ》です！　ははははは。それからおじさんじゃなくてお兄さんね」

「あ、ごめんなさい」

「ははは。可愛いから特別に許します。それではどうぞ。犯人は誰でしょう？」

「あのぉ……。やっぱりもうちょっと考えたいんで、一旦取り消しということにしてもらっても良いですか？」

「うーん、ボタンを押してからの解答の取り消しは、ルールでは一度だけなら認めていますが……。しかし二谷さんも、ある程度は自信があるから解答ボタンを押されたんですよね？」

「まあそれなりに……。でもせっかくだから、もう少し問題の続きを聞いてからでも、遅くはないかなあと思い始めちゃって……」

「なるほど。確かに解答のタイミングは、各自の自由です。しかし、もしもですよ？もしも仮に、今後お嬢さんと全く同じ結論に達した方がいて、その方がお嬢さんよりも先に解答して見事犯人を当ててしまったら、賞金は全てその人のものになってしまうのですよ？　その点はわかっていますか？　もしそうなってから、自分はとっくの昔に正解に達していたとか言ってダダをこねられても、我々にはどうすることもできませんよ？　もしもそんなことになったら、お嬢さんは悔しくはないんですか？」

「そんなことになったら……それはまあ、ものすごく悔しいでしょうね……」

「でしょう？　でしょう？　でしょう？」

樺山桃太郎、連呼しながら二谷嬢の前へと近づいて行く。

「だったら思い切って答えてしまいませんか？」

「でも……」

「では質問させていただきますが、今後問題の続きを聞いて、現在御自分が考えている答えが、果たして変わると思いますか？」

「うーん……それを否定するような決定的な証拠が出て来ない限りは、たぶん変わらないだろうとは思いますケド……」

少女は下を向いて、少しもじもじする。

「変わらない！　つまりそれくらい、御自分の推理に自信があるわけですね！」

「自信があると言うか、まあ自分でも結構いいところに気が付いたなあと言うか……」

「それは素晴らしい！　だったら早めに答えてしまいましょう！　どうせ答えが変わらないのならば、早く答えた方が絶対にトクなことは間違いないのですから！」

「それはまあ、わかっていますケド……」

少女は再び下を向く。両のお下げ髪が垂れ下がる。

「いや正直言いますとね、解答者の鑑であらせられた一ノ瀬さんにもさきほど申し上げましたが、番組的にも大いに助かるんですよ。あのですね、瞬間視聴率というのがありましてね。過去のデータを見ますとですね、やはり解答者の皆さんが解答ボタンを押した瞬間にピッと跳ね上がるんですよ。大晦日だというのに、どこにも行かずにテレビの前で、だらだらとザッピングを繰り返しているヒマな人、いやもとい熱心な視聴者の皆様が、解答を聞くために思わずリモコンを置くんでしょうね。過去に一度、あれは確か第四回の《引退して収入激減なのに、生活レベルが落とせなくて気が付いたら多重債務者になっていた元プロ野球選手大会！》の回だったと思いますが、出場者が慎重になり過ぎてしまって、番組のラスト近くまで半数以上の人が解答しない回というのがあったのですが、やはりイマイチ盛り上がりに欠けましてね。この大晦日の国民的娯楽番組にしては珍しく、平均五〇％台という何とも低調な視聴率にとどまってしまいました。つまり我々としても、やっぱりバランス良く答えていただいた方が有難いわけです」

「うーん……」

「さあさあ、せっかく一ノ瀬さんが作ってくれたこの良い流れ、大切にしましょうよ！　どんどん答えて行きましょうよ！」

「でも……」

「それに御存知のこととは思いますが、一回のチェックポイントで解答できるのは、早い者勝ちで最大二人までです。第四回の時は、それで答えたいのに解答できずに、そのまま終了になった人が大勢いました。その轍《てつ》を踏まないためにも、答えがわかったらどんどん答えた方が絶対に良いです！」

「わかりました。何かうまく乗せられた気もしますケド、では思い切って答えてみまーす」

少女は吹っ切れたように言った。

「いいですねー若い人は元気があって！　はい、お答えをどうぞ！」

「犯人は、丸茂さんでーす♡」

答えながら両手の指で、胸の前にハートの形を作る。

「おおっと！　またまた出ました意外な犯人！　一人遅れてやって来て、探偵役を買って出ている丸茂氏ですが、すると意外な犯人の黄金パターンその2、探偵が犯人というやつですか！」

「そういうことになりますね♡」

「では、その根拠は？」

「まず何と言ってもこの場面、丸茂さんは状況の呑み込みがあまりにも早すぎます。屋敷にさっき着いたばかりで、螺旋階段も一番最後に上って来たくせに、瞬時にして状況を把握して、みんなに何も触るなと指示を出し、三郎さんを牽制《けんせい》しつつ鞠子さんの脈を取っている。何だかここに鞠子さんの死体があることが、あらかじめわかっていたかのようです。これが根拠その1です」

「ははあ、なるほど。しかし三郎の独白の中に、丸茂は頭の回転が速いとありましたし、状況把握の能力が人一倍高いだけかも知れませんよね」

「そうなんですケド、さらにあたしこれ、いわゆる性別誤認トリックが使われていると思うんです」

「性別誤認？」

「ええ。多分このあと、鞠子さんの死体を調べようということになって、その周囲から、犯人が女性であるという物証が絶対に見つかると思うんです。たとえば死体の指の爪の間から、犯人と争った時の痕跡《こんせき》として、女性用のファンデーションの一部や口紅の破片が見つかるとか」

「そ、そこまで先を読んでいらっしゃるんですか！」

樺山桃太郎、驚愕《きょうがく》の表情。

「そしてその時点で、丸茂さんは自動的に容疑者から除外されます。みなさん丸茂さんを男性だと思っているから」

「ええっ？　すると二谷さんは、丸茂は女性だと？」

「ええ、それはまず間違いありません。記述や描写に不自然な点があれば、そこに必ず謎を解く鍵があるというのがミステリーの常識。鞠子、三郎、文太、ヒデ、沙耶加、恭子と、これまで登場して来た全員が下の名前で呼ばれているのに、丸茂さん一人だけが苗字でしょう？　ここに何かトリックがあると思わなきゃ嘘です。これが根拠その2です」

「なるほど、言われてみれば……」

「カモフラージュも、嫌と言うほどなされてはいますよね。三郎さんとの対立。黒塗りのボルボに乗っている。自分のことを〈俺様〉と呼ぶ。でも女性がボルボを運転したって全然おかしくないし、男言葉で喋る女性だっています。きっとこの人はかなりの美人で、男まさりなんだと思います。あたしの友達にも一人、自分のことを〈俺様〉と言う女性がいるんですケド、彼女ものすごく美人です」

「ははあ。それは是非、一度お目にかかりたいものですね」

「無事賞金をゲットできた暁には、紹介してあげてもいいですケド……」

二谷嬢が再び首を傾げる。お下げ髪が揺れる。

「お願いします。私、男まさりな女性が大好きなんですよ。男あさりの女性は勘弁ですがね。がはははは。あ、それで根拠は他にも？」

「もちろんです。会話に一箇所、不自然な点があるでしょう？　それが決定的な根拠、証拠その3でーす」

「会話の不自然な点？　どこですか？」

「丸茂さんが到着して、コーヒーを飲みますよね。そのすぐあとのところです。『ちょっと恭子、そのスカート初めて見るけどいいんじゃやない？』というところ。これ、一体誰が喋っているのかよくわからないじゃないですか」

「あ、はい……」

「それに対して恭子さんは、『アキのスカートも素敵よ』と答えています。恭子さんはいちおう最初から登場していますが、このアキさんって一体誰なんでしょう？　沙耶加さんの渾名《あだな》がアキというのはおかしい。鞠子さんはラウンジにはいない、というかこの時点で、もう四階の自分の部屋で死体になっている。ヒデさんと文太さんは男性、となるとアキと呼ばれるべき人物はこの丸茂さんしかいません。きっとこれが丸茂さんの下の名前でしょう」

「ははあ、なるほど……」

「丸茂アキさんとか、丸茂亜紀子さんとか、まあそこら辺なんだと思いますケド。今回の問題の作家さんはフェアプレイを心がけたつもりでしょうケド、あの誰が喋っているのかわからない台詞は明らかに不自然で、ミエミエのヒントになってしまいましたね」

「しかしさきほど二谷さん御自身も仰っていましたが、丸茂はまだ屋敷に到着したばかりですよね。一体どうやって鞠子を殺すことができたのでしょう？」

「それも簡単です。一人時間差トリックです」

「一人時間差トリック？　何ですかそれ。バレーボール？」

「今あたしが名付けただけで、そういうトリック類型があるわけじゃないですケド」

「説明してもらえますか？」

「ですから丸茂さんはその前にすでに一度、こっそり屋敷に来ていたんですよ。誰にも見られないようにどこか近くに車を停め、徒歩でやって来て犯行に及んでから、一旦屋敷を後にして、車に戻ってしばらく時間を潰《つぶ》してから、ついさっき、何食わぬ顔で再びやって来たというわけです。鳴らす必要のないクラクションを、到着時にわざわざ鳴らして三郎さんに胡散臭がられていますが、三郎さんは見事にだまされていますね。あれは幼稚な自己顕示欲などではなくて、この一人時間差トリックを心理的に補完させる行為、つまりはトリックの一部だったんです。丸茂さんはあそこでクラクションを鳴らすことによって、自分がたった今着いたのだということを、みんなの無意識にさり気なく印象付けようとしていたんです」

「おお！」

樺山桃太郎、大きく目を瞠《みひら》く。

「ミステリーとして最終的に決め手となるのは、その白鬚橋とやらが通行止めになった時刻でしょうね。調べてみると、それまで思われていたよりもずっと早い時刻に橋が渡れなくなっていたことがわかる。それこそ、三郎さんが通ったすぐあとくらいの時刻だったことが判明する。となると丸茂さんがその時刻に橋を渡って、この屋敷までまっすぐボルボを転がして来たとすると、もっともっと早い時刻に着いていなくてはおかしい。逆に丸茂さんが屋敷に着いた時刻から逆算すると、彼女が橋に差し掛かるのは、橋が通行止めになった後の時刻になってしまい、彼女が今ここにいる事実そのものが、説明がつかなくなってしまう。こうして丸茂さんの嘘がバレる——そういう展開にきっとなるんだと思います」

「な、何と、大団円で真犯人が指摘されるに到るロジックまで推理されるとは！　一体どこまで先を読んでいるんですか！　鋭すぎます！　第一それは作者が考えるべきことであって、読者はそこまで当てなくてもいいんですよ！」

「だけど、わかっちゃったから」

二谷嬢は両の掌を、陶器のようにすべすべした両の頬に当てた。

「きゃあ！　ひょっとしてあたしって天才♡」

「いやあ、恐れ入りました。可愛らしい外見に惑わされていましたが、考えてみるとお嬢さんも、厳しい予選を勝ち抜いたミステリーヲタなんですものね。これはこれは、どうもお見それしました」

「じゃあ、正解ってこと？」

「いえ、それは私にはわかりません。でも、かなりいい線行っていると思います」

「わあーい♡」

少女は胸の前で小さな両の掌を合わせて拍手をする。

「いやですから、保証はできませんよ。あくまで私個人の感想です」

「何だ、そっか」

今度は急にがっかりする。

「ところで二谷さん、さきほど仰っていた美人のお友達って、実在するんですか？」

「え、しますよぉ。戻れたら紹介しますって」

「ひょっとしてそれ、二谷さん御自身のことじゃないんですか？」

「違いますよー。あたしは美人じゃないし」

「いやいや、御謙遜を。丸茂＝《イコール》女性＝犯人説、正解だといいですね」

「ありがとうございます」

「さて、移動の前に、何か言い残しておくことがありますか？　推理の根拠は、もう全部仰いましたよね？」

「いいえ、他にもありますよぉ」

「何と、まだあるのですか、失礼しました。それは何でしょう」

「登場の時に丸茂さんは、企業のロゴが入った、大型のカラフルな傘をさしているでしょう？　しかもただの企業じゃなく、わざわざ『一流企業』と書いてありますよね」

「ええ、それを見た三郎が、自分と違って準備の良いことだと皮肉っていますね……」

「これも叙述トリックの一部なんですよ。これが丸茂さんの職業を示しているわけです」

「ああ、つまりその企業に、丸茂嬢はＯＬとしてお勤めされているんですね」

「違いますよー」

二谷嬢は白い頰を膨らませる。

「え、違うんですか？」

「いいですか？　丸茂さんは美人できっとスタイルも抜群。そんな美女が、一流企業のロゴが入った大型のカラフルな傘をさしていると言えば……もうこれ以上は言わなくてもわかるでしょう？」

「いえ、わかりません」

司会者は首を傾げる。

「ちょっと、何でわからないの。大型のカラフルな傘をさす職業の美女と言ったら、あれしかないじゃない」

　少女は苛々した口調で言う。

「ええっ？　ま、まさか。ひょ、ひょっとして……レースクイーンですか⁉」

「そうですよ。それしか考えられません。以上のことから、性別誤認されていますケド、丸茂さんは女性、しかもレースクイーン。読者には男性だと思わせて容疑から外させておいて、ラストにひっくり返すという手ですね」

「な、なるほど。な、何だか私も丸茂は女性で、しかもレースクイーン以外にあり得ないような気になって来ました」

「当たり前じゃない。だってそれが正解なんだから！」

　お下げ髪の少女が、さきほどまでとはうって変わり、自信満々という表情で言い切った。

4

私が到着したのは、みんなの中で一番遅かった。

最近は仕事が忙しくなって、土曜日も拘束されることが多いのである。

いくら恒例の年に一度のミステリー研ＯＢＯＧの集まりとはいえ、こんなことに巻き込まれるくらいなら、今年は参加するのを止めれば良かったというのが本音だが、それはまあ、今さら言ってもしょうがない。

愛車のボルボは橋の上で危うく濁流に巻き込まれるところだったし、全くもってついていない。

しかも着いてすぐに三郎が鞠子の死体を見つけたおかげで、コーヒーを一杯飲んだだけで、忙しく動き回ることになった。

いやもちろん言うべき内容も、言う順序がおかしいのもわかっている。まず何よりも先に、学生の頃からの仲間の一人であり、卒業後も年次会の場所に毎回別荘を提供してくれていた鞠子の突然の死に対して、心から哀悼《あいとう》の意を捧げるべきである。だがさっきから三郎の態度があまりにも不遜《ふそん》なので、思わずこんな感想を抱いてしまったというわけだ。

実は私は、三郎がラウンジでの話の輪から外れて一人廊下に出て、白い螺旋階段の中に吸い込まれて行くその後ろ姿を、ラウンジの観音開きのガラス扉越しに眺めていたのだ。別に意識して三郎の一挙手一投足を見張っていたわけではないのだが、頭髪を金色に染めた男の後ろ姿と、純白の螺旋階段の組み合わせが何だかおかしかったから、その情景は妙に心に残ったのだ。

もっとも一番おかしいのは彼奴《きゃっ》の名前なのだが。平三郎《たいらさぶろう》とは。二十一世紀にもなって、一人こいつだけ源平合戦の時代のような――しかも本家の大将ではなく、分家のそのまた分家の下っ端のような――名前をしていやがるのだ。

というわけで話は戻るが、だからこそ私はその平三郎が上の階に消えてから、みんなを呼ぶ声を上げるまで、何とも不自然なタイムラグがあったことを、自信を持って指摘することができたわけである。

従って急いでコーヒーの残りを飲み干し、沙耶加や恭子やたま等のあとから、螺旋階段を上って鞠子の死体を目にした瞬間に私は、すでにある程度直感的に平は怪しい、少なくともこいつの話を無条件で信用することはできないと睨《にら》んでいた。何故ならその状況ならば、どう考えても彼奴は、階段を上り切ってすぐに大声を上げなくてはおかしいのだ。なにしろ四階には鞠子の部屋一部屋しかなく、そのドアに鍵はかかっていなかったと言うのだから。

それなのに、その姿が螺旋階段の中に消えてからみんなを呼ぶ声が聞こえるまで、しばらく間があったというのは、この男が信用できないということを指し示す、動かぬ証拠と言えるではないか——。

だから私が屈んで死体の様子を確認している時に、その本人がつっかかって来た時には、素で吃驚《びっくり》してしまった。盗人猛々《ぬすっとたけだけ》しいという古い諺《ことわざ》を思い出したくらいだ。

「ところでお前、他人には触るなと言っておいて、何を自分は勝手にべたべた触っているんだよ」

もちろん私は即座に言い返した。

「そう言うお前こそ、何故鞠子に触ったんだ？」

「仲間の一人がこんな風に床に倒れているのを見つけたら、誰だって脈くらい調べるだろ！　たった今お前がやったようにな！」

「通常の状況ならば、当然そうしてしかるべきだろうな。だが現在のこの状況を考えたら、お前は一切何も触れずに、最初から全て俺様に任せるべきだった。お前もミス研のＯＢならば、それくらいわかる筈だ」

「何だと？」

「だってこの状況ならば、どう考えてもこの俺様が探偵役をつとめるのが、自然な流れだろう？」

いくら鈍感な平三郎《このおとこ》でも、こう言えばわかるだろうと思っていた。

ここでちょっと断っておきたいのだが、私は普段はとても穏やかで礼儀正しい人間である。趣味は自然観察だし、自分で言うのも何だが、周囲の人間からの信頼も篤い。勤めている商事会社でも、私の年齢では異例と言えるほど責任ある立場を任されている。

それなのにこのメンバーで集まるときは、何となく学生の頃からの習慣で、ついつい俺様キャラを演じてしまうのだ。これぱかりは卒業して何年経っても、なかなか変えることができないので困っている。

だが誰だって人生の諸場面で、ＴＰＯに応じてキャラを使い分けて生活しているものではないだろうか？

「探偵役？　何でそんなものが必要なんだよ」

ところがその平ときたら、舌鋒《ぜっぽう》を収めるどころか一段といきり立ったのだから、全くもって物分かりの悪い男である。私は心の中で溜め息をついた。

「やれやれ、それを説明しなくちゃならんとはな……。鞠子は背中のど真ん中を深々と刺されている。背中のこんな箇所に自分でナイフを刺せる人間など、どこにもいない。従って自殺ということはあり得ず、間違いなく他殺だ。そしてこの屋敷がいま、外界から孤立している以上、鞠子を殺した犯人は俺たちの中にいることになる」

私がその事実を指摘すると、その場にいたメンバー全員が、不意を衝《つ》かれたように身体をさっと硬くするのがわかった。みな薄々感じていたには違いないが、こうして改めて言葉にしてみると、やはりその状況はあまりにも重い。仲間が一人殺されたというだけでも十二分にショッキングなことなのに、さらに自分たちの中に犯人がいるなんて——。

「もちろん本来ならば、今すぐ警察を呼ぶべき状況だが、白鬚橋が事実上の崩落で通行止めになっている以上、警察もすぐには来られないことだろう。あの橋の様子を見る限りでは、復旧は早くても明日、下手したらそれ以降のことになるかも知れない。それならば、それまで誰が殺人犯かわからないという疑心暗鬼の状態で過ごすよりも、自分たちの手でさっさと犯人を捕まえて拘束してしまう方が、はるかに良いと思わないか？」

私は喋りながら全員の顔をゆっくりと見回した。平以外のほぼ全員が頷いていることを確認しながら、話を先に進めた。

「というかそうしないと、夜もおちおち眠れないことになるぜ。それともあれかい？ミステリーのクローズド・サークルものにありがちな、ロクに犯人捜しもせずにメシか何か食って解散して、翌朝その中の誰かが第二の死体になって発見されるというパターンの方を選ぶかい？　俺はそういうのを読むと、お前ら何でそんなに危機感がないんだよと、登場人物たちのあまりの頭の悪さに苛々してしまう方なんだがね。みんなも当然、第二の死体なんかになるのは嫌だろう？」

女性たちの顔が恐怖に歪《ゆが》み、そして当然のことながら、次の瞬間ほぼ全員が頷いて同意を示した。

「ならばその際に、犯人が間違った方向に推理を誘導したり、証拠をもみ消したり、次の犯行のための仕込みや細工をしたくてもできないように、誰かがリーダーシップを取って、それ以外のみんなは、そのリーダーの指示に従って動くように取り決めるべきなんだ。みんながバラバラに行動していたら、犯人の思う壺だからな」

私は至極真っ当な意見を述べているつもりだったのだが、一人だけつっかかって来た男がいた。

言うまでもなく平三郎である。

「じゃあ百歩譲って探偵役、というかリーダーシップを取る人間が必要なのは認めるとして、一体誰がお前にそれを頼んだんだよ！」

「おいおい、まだわからないのか。俺は別に誰かに頼まれたからやるなんて、一言も言ってないぞ。ただ俺がやるのが自然だと言っているだけだ」

「だから、どうしてそれが自然なんだよ！」

私は内心でもう一度溜め息をついた。これだから脳内筋肉男は困る。あくまでも紳士的に応対してやっているのに、こんな簡単なことが、どうしてわからないのだろう。

「さっき俺が言った〈現在のこの状況〉とは、正にそのことなんだがな。何故ならこの中で俺だけが、論理的に言って絶対に犯人ではあり得ないからだよ」

私は腰に手を当てながら、理路整然と説明してやった。

「いま俺は脈を取るためにちょっとだけ鞠子の手に触れたわけだが、鞠子の身体はすでに少し体温が下がりかけている。俺は法医学者じゃないが、少なくとも殺された直後ではないことだけは、はっきりと断言できる。恐らく最低でも死後一時間近くは経過していることだろう。だからついさっきここに着いて、コーヒー一杯を飲み終えただけの俺は、絶対に犯人ではあり得ないということになる。全員が容疑者のクローズド・サークルの中にただ一人、容疑から外れている人物がいるならば、その人物が探偵役をつとめるというのは、この上なく理に適《かな》ったことだろう？」

私は全員の同意を求めるべくもう一度視線を巡らせた。

だが平のいちゃもんは、それよりも早かった。

「ちょっと待てよ。もちろん俺だって法医学者じゃないが、死亡推定時刻をいわゆる皮膚の表面の体温で割り出すのは、誤差が多いことくらいは常識として知っているぜ。だから最近は警察の検死では、ケツの穴に体温計を差し込んで、直腸の温度を測るんだ」

私は眉を顰《ひそ》めた。今にはじまったことではないが、全くもって下品な男である。そのこと自体は、私も何かで読んだことがあるから事実なのだろうが、わざわざ今ここで言うことじゃないだろうに――。

案の定、下品な話の嫌いな沙耶加が、形の良い細眉を不快そうにカタカナのハの字に歪めるのが見えた。

「それで？　お前は一体何が言いたいんだ？」

一瞬の沈黙の後、私は訊き返した。平は真っ赤な顔をして続ける。

「だから体温だけじゃあ、お前が犯人じゃないという証明にはならないってことさ」

「おいおい、いい加減にしろよ。これ以上まだ言わせたいのか？」

私は苦笑まじりで答えた。

「今言ったとおり、俺はこの屋敷についさっき着いたばかりだぞ。そして着いてからはずっとみんなと一緒に二階のラウンジにいた。仮に体温のことは考慮に入れないにしても、俺に鞠子が殺せたはずがないじゃないか」

「だがそれだって、一〇〇％絶対という証明にはならない。お前は仕事が忙しいと言っていたがそれは嘘で、今から一時間ほど前にこっそりやって来て鞠子を殺し、またこっそり立ち去っていたという可能性がゼロだとは、誰にも断言することはできない」

平は真っ赤な顔で続ける。

「それだったら死体の体温とも矛盾しないしな。それから適当に時間をつぶして、さも今来たようなフリをしたんだ」

私は途中からもう苛立ちを通り越して呆れていた。よくもまあここまで次々といちゃもんをつけられるものである。溜め息をつきながら答えた。

「平、お前が想像力豊かであることは認めてやろう。そう言えばお前は学生時代からそうだったな。だがお前がいま唱えている説は、仮説にしてもムチャクチャというものだ」

「果たしてそうかな。お前がさっき着いた時、ボルボのクラクションをわざとらしく鳴らしたのは、あれは自分がたった今着いたということを、みんなに強く印象付けたかったからなんじゃないのか？」

全くもって、粘着質の男である。いい加減にしやがれと思った私は、遠慮なくズバリ指摘してやることにした。

「いい加減にしろよ。お前なんじゃないのか？　鞠子を殺したのは」

すると平は案の定、顔を一段と真っ赤にしていきり立った。

「何だと？　もう一回言ってみろよ！」

「何度でも言ってやるさ。とりあえず現時点で一番怪しいのは、平、お前なんだよ。そもそも第一発見者を疑えというのは捜査の鉄則なわけだが、それ以上にお前には、怪しい点が多分にある」

武士の情けで、この事実はいましばらく私一人の胸の中に収めておいてやろうと思っていたのだが、こうなったら仕方がない。ズバリ言ってやるしかない。

「何だよ、それは。言ってみろよ！」

平はいきり立って叫ぶ。

「ではお望み通り言ってやろう。とりあえず最も不審な点は、お前が螺旋階段を上って行ってから、俺たちを呼ぶまで、不自然としか思えないような間があったことだ。四階には鞠子の部屋しかないのにさ。お前は死体を発見してから俺たちを呼ぶまでの間、一体ここで何をしていたんだ？」

「はいはいはいはい。ようやく事件の全貌が明らかになりました。ミステリー研究会のメンバーが集まった、クローズド・サークルで起きた殺人事件！　いやー来ましたねー！　王道中の王道ですねー！　ワクワクしますねー。

しかし何と言っても今の章で特筆すべきは、視点人物が丸茂に代わったことですかね。この展開はちょっと予想できなかったですねー。視点人物はずっと三郎だと思っていた方が多いのでは？

さて、それはさておき、何とたった今、解答席のランプが点り、三人目の解答者が名乗りを上げました！　いやー今日の解答者のみなさんは、思い切りが良くて実に素晴らしい！　これで今日の視聴率は、うなぎのぼり確実です！　ご覧下さい、あそこに立っているプロデューサーのしてやったりという表情を！　《属性不問！　ミステリー好きならば誰でも出場ＯＫ！》のミステリーヲタ大会をやって良かった！　さあそれでは三澤《みさわ》さん、お答え下さい。犯人は誰でしょう？」

痩《や》せて神経質そうな男が映る。度の強そうな銀縁の眼鏡をかけている。

「えーと、当てに行くけど、いいんだな？」

「もちろんです。どうぞ当てて下さい！」

「だけど、ここで俺が当てちゃったら、残りの人たちはどうなるの」

樺山桃太郎、その場でがくりと膝から頽《くずお》れる。蝶ネクタイに織り込まれたラメ糸や衣裳のスパンコールが、スタジオの照明を反射してきらきら光る。

「ははは、またですか。今日の解答者はみなさん心配性ですねー。ですからさきほども申し上げました通り、解答者のみなさんは、そんなことは一切気になさらずに、どんどん答えちゃって良いんですよ！」

「そうかい。それじゃ遠慮せずに行かせてもらうよ」

「もちろんです。こっちは大丈夫ですから、もうどんどん行っちゃって下さい」

「まずはさっきのお下げ髪のお嬢さんが唱えた、丸茂犯人説を否定しておこうか。たった今読み上げられた箇所で、三郎も苦し紛れに同じような説を展開していたが、やっぱりこれは無理があるよ。丸茂が男か女かは問題じゃない。そうじゃなくて、一人時間差トリックって言ったっけ？　夜中ならともかく真っ昼間に、徒歩でやって来て誰にも見られずに犯行に及び、また誰にも見られずに屋敷から立ち去ったというところがあまりにも苦しい。鞠子の部屋に行くには、螺旋階段を上らなきゃいけないわけだが、その螺旋階段の上り口は、観音開きのガラスの扉越しに、ラウンジから丸見えの位置にある。実際丸茂はラウンジにいながらにして、三郎が螺旋階段を上って行く後ろ姿を目撃していた。こんな状況では、誰にも見られずに屋敷を訪れて犯行に及び、また誰にも見られずに立ち去るなんて芸当は、よほどの僥倖《ぎょうこう》と偶然に恵まれた場合であって、はじめからそんな僥倖を期待して犯行に及ぶ犯人などいない」

「ははあ……。しかし二谷嬢の肩を持つわけではないですが、そういう犯人が、絶対にいないと断言することも、またできないのでは？」

「確かに、もしもこれが現実世界の事件ならば、状況判断のできないおつむの弱い犯人が、それに類することをやらかす可能性はある。正常な判断力のある人間だったら絶対にやらないだろうことを、彼なり彼女なりがやることによって、状況が混乱するあるいは不可能状況が生まれるという可能性は、ゼロではない」

「はい……」

「だが本格ミステリー的には、それではダメなんだよ。本格ミステリーは、現実よりもはるかに論理的で美しくなければならず、それこそが俺たちが本格ミステリーを愛する理由でもある。逆に言えば犯人が偶然の僥倖に頼っているようなミステリーは二流いや三流以下であって、この番組は今や国民的という冠を付けて呼ばれるほどのものだし、巨額の賞金だってかかっているからな。そんな不出来な問題である筈がない」

「ははあ、ありがとうございます」

樺山桃太郎、何故か頭を下げる。

「これがミステリー研究会の年次会で、登場人物たちが全員ミステリー研のOBOGだという設定が、ここに至って、重要な意味を持って来るわけだ。これはただ思い付きで適当になされた設定じゃないんだよ。全員本格ミステリー的な行動律に則って、論理的に行動すると見做《みな》すべきだし、そうでなければ作品世界が崩壊する。中でも丸茂は特に頭が切れる奴という設定のようだから、なおさらそんな杜撰《ずさん》な犯行に及ぶわけがない。これはいわゆる作品の内在律というやつだ」

「なるほど！　説得力あります！」

「それだけじゃない。丸茂犯人説は、物証的にも反論が可能だ。もしもどこか近所に車を停めて、徒歩で屋敷と車の間を往復したのだとしたら、この大雨の中、いくら大型の傘をさしていたといっても、服が相当濡れてしまうことは避けられない。だが丸茂の服が濡れていたという記述は一切ない。逆に三郎視点の箇所で、『(丸茂は）着替えたりする手間がないので（ラウンジに来るのが）早い』という記述さえあった。ということはその後すぐ近くで見て、もしも丸茂の服がほんの一部でも濡れていたら、三郎は必ずやそのことに注目してしかるべきだが、そんな様子は一切ない」

「うーんなるほど！　いやーこれも充分にロジカルですねー」

「だろう？」

「二谷嬢、大ハズレ濃厚ですね！　せっかく見破ったかに見えた車のクラクションを使った心理トリックも、三郎がこの時点で指摘したということは、ダミーの捨てトリックくさいですしねー。さらに大型の傘で憶い出しましたが、今の箇所で丸茂は商事会社に勤めていることもわかりました。これはやっぱり、どう考えても普通の会社員ですよねー。『責任ある立場を任されている』とありましたし。いやー二谷さんの丸茂＝レースクイーン説、非常にユニークな意見でしたが、残念でした」

「残念でした」

モンテレオーネ怜華が、ちょっと舌足らずな声で付け加えた。

「では丸茂犯人説が否定されたところで、三澤さんの考える真犯人は？」

「言っていいの？」

「ええ、ですから一切の遠慮は無用です」

「はっはっは。聞いて愕くな」

「大丈夫です」

「犯人は沙耶加だよ」

三澤は銀縁眼鏡の縁を光らせながら断言した。

「おおっと、早くも出ました意外な犯人その３！　事実上のヒロインと目される沙耶加ですが、ヒロインが犯人というパターンも、実際に結構な頻度《ひんど》でありますからね

――」

「まあそういうことだな」

「ではその根拠をお示し下さい」

「というか、とりあえず今この時点で、最も怪しいのは三郎だよな。階段を上ってから叫び声を上げるまで、不自然な間があったことを丸茂が指摘している。だが三郎は視点人物だ。本格ミステリーは地の文で嘘をつくことが許されない以上、視点人物は犯人にはなり得ない。唯一の例外が、一ノ瀬さんが言った視点人物が多重人格者というケースだが、俺はその意見には与《くみ》しない」

「おおっ？　一ノ瀬さんの推理の否定も、ついでにやっちゃいますか！」

　樺山桃太郎、ウキウキした表情。

「この番組が現在のような国民的人気番組になったのは、毎回の問題が意表を衝く展開の連続で、良く作りこまれていたからだ。出題者が誰なのかは一切明らかにされていないが、その出題者が十回目という節目の今回、多重人格などという安易なトリックに頼るわけがない」

「な、なるほど。そこも〈推理〉してしまうんですね」

「従って視点人物である三郎と丸茂は、普通に犯人ではない。あのお嬢さんももう少し解答を自重していれば良かったのになあ。まさか自分が犯人として指摘したすぐ直後に、その本人が視点人物として登場するとは、さすがに思ってもみなかっただろうなあ」

「そうですよね。解答済みブース内でそれを知った瞬間の、二谷嬢のロリータフェイスが絶望に歪むところを見てみたいですね。番組の最後に流れる、ブース内の隠し撮り映像に期待ですね。けけけけけけけ」

「き、気持ち悪いな司会者。お前ドSだろ」

「す、すみません。つい本音が」

「ということで話は戻るが、ではこの三郎、事件とは完全に無関係なのかというと、そういうわけでもない。もしも無関係ならば、鞠子の死体を発見してすぐにみんなを呼んでしかるべきなのに、そうしていない。不審に思われるような間があったことに、丸茂が気付いている」

「ただそれもやはり現時点では、そう主張しているのは丸茂ただ一人なわけですよね。丸茂と三郎は対立関係にあるわけで、丸茂が三郎を牽制するために作り話をしているという可能性を否定することはできないのでは？」

「丸茂の作り話？　いや、それはないね」

三澤は首を横に振る。

「何故ですか？」

「だって三郎自身の独白の中にも、事件への関与をそれとなく裏付けるような箇所があったからさ」

「三郎の独白の中に、事件への関与を裏付けるような箇所が？　そんなものありましたっけ？」

「あるよ」

「どこでしょうか？」

「死体を発見した直後の場面だよ。『俺は少しずつ落ち着きを取り戻すと、ほんの少し手を動かし、それから大声で階下のみんなを呼んだ』とある」

「あ、はい……」

「この『手を動かし』というところ、一体何だ？　何で手なんか動かしたんだ？　鞠子の死体を目にして、突然健康の大切さに目覚めて、ラジオ体操でもやっていたのか？　んなわけないよな」

「ああ、言われてみれば……」

「とぼけるんじゃねえ！　思い切り怪しいだろうが！」

「しかし確認しますが、三澤さんは沙耶加犯人説なのですよね？　すると三郎と沙耶加が共犯という推理なのでしょうか？」

「いや、これは共犯とは言わないいんじゃないかな。俺は法律にはあまり詳しくないけど、共犯とは、犯行がなされた時点で両者が結託している場合について言うんだろう？　もしも三郎が最初から沙耶加と結託していたのだとしたら、冒頭のシーンの大部分を占める、三郎が沙耶加の気持ちをあれこれ推し量る記述が、やはりアンフェアということになってしまう。二人の間に何があったのか知らないが、三郎が沙耶加との仲を修復しようとして果たせず、その後一人四階に上がって、鞠子の死体を発見して愕いたというのは、これは全て事実でなければならない」

「はい……」

「ということは三郎がここで『手を動かした』のは、自分のためではなく、誰かを庇《かば》うためということになる。ならば三郎が、自らも罪に問われる危険性も承知の上で、庇おうとするのは誰か。愛する沙耶加以外にないよな」

「おお、確かに！」

樺山桃太郎、目を輝かせる。

「三郎は死体を見つけると同時に、何らかの理由で真犯人が沙耶加であることを知ったんだよ。何か重大な証拠が、そこには残されていたんだろう。そこで三郎は文字通り『手を動かし』て、その証拠を湮滅《いんめつ》し、それから大声を上げたというわけだ。だから時間がかかった。これで見事に全ての辻褄《つじつま》が合う」

「なるほど、なるほど」

樺山桃太郎、二度深く頷く。

「これは沙耶加の意志とは無関係に、三郎が勝手にやったことだから、共犯とは言わない。確か事後従犯とかいうやつに当たるんじゃないかな？」

「事後従犯。ええ、聞いたことはあります。なあんだ、充分法律に詳しいじゃないですか三澤さん」

「ばーか、謙遜ってやつだよ。つまり冒頭からの、あの事件の本筋と何の関係もなさそうな恋愛心理小説めいた箇所にも、ちゃんと意味があったというわけだ。あそこが発見現場での三郎の行動原理を説明するわけだから、三郎の沙耶加に対する気持ちが綴《つづ》られたあの場面が、絶対に必要だったんだよ。まあ俺様には見破られてしまったものの、今回もなかなかの問題だったな。三郎は視点人物だから犯人にはなり得ないと思わせておいて、証拠を湮滅した事後従犯の役を割り振るとはな。しかも三郎本人は嘘はついていないから、アンフェアではないしな」

「はあ、ありがとうございます」

樺山桃太郎、再びお辞儀をする。

「別にお前のことを褒《ほ》めたわけじゃないぞ、司会者」

「わかっていますよ。番組を代表してお礼を言ったまでです。いやあそれにしてもさすがはミステリーヲタ大会。みなさん実に個性的かつ自信家ですね。それに先々を読む洞察力が、我々並の人間とは段違いです！」

「はは。もう一章か二章、解答を遅らせようかと思ったんだが、一回のチェックポイントで答えられるのは先着二人までだし、今回は強敵揃いだから、先に言われてしまう危険性もあるからな。どうだ、正解だろう」

「いや、ですから私も正解は知らないのですよ。しかし今の説明には、かなり説得力があるように感じました」

「本当に正解を知らないの？」

「知らないです。なまじっか正解を知っていると、細かいところで態度に出てしまう危険性があるでしょう？　ですから我々司会者は、正解どころかヒントすら知らされていないのですよ。ねえ、怜華ちゃん」

「あ、はい。そ、そうですぅ」

「なるほど、徹底しているんだな。二重盲検法みたいなものか」

「何ですかそれ」

「だから新薬の効き目とかを人体実験で調べる時にさ、被験者を実際に薬を投与するグループと、色も形もそっくりだけど、有効成分の入っていない偽薬《プラセボ》を与えるグループとに分けるだろう？　その際に実験を担当する医師当人にも、被験者の誰がどちらのグループに属しているのか、わからないようにするのが二重盲検法だよ。そうしな

いと、偽薬なのに効果が現れた被験者に対して医者が、
《ちょっと待て。お前が症状改善するのはおかしいだろ！》
《お前馬鹿じゃねえの？　お前が毎日せっせと飲んでいるのは偽薬《プラセボ》なのに、暗示にかかりやすいにも程があるだろ！》
みたいな態度で接してしまう危険性があるからね。それと同じようなことだろう？」
「なるほどねえ。二重盲検法ですか。それ、使わせてもらいます」
「使うって、一体何に使うんだよ！」
「もちろん来年の大晦日の、ルール説明の時にですよ。それでは三澤さんも隣のブースにお移り下さい。いやーまだ序盤ですが、既に三人の方が解答を済ませられ、何だか今回はミステリー・アリーナ史上に残る神回《かみかい》になるような、そんな予感がして来ました！　ご覧下さい、あそこに立っているプロデューサーの顔を。笑いが止まらないを通り越して、今にもアゴが外れんばかりです。これは年明け匆々、整骨専門の麓《ふもと》医院の予約を入れておいた方が良いかも知れません！」

5

平さんの怒号のような叫び声を耳にして、私たちはラウンジを出ると、一体何事かと、一団になって螺旋階段を上った。どこに雲隠れしていたのか、さっきは姿が見当たらなかったたまも、いつの間にか合流して、警戒するような爪先立ちで、私のすぐ後ろを跟《つ》いて来ていた。

先頭に立って螺旋階段を上っていた文太さんが、四階に着いて鞠子の部屋に一歩足を踏み入れたところで突然立ち止まってしまったので、自然に私たちもドアの前で立ち往生することになった。文太さんが何かを叫んだようだったが、私の耳には入らなかった。後ろの方にいた英が、止まり切れずに私の背中にどん、とぶつかった。

だがその文太さんが、今度はそれきり微動だにしなくなってしまった。

「どうしたの?」

「鞠子が……」

恭子の問いにも、返って来た言葉はそれだけだった。

そこで不吉な予感を抱きながら、ライダースーツに包まれた文太さんの広い背中の脇から、おそるおそる部屋の中を覗いてみると、最初に見えたのは、真っ青な顔をした平さんが、部屋のほぼ中央に茫然《ぼうぜん》と佇んでいる姿だった。

そしてそのまま視線を下に下げた私は、思わず衝《は》っと息を呑んだ。

鞠子が部屋の中央で、床の上に俯伏せになって倒れているではないか！

いや、ただ倒れているだけじゃない。その背中には、ナイフが深々と刺さっている。背中は真っ赤いや真っ黒だ。

ミステリー研ＯＧの端くれとして、これまで書物の中では、こうした場面を何百回と体験して来た筈だった。だけどそれらは何のシミュレーションにもなっていなかったことを私は知った。まさかこんなことが現実に起きるなんて、しかもその被害者が私達の仲間の鞠子だなんて——頭の中がぐるぐる回転するような気がして、今にもその場にしゃがみ込みそうになっていると、最後尾から上って来た丸茂さんの野太い声が響いた。

「何も触っちゃいかん」

その野太い声が、私の意識を現実世界へと引き戻した。もちろん言われなくたって、何一つ触る気などない。そもそも頼まれたって、部屋の中に一歩たりとも足を踏み入れる気にならない。

その丸茂さんは、私たちの脇をすり抜けて一人部屋の中央へと進むと、倒れている鞠子の横にしゃがみ込んで脈を取りはじめた。

だがすぐに鞠子の手首を離し、腕時計を見て言った。

「午後五時五十五分、死亡を確認、と」

ナイフがこんなに深々と突き刺さっていて、血がこんなにたくさん流れていて、そしてぴくりとも動かないのだから、もうきっと手遅れなのだろう——薄々そう感じてはいたものの、それでもその冷静な言葉を聞くと、私は目の前の光景がそのまま凍りつくのを感じざるを得なかった。死亡を確認、死亡を確認、死亡を確認……。ただその言葉だけが、耳の中でしばらく響いていた。

ところがそれからものの三分もしないうちに、丸茂さんと平さんとの間で、いつもの言い争いが始まってしまった。

「探偵役？　何でそんなものが必要なんだよ」

今にはじまったことではないが、この二人の不仲には困ったものである。鞠子が可哀想。今はこんな言い争いをしている場合じゃないだろうに——。

「やれやれ、それを説明しなくちゃならんとはな……」

この二人を見ていると、両雄並び立たずという古い諺を思い出さずにはいられない。二人とも、どこへ行ってもリーダーシップを取れるだけの器量のある人間だからこそ、こんなことになってしまうのだろう。二人が同じ年齢なのも問題で、どちらかが一歳でも年上だったら、年下の方が一歩譲ることによって、とりあえずは丸く収まったりするのだろうけれど。

全ての人間は平等というのが、近代以降の人間社会のお題目の一つであるわけだけど、実際には知能が高くてコミュニケーション能力にも優れ、行動力もある人間が、自然と他の個体に対して支配的な立場に就くことは、ある程度は社会的にも必要なことだろう。この前読んだ動物行動学者の本によると、社会的生活を営む動物集団——もちろんその中には人間も含まれる——の中には、指導者的な素質を持ったものが5%だけ生まれてくるのだそうだ。それ以外の95%は、リーダーシップを取ることに消極的なタイプで、つまりリーダー気質の個体は、ほぼ二〇体に一体という稀少種なのだそうだ。

しかしもちろん神様が、そんな彼らをきちんと分配してくれるわけではないから、一つの集団の中にリーダー気質の個体が複数存在するというケースも当然起きる。動物ならば遅かれ早かれリーダー争いが起きて、敗れた方が自然淘汰《とうた》的に群れを去ることによって最終的には丸く収まるのだろうが、人間の場合はそんなに単純ではないし、腕力で決着をつけるということが基本できないから、ある集団には二人も三人もリーダー気質の人間がいて鎬《しのぎ》を削り続け、ある集団にはそれが一人もいないようなことが、往々にして起こるというわけだ。複数の大学の学生からなる、インターカレッジの私たちのサークルが、二人もリーダー資質の人間に恵まれたことは、私たちにとって幸運だったことは間違いないが、本人たちにとっては果たしてどうだったのだろう。

言い争いはまだ続いている。いい加減にして欲しいと思っていると、丸茂さんが衝撃的な一言を放った。

「間違いなく他殺だ。そしてこの屋敷がいま、外界から孤立している以上、鞠子を殺した犯人は俺たちの中にいることになる」

確かにその通りだ。私を含め、この場にいる全員が、思わず身体を硬くしたのが感じられた。

「みんなも当然、第二の死体なんかになるのは嫌だろう？　ならばその際に、犯人が間違った方向に推理を誘導したり、証拠をもみ消したり、次の犯行のための仕込みや細工をしたくてもできないように、誰かがリーダーシップを取って、それ以外のみんなは、そのリーダーの指示に従って動くように取り決めるべきなんだ」

丸茂さんはそう言って顔を巡らせた。目と目が合ったので、私は気付いた時には、思わず小さく頷き返していた。

平さんがただ一人それに反論した。

「じゃあ百歩譲って探偵役、というかリーダーシップを取る人間が必要なのは認めるとして、一体誰がお前にそれを頼んだんだよ！」

平さんと丸茂さんは、それからなおもしばらく口論を続けていたが、私は心ここにあらずの状態で、その場にただ立ち竦んでいた。目は開いているし、耳も聞こえているのに、外界からの感覚情報が一切入って来ない、そんな感じだった。

愕きが一段落し、脳がようやく状況を認識したのだろう、私は改めて慄然《りつぜん》とした。今回メンバーの中で、一番早く別荘に到着したのは私だ。なにしろ昨夜から泊まっているのだから。昨夜は鞠子と二人で、男性のことや仕事のことなど、夜が更けるまで話し込んだものだった。その鞠子が殺されてしまうなんて――！

私が我に返るのと、丸茂さんが決定的な台詞を口にするのは、ほぼ同時だった。

「いい加減にしろよ。お前なんじゃないのか？　鞠子を殺したのは」

平さんの顔色がさっと変わった。これはまずい。普段は男らしくて頼りがいのある平さんだが、一つだけ欠点がある。

それは、極度の短気ということだ――。

「何だと？　もう一回言ってみろよ！」

平さんが案の定声を荒らげ、私は思わず目を瞑《つぶ》った。

ちなみにさっきの動物行動学者の話には、まだ続きがある。

その二〇体に一体の指導者的素養を持った稀少種が、不遇にも何らかの外的要因によって、自分のリーダーシップを存分に発揮することができない状況に、長期間置かれた場合には一体どうなるのか、ということだ。

自分のリーダー的な資質を矯《た》めて、おとなしく導かれる側の個体になるのだろうか。

もちろん個体によって違うだろうけど、知性が高い動物ほど、そうはならない傾向が強いらしいのである。

学校で同じ学年に、人気を二分する二人のカリスマ的な生徒がいるとする。二人とも容姿端麗、スポーツ万能、もちろん成績も交互にトップを取るほど優秀で、互いに相手のことを強くライバル視しているとする。

マンガによくあるような設定で、もしマンガだったら、二人が表面的には対立し続けながらもいつしか深い友情で結ばれ、バッテリーでも組んで、憎まれ口を叩きながらもピンチの時には互いに必死で助け合って、あれよあれよと言う間に甲子園で優勝しちゃったりするのだろうけど、もちろん現実はマンガのように上手くは行かない。両雄並び立たずに加えて、鶏口《けいこう》となるも牛後となる勿《なか》れという諺もあるくらいで、仮にどちらか一方が生徒会長になったとしたら、もう一方はほぼ自動的に反主流グループのリーダーになるのが常である。少なくとも大人しく副会長に収まるようなことはない。

学校生活ならば、生徒総会が多少紛糾するとか、学校の行事の一つや二つが台無しになるとか、その程度のことで済むだろう。

だが実社会だったらどうだろう？

そう、実はそういう人は普通の人よりも、一気に反社会的な行動に走ってしまう確率が高いらしいのだ。反社会的犯罪者の中には、びっくりするほど高学歴の人や、社会的上層部に属している人間がいたりすることが、そのことを証明している。

私は、真っ赤な顔で昂奮して叫んでいる平さんの横顔を、そっと盗み見た。

平さんが上の階に上ってから私たちを呼ぶ声を上げるまで、不自然な間があったことを、丸茂さんはさっきから指摘している。心ここにあらずの状態だった私だが、そこはしっかりと聞いていた。

そして私の見るところ、平さんはそれに対して、納得の行く説明をすることができていない。とりあえず釈明はしているし、丸茂さん犯人説まで唱え始めているが、苦し紛れという感は否めない。何かを隠していることは、どうやら間違いなさそうだ。

まさか、まさかひょっとして平さんが鞠子を――？

「おおっっと！　何と何と何と！　ついさっき三澤さんが沙耶加犯人説を唱えられたばかりなのに、この章では何と、その沙耶加本人が視点人物になっていました！　まるで三澤さんの解答を傍《はた》で聞いていて、意地悪でもしているかのようです！　はは、ははははは」

「ここに来て、視点人物が細かく入れ替わっていますね」

「しかも同じ場面が、いろんな視点から描かれています」

「同じ場面でも視点が変わると、景色というか物事の見え方が、こーんなにも違うんですね！」

「芥川龍之介の『藪《やぶ》の中』を憶い出しますね。あれは本来たった一つである筈の真実が、語る人によってさまざまに変化してしまうことを示し、〈現実〉や〈真実〉と呼ばれるものの危うさを描き出した傑作でした。

　この『藪の中』を、巨匠黒澤明《くろさわあきら》が１９５０年に映画化しまして、ヴェネツィア国際映画祭でグランプリに当たる金獅子賞《レオーネ・ドーロ》を受賞しました。さらに１９８２年には、同映画祭の五〇周年を記念する行事の一環として行われた、過去の歴代グランプリ作品中から優秀作品を選ぶ催しで見事選ばれ、黒澤明は栄誉金獅子賞《レオーネ・ドーロ・アッラ・カリエッラ》を受けています。この映画のタイトルは、何故か芥川の別の短篇から取った『羅生門』となっているのですが、この作品がその後の世界のフィクション界に与えた影響は小さくないと私は思っています。

というのも現代文学において丁度このころ、つまり二〇世紀中葉あたりから、〈信頼できない語り手〉という概念が市民権を得るようになりまして、事実は必ずしも語り手が述べている通りとは限らないという、語りの絶対的権威を疑う流れが、一気に幅をきかせて来たからです。この用語自体が初めて用いられたのは、アメリカの文芸評論家ウェイン・ブースの１９６１年の著書『フィクションの修辞学』の中とされていますが、実作におけるその最初の例に関しては、学者の間でもさまざまに意見が割れています。

とりあえず１９２２年に書かれた『藪の中』において、真実を語っているのが語り手の中の一人だとすると、その他の語り手は全員嘘を――少なくとも真実を大幅に脚色したものを――語っていることになり、従ってこの作品は、〈信頼できない複数の語り手〉という技法が使われた最初期の例の一つと見做すことができます。それまで小説の読者は、作品に書かれていることをそのまま鵜《う》呑《の》みにするしかなかったわけですが、こうした人間の視点の数だけ真実があると訴えかけるような作品の登場によって、テキストに書かれていることが絶対というような単純な読み方では、作品の奥に潜む真実には到達できない、時にはむしろ語り手ないし作者が敢えて言わないこと、口を噤《つぐ》んでいることの中に真実を見つける必要があると考えられるようになって行くわけです。

芥川龍之介の小説は、言葉や翻訳の壁もあり、発表後たちまち世界中でベストセラーになったというわけではありませんが、巨匠黒澤の映画の方は、前述の著名な賞も受け、世界中のスクリーンで観られることになりました。ここら辺は、映像の特権ですね。そして私は夢想するのです。ウラディミール・ナボコフの『青白い炎』(1962年)やカズオ・イシグロの『日の名残り』(1989年)など、二〇世紀後半の世界文学を綺羅星《きらぼし》の如く彩った〈信頼できない語り手〉の傑作群は、この芥川―黒澤の名作がもし存在しなかったら、ひょっとしたらまだ書かれていなかったのではないか、少なくとも今ある形では存在しなかったのではないか――と。

ところでこの技法ですが、当然のことながら、純文学のみならずミステリーとも非常に親和性が強いのですね。ミステリーのジャンルの一つに多重解決ものというのがありますが、当然これは、視点の数だけ真実があるという考え方とよく馴染みます。ミステリーの世界で多重解決の傑作と言われているアントニイ・バークリーの『毒入りチョコレート事件』は、芥川龍之介に遅れること7年後の1929年に書かれており、バークリーが何らかの形で芥川を読んでいたという事実でも見つかれば、面白いことになると思うのですが、今のところそういう事実は見つかっていないようです。

さてアシスタントの怜華ちゃんは、芥川龍之介を読んだことありますか？」

「えー、怜華よくわかんなーい。そもそも芥川龍之介って誰ですかぁ？」

樺山桃太郎、口をあんぐりと開ける。

「い、今の私の話、聞いてました？　さ、作家ですよ……」

「有名な作家さんなんですかぁ？」

「有名です」

「ふうーん、じゃあその人、最低でも芥川賞くらいは獲っているんですかぁ？」

「えー、どうやら怜華ちゃんに話を振った私が馬鹿だったようです。さて問題に戻りますが、沙耶加も視点人物の一人ということは、三澤さんには残念ですが、やはり沙耶加は犯人ではないということになりそうですねえ。本格ミステリーは地の文で嘘をつくことは許されない、従って視点人物は犯人たり得ないと仰ったのは、三澤さん御自身でしたからねえ。もしも沙耶加が犯人だとしたら、鞠子の死を知って悲しみにくれているここのモノローグ全体が、真っ赤な嘘ということになってしまいますからねえ。三澤さんは二谷嬢のことを、もう少し解答を待てば良かったのにと評してましたが、ブーメランで自分にもそれが突き刺さってしまいましたねえ。けけけけ」

「おい、司会者！」

「はい？　あれ、何かあそこに、ちょっと赭《あか》い顔で手を挙げていらっしゃる方がいますね。解答ランプは点いていませんが……。えーと四日市《よっかいち》さんですか、解答以外の自由発言は基本認めていないのですが、何でしょうか」

四日市と呼ばれた男はちょっと小肥りで、生え際が後退しはじめている。

「それはまだ何とも言えないだろ！」

「はい？」

「だから、視点人物だから沙耶加が犯人ではないと断言することは、まだできないだろうということだよ！」

「はて、何故でしょうか」

「だって、もしも沙耶加こそが多重人格者だったら、この場面の記述にも矛盾はないからだよ。鞠子を殺したのは沙耶加の別人格で、それを知らないメインの人格が、いま初めて鞠子の死を知って悲嘆にくれている場面という解釈が、充分に成り立つじゃないか！」

「ははあなるほど。それはまあ確かにそうですが、多重人格トリックはついさっき、三澤さんが徹底的に葬り去ったものかと……」

「節目に当たる今回、出題者がそんな安易なトリックに頼る筈がないというアレか？

ははは。それは一見もっともらしいが、ロジックとしては穴だらけだ。確かに今回は十回目だが、だからといって今回も過去と同水準の問題が用意されているという保証はどこにもない。逆にネタが尽きてレベルが低いかも知れない。そもそも今回の問題の出題者が、前回までの出題者と同一人物という保証もない。俺は出題者の名前が知りたくて、番組を録画して最後のクレジットのところを、何度も何度も見返したことがあるが、どこにも載っていなかった。今年から出題者が変更になっていても誰にもわからない」

「それは確かにわかりませんね。では話を戻しますが、四日市さんは多重人格者沙耶加犯人説なのですね」

「ああ、そうだよ。その根拠を言おうか？」

「お願いします。というか根拠を仰っていただかないと、仮にそれが正解でも、当てずっぽうだと判断されて、賞金の規定を満たしませんので」

「根拠その1は、三郎が来た時の沙耶加の態度だ。沙耶加の様子がいつもと違うことを、三郎は痛いほど感じていたじゃないか。そう、実はあの時既に沙耶加の中では、人格の入れ替わりが起こっていたんだ。そして入れ替わって表面に現れていた人格は、内気かつ人見知りで、三郎とは直接の面識がないんだよ。だからあの場面、沙耶加は三郎を意図的に無視していたわけではなく、知らない人だから敢えて目を合わせないようにしていただけなんだ」

「なるほど！　それはちょっと盲点でした。確かにさきほどのモノローグでは、沙耶加は決して三郎を忌み嫌っているわけではなく、『男らしくて頼りがいのある』と、むしろ肯定的な評価をしていましたからね。その沙耶加が冒頭の場面では、三郎に異様にそっけなかったのが少し変だなあと思っていたのですが、あれが別人格だったとすれば、納得ですね！」

「そういうこと。さらにさっきの場面で、沙耶加は鞠子の死体を前にしながらも、ちょくちょく意識や感覚が飛んでいる様子で描かれていた。最初の文太と三郎のやり取りもロクに耳に入っていない。だから床を見るまで鞠子の死体に気付いていない。その後の三郎と丸茂の言い争いも、聞こえているところと聞こえていないところがある」

「ああ、確かに沙耶加はさきほどの場面、時々ぼんやりしていますし、自覚があるのか自分でも、『外界からの感覚情報が一切入って来ない、そんな感じだった』と述べていますが、三郎と丸茂の会話が省略されているのは、単なる文章上の省略ではないのですか？　まさか全く同じ会話を二回書くわけにはいかないでしょう？」

「そう思わせておいて、実は意識の断絶を表しているというテクニックだ。実はこの場面、沙耶加の内部では、メインの人格を押しのけて、サブの人格が表面に出ようと閲《せめ》ぎあっていたんだ。これが根拠その2だ」

「なるほど。言われてみると、そんな気がして来ますね……」

「そんな気がするじゃなくて、そうなの！」

「しかし一ノ瀬さんではありませんが、確かにミステリーに多重人格を持ち込まれると、面倒臭いことは面倒臭いですね。仮に多重人格トリックが使われているとしても、三郎と沙耶加、どちらが多重人格者なのかなんて、読者の立場から推理することはほとんど不可能ですものね」

「ははは。そこに敢えて挑むのが俺たちミステリーマニアさ。三郎が多重人格者ではないことは、はっきりしている」

「え？　しかしそれを読者が証明するのは、それこそ悪魔の不在証明みたいなもので、ほとんど不可能なのでは？　四日市さんは、それができるのですか？」

「まあな。俺の推理の本筋からは離れるが、やってみようか？」

「是非お願いします」

「いいか、三郎がうたた寝から目覚めたときの記述を憶い出してみろ。三郎が穿いていたビンテージ・デニムはだいぶ乾いていたが、その代わり下のシーツがじっとりと湿っていた。もしも三郎が多重人格者で、一ノ瀬さんが推理したように、この間起き出して犯行に及んでいたならば、デニムは本人が動き回っている間に乾いたわけであって、シーツは乾いたままのはずだ。少なくとも『じっとりと』湿ることはない」

「なるほど！」

「それからもう一つ。雨に当たってずぶ濡れになった三郎は、寝ている間に夏風邪を引いたらしく、くしゃみをしている。これは生理的現象だから、自分の意志で抑え込むのは難しい。従ってもしも三郎のメイン人格が眠っている間に、別人格が階上で殺人を行っていたとしても、その間もくしゃみの一回か二回は必ずやした筈で、事件発覚後、そう言えばさっき上の階で誰かのくしゃみの音が聞こえたと言い出す奴が、必ずいるはずだ。ところがそう言い出す人は誰もいない、従って三郎はシロだ」

「おお！　ちょっと強引な気もしますが、これもなるほど！　では三郎は多重人格者ではないとして、沙耶加がそうであることも知らないわけですか？」

「もちろん知らない。だからこそ三郎は冒頭の場面で、沙耶加にガン無視されたと思ってショックを受けているわけじゃないか。三澤さんの述べた、三郎の沙耶加に対する気持ちが綴られた心理描写にヒントが隠されているという意見はなかなか炯眼《けいがん》だったが、あの人はそのヒントの読み取り方を間違えたな」

「では螺旋階段の入り口が、ラウンジから丸見えになっているという点は如何《いかが》でしょう。さきほどの三澤さんはそれを、誰にも見られずに屋敷を訪れ、また誰にも見られずに立ち去るなんてほぼ不可能と、丸茂犯人説を否定する根拠の一つとして挙げられましたが、実は私あれを聞きながら、それは丸茂に限らず全員同じ理由でリスキーだよなと思っていたんです。もちろん沙耶加だって例外ではありませんよね。この点は如何でしょう」

「確かに丸茂犯人説は厳しくなるよな。まだ屋敷に着いていないことになっている丸茂は、屋敷内で姿をちらりと見られただけで一発アウトなわけだから。だけど既に屋敷に到着している連中ならば、事情は全然違って来る。たとえば最初から三階の部屋を宛てがわれていた場合。ラウンジにいる連中には、自室にちょっと何かを取りに戻っただけのように思わせて犯行に及び、また何食わぬ顔で戻ることができるじゃないか」

「しかし沙耶加の部屋が三階だとは、どこにも書いてありませんよね」

「そりゃあそうだよ。それを書いたら誰でもわかっちゃうじゃないか。だからわざと部屋割りの記述も省いてあるんだよ。普通この手のクローズド・サークルものと言っ言ったら、最初に全員の部屋割りを示す記述なり見取り図なりがあるものだ。今回はそれがないという意味を汲み取らなきゃ。これを根拠その3として挙げておこうか」

「うーむ。見取り図がない理由まで〈読む〉んですか。やりますね。では現場で三郎が『手を動かした』のは？」

「そこは三澤さんと同じ。床の上には沙耶加が犯人であることを示す証拠が残されていた。三郎はそれを湮滅してからみんなを呼んだんだ」

「わかりました。ではそれが四日市さんの答えということで宜《よろ》しいでしょうか」

「あーうん、ついつい喋っちまったなぁ。本当はまだ解答しないつもりだったんだけど」

「正式な解答ということで、承ってよろしいですか」

「というかさっきから引っ掛かっているのはさ、俺は最初から一貫して沙耶加犯人説だったんだけどさ、さっき三澤さんが、一足先に沙耶加犯人説を唱えちゃったわけじゃない。俺からするとまるでなってない答えなんだけど、結果的に指摘した犯人は、三澤さんと俺は同じになってしまうよね。となると、俺がここで改めて沙耶加犯人説を唱えて仮にそれが正解だったとしても、一歩違いで二〇億円は三澤さんのものになっちゃうわけか？　だとしたら理不尽だなーと思って、さっきは敢えて解答ボタンは押さなかったんだよね」

「ははあ、なるほどなるほど。そこは確かに重要ですよね。心配なされる気持ちもよくわかります。えーちょっとお待ち下さい」

司会者は右の耳を掌で押さえる。真面目な表情になって、二、三度頷く。

「ええっと、たった今プロデューサーからの指令が、私の耳のイヤーモニターに届きました。三澤さんと四日市さんの解答は、別個のものと見做されるとのことです！

お二人が指摘された犯人は同じですが、そこに到る道筋が全く違っているからです。さらに三澤さんは単なる沙耶加犯人説ですが、四日市さんは多重人格者沙耶加犯人説であり、いわば属性が違っているから、ということです。従って、たった今仰られたお答えが正解だったならば、四日市さんは見事、二〇億円の権利を獲得することになります！」

「よっしゃあ！」

「いや、ですから、もしそれが正解だったらの話ですよ」

「ははは。間違いないよ。だって違っていたら、プロデューサーがわざわざそんな指令を出して寄越すはずがないだろう？」

「ああ。やはりそこも〈読み〉の対象になっているわけですか……」

「当然だろ。番組の流れ、プロデューサーの顔色、すべてが推理の手がかりだろうが！」

「うーん、さすがはミステリヲタ大会。これまでの大会とは、一味も二味も違いますね！　はい、ではたった今、多重人格者沙耶加犯人説が、四日市さんの正式な解答として登録されました！　ではここでお知らせです！　民放なんで悪しからず！」

画面はＣＭへと移った。スタイリストが走って行き、樺山桃太郎とモンテレオーネ怜華の、ほんの少しの髪の乱れを直す。樺山桃太郎はマネージャーの差し出すのど飴を受け取り、三ついっぺんに口に入れて、ちょっと舐めただけですぐにぺっと吐き出す。

さっきモンテレオーネ怜華の花束を奪って行った、スニーカーを履いて髪をひっつめにした女ＡＤが、カンペの出し方が遅いとフロアディレクターに叱責されている。女ＡＤは以後気をつけますと言いながら頭を何度も下げる。

フロアディレクターが去ってから、女ＡＤは唇を噛み、スタジオの天井を見つめる。

こんなことが、いつまでも許されるはずがない。

だから私は、思い切って行動を起こした。

もし私のやったことがバレたら、命すら危ういことだろう。
でも、もう決めたことだ。
それに今さら後戻りはできない。
神様お願い。何とかうまくいきますように——。

6

俺は丸茂の意見に真っ向から異を唱えたが、だからといって別に本気で丸茂が犯人だと思っていたわけではない。ただ奴が、自分だけは絶対に犯人ではあり得ないなどと豪語するので、絶対なんてことは誰にも言えない筈だと指摘してやっただけであり、丸茂犯人説が苦しいことは、俺だって頭ではわかっていた。

だがその丸茂の野郎が、一瞬ののち唇をニヤリと歪めて、鞠子を殺したのはお前なんじゃないかと言って来たので、さすがの俺も頭に血が昇った。俺の言葉に対する意趣返しだとしても、これは聞き捨てにはできない。

「何だと？　もう一回言ってみろよ！」

だが丸茂は、憎たらしいほど悠然とした顔で構えている。

「とりあえず最も不審な点は、お前が螺旋階段を上って行ってから、俺たちを呼ぶまで、不自然としか思えないような間があったことだ。四階には鞠子の部屋しかないのにさ。お前は死体を発見してから俺たちを呼ぶまでの間、一体ここで何をしていたんだ？」

「俺はすぐにお前らを呼んだだろうが！」

「いいや、しばらく間があったよ。不自然なほど長い間がな」

丸茂が余裕綽《しゃく》綽《しゃく》の表情でそう言うと、みんなの方を振り返った。沙耶加が小さく頷き返したようにも見えて、俺は再び頭に血が昇った。そう言えばさっきも、丸茂の問いかけに真っ先に答えたのは沙耶加だった。俺に対する当てつけなのだろうか？

俺がラウンジで話を向けた時は、返事すらしなかったくせに——。

「それはドアをノックして、しばらく返事を待っていたからだよ」

「気の短いお前が、ドアの前で五分も六分も黙って立って待っていたとは思えんなあ。待ったとしても、せいぜい一、二分だろ。ドアに鍵はかかっていなかったわけだから、開けるのに手間取ったということもあり得ない」

くそっ。やられた。さっき、ドアに鍵がかかっていなかったことを俺の口から喋らせたのは、このためだったのか——。

「な、仲間の一人が無慙《むざん》に殺されているのを発見したんだぜ？　あまりのことに、ほんの少しの間茫然としたからといって、一体それのどこがおかしいんだ！」

俺は今すぐ丸茂の胸ぐらを摑んでぶん殴ってやりたいのを、懸命にこらえて反論した。暴力はまずい。というか、もしもここで丸茂を殴ったりしたら、事態は好転するどころか悪化する一方だろう。犯人であることをズバリ指摘されて、思わず逆上して手を出した——そんな風に受け取られてしまうことは必定だ。

「ほんの少しの間茫然としていた、か。まあ咄嗟の言い訳としては、とりあえずそんなところだろう。だが果たして真相はどうだろうなぁ」

丸茂はあいかわらず余裕綽綽たる表情で俺を見つめている。俺は言葉を継いだ。

「だが仮に百歩どころか一万歩譲って、俺がお前らを呼ぶのに少々時間がかかったとしても、正にお前自身がさっき言った理由によって、俺は犯人にはなり得ないはずだ」

「俺がさっき言った理由？」

丸茂がいけしゃあしゃあと首を傾げるので、俺は目を疑った。何だこいつ、さっき自分で言ったことをもう忘れたのか？　それともわざと忘れたフリをしていやがるのか？

「だから鞠子の体温だよ。さっきお前は、鞠子が死んでから少なくとも一時間近くは経過していると言ったじゃないか。もし仮に俺が犯人で、ついさっき殺してお前らを呼んだんだったら、まだ全然温かいはずだろうが」

だが丸茂は、嫌味なほど冷静な顔で答える。

「何を言うかと思ったら……。確かにお前がついさっき鞠子を殺したのならば、鞠子の体温の低下は説明がつかないな。だがよく聞け。俺はそんなこと一言も言ってないぜ。お前はあらかじめ鞠子を殺し、頃合を見計らって、第一発見者となるべく階段を上ったんだ。だがいざ叫び声を上げようとしたその瞬間に、自分自身の致命的なミスに気が付いた。もしもそのままにしていたら、自分が犯人だということを、白日の下にさらけ出してしまうような何かだ。そこでお前は慌ててその証拠を湮滅し、それからおもむろに声を上げたんだ。だから奇妙なほどの間が空いた、そう言っているんだ」

「じゃ、じゃあ一体何だよ、い、言ってみろよ。その証拠とやらをよ！」

俺は間髪を入れずに言い返したが、焦っていたので途中でちょっと口籠《くちご》もってしまった。

「だからそれをこれから調べるんじゃないか。まあ一番可能性が高いのは、瀕死の鞠子が、一種のダイイング・メッセージのようなものを残していたことだろうな。お前はそれに気付き、大急ぎでそれを湮滅したんだ」

「勝手に人を疑っていろ！」

「それじゃあ疑いついでにもう一つ言わせてもらおう。最近お前は誰かにフラれたらしいじゃないか。毎晩のようにヤケ酒を飲んでいるという噂を人づてに聞いたぜ」

「はあぁ？　それとこれと、一体どう関係があるんだよ！」

「ひょっとして、その相手が鞠子だったんじゃないのかい？　今日もう一度鞠子に迫ってみて、けんもほろろに断られて、かっとなって殺したという推論だって充分成り立つわけだ」

何をとんちんかんなことを言っているのだろう、と俺は呆れた。確かに俺と鞠子は、かつて関係があった。だがそれはとうの昔に終わっており、今では蟠《わだかま》りなど一切ないというのに――。

もっとも丸茂がこんなことを言い出したのは、俺と鞠子の関係が、秘密裡《り》にはじまり秘密裡に終わったことの証明でもあるわけだ。つまりこいつは、何でも知っているような顔をしているが、実は何も知らないということなのだ――俺はそう思うことによって、何とか精神の安定を取り戻そうとした。逆上して、あらぬことを口走ってしまったら元も子もない。

だが自らの興奮を鎮めながら鞠子の死体を見下ろした俺は次の瞬間、自分の二の腕の肌がさっと粟立つのを感じた。

何かある。さっきは気付かなかったが、床の上に伸びている鞠子の右手の、中指と薬指の爪の中に、何かある――。

俺は丸茂に対して売り言葉に買い言葉で応えながら、鞠子の右手の爪の中をさり気なく観察した。両眼2・0の自分の視力が、この時ほど頼もしく思えたことはなかった。

それが何であるかがわかって俺はもう一度愕《ぎょ》っとした。

これは口紅の破片じゃないか——。

しかもその色は、沙耶加が普段から愛用している——というか今もつけている——口紅の色にそっくりである。

すると、やっぱり沙耶加が犯人なのか？

俺は鞠子の右手の先から、慌てて視線を外した。もちろん丸茂の視線を誘導してしまうのを避けるためだ。

さっき丸茂が脈を取ったのは左手だった。その丸茂はいま中腰になって、背中に突き立てられたナイフの欛《つか》を観察している。果たして丸茂はこれに気付いているのだろうか？

するとその時だった。さっきから一言も口を利かなかったその沙耶加が、突然横から口を挟んで来た。

「とりあえずそれは違うと思う」

さしもの丸茂も、これにはちょっと不意を衝かれたような表情になって、上体を戻して沙耶加の方に向き直った。

「何故？」

「だって、つい最近平さんをふったのは、このあたしだから。もし平さんが二股かけていて、同時に鞠子にも言い寄っていたのならば、話は別だけど」

俺は沙耶加の姿と、その奥で啞然《あぜん》とした表情をしている丸茂の姿を同時に視線で捉えて、心の中でほんの少し溜飲《りゅういん》を下げた。丸茂のやつ、愕いていやがる。まあお前には沙耶加にプロポーズするなんて芸当は、逆立ちしてもできやしまい——。

ところがその直後、沙耶加が今度は顔を突然くしゃくしゃにして泣き出したので、俺は慌てた。

どうしたんだ、沙耶加？

まさか、自分がやったことを後悔して、それで泣いているのか？

やっぱりお前が犯人なのか？

「視点人物は再び三郎に戻りましたね！」

「細かく入れ替わっていますね」

「こんな風にラストまで複数の視点が入り交じったまま、事件が並行して描かれて行くのでしょうか」

「楽しみですね」

「それから鞠子さんの爪の中には、何と何と、本当に口紅の破片があったみたいですね！」

「二谷さんの推理の通りでしたね。びっくりしました」

「さぁーて、さてさて、さては南京玉すだれ、じゃなくて待ってました！　ここで五人目の解答者です！　さあ五所川原《ごしょがわら》さん、どうでしょう！」

五所川原はよく日焼けしたガテン系の男だった。箪笥《たんす》くらいならば、一人で軽々と担げそうな広い背中をしている。胸板も厚い。もっとも腹回りもそれなりにある。

「うーんまだ一〇〇％の自信はないんだが、当たればいいんだろ、当たれば」

「ええっと、それはケースバイケースです。これはあくまで推理闘技場《ミステリー・アリーナ》ですから。結だかないと」

果オーライの競馬の予想とは違いますから、ある程度は納得の行く理由を示していた
「そうか。うーん、それじゃあどうしようかな……」

「しかし犯人が論理的に指摘できていれば、トリックなどの細かい点は多少曖昧《あいまい》なままでも、ほぼ正解とみなされると思います」

「うーん、それじゃあやっぱり、答えておくか！　先に答えられちゃったら、元も子もないからな」

「そうしましょうそうしましょう！」

「お前さんもさっき言ったけど、あのお下げのお嬢さんの推理は実に惜しかったな。死体の爪の中に口紅の破片があり、犯人は女性だと判明する。さらに会話の一部に不自然な箇所があるので、性別誤認トリックが使われている、ここまでは俺も全くの同意見なんだが、残念ながら性別誤認されているのは丸茂ではない。事実その後の章でも、丸茂は一向に女性っぽくならないじゃないか」

「確かに！　それどころか、むしろどんどん男っぽくなっていますね！　三郎は丸茂のことを『野郎』呼ばわりしていますし、沙耶加は丸茂の声を、『野太い声』と表現していました。さらにさっきの三郎の独白に、『今すぐ丸茂の胸ぐらを摑んでぶん殴ってやりたいのを、懸命にこらえて』ともありました。丸茂が女性だったら、この表

現自体、普通はしないような気がしますね。胸ぐら摑んだ時点で問題になりますからね。となると、やはり丸茂はほぼ男性と考えて間違いないんじゃないですかね。はっはっは。改めて二谷嬢、ざーんねんでした。ウブで仕込み甲斐がありそうだったのに、勿体ない」

「何を言ってるんだ、お前?」

「おっとすみません、ついつい内面の声が」

「読者の目に隠されている謎の女性〈アキ〉=犯人という点までは良かったのにな。だがあの娘は肝腎のところでしくじった」

「では五所川原さんの考える犯人とは」

「言っていいのかい?」

「ですから、どうぞ」

「ふふん、犯人はヒデだよ」

「ヒデ!　ああ、最初に三郎を迎えに出た……え、でもいま五所川原さん、女性が犯人だと言いませんでしたっけ?」

「そうだよ。この人は女性なんだ」

「しかしヒデなんて名前の女性、いますか?」

「頭湧いてんのか。今回の問題は、初めからずっと仲間内で呼び合う場面ばかりなんだから、本名でなくても一向に構わないんだよ。愛称かも知れないし、渾名《あだな》かも知れない」

「あ、そうか、それもそうですね。しかし根拠はあるのですか？」

「だってこのヒデさん、とってもよく気が利くだろう？　冒頭から、三郎と沙耶加の間が気まずいんじゃないかと、あれこれ気を回したりしている。本当に気を回しているのかどうかは定かではないにしても、三郎がそう感じるということは、そういうことをする人間だと思われているということだ。別に男性は気が利かないと言うつもりはないけど、恋愛に対するこの気の配り方は女性特有のものだよ。これが根拠その1。男は腹減ってるやつがいないかとか、みんな退屈していないかとか、そういうことには気を回すが、他人の恋愛感情を察して細かく気を回したりするのはあまり得意じゃねえ、というか基本的にあまりやらねえ。他のメンバーよりちょっと年上なのに、敬語を使われるのが嫌いで、タメ口で喋って貰うのを好むというのが根拠その2だ。これが男性だったら、いくら本人がそれを望んだとしても、周囲の人間が遠慮してしまって、なかなかタメ口では喋れないものだ。あ、これは別に男と女のどちらが偉いとかじゃなくて、社会的因習というものが如何《いか》に根強いかという話だから、誤解しないようにな」

「なるほど、細かいところに気を配っていますねー。続けて下さい！」

「実は冒頭の箇所から、俺はずっと疑問に思っていたのさ。腐女子御用達のＢＬものじゃあるまいし、男が男に、玄関先でバスタオル差し出すだろうか？　とね。この時ヒデは、到着した三郎が傘を持っていないのを窓から見て、素早くリネン室に立ち寄ってから三郎を迎えに出たことになるわけだけど、これはやはり女性特有の行動じゃねえのかい。これが根拠その３だ」

「なあるほど。冒頭の出迎えの場面は一見どうでもいい場面に思えますが、読む人が読めば、いろんな意味が隠されていたわけですね」

「そういうこと。さらに玄関先で立ったままシャツと靴下を着替えた三郎は、一番替えたい下の替えがないことを嘆いているだろう？」

「ええ。持って来なかったことを後悔していますね」

「もしもヒデが男だったら、借りられるかどうかは別にして、ボトムの替えを持っていないか、三郎はこの場でヒデに訊くと思わねえかい？　俺も現場で作業服を濡らしちまうことがあるが、特に下がびしょ濡れで、それを穿き続けなきゃいけない時は、ストレスマッハだぞ」

「しかしサイズが合わないとわかっていたら、訊かないのでは？」

「訊くだけ訊いてみたっていいだろ。ひょっとしたらフリーサイズのジーンズでも持っているかも知れない」

「他人の服を借りることに、抵抗があったとか？」

「だから正にその抵抗感こそが、真実を見抜くヒントなんだよ。この場面、三郎がそれを訊かなかったのは、ずばりヒデが女性だったからだ。この世の中は不公平にできていて、女性が男ものの大きなワイシャツなんかをゆったり羽織っているのはお洒落とされるが、男が女ものの衣服を身につけるのは、特殊な性癖と見做《みな》されてしまう。ましてやこの場面、替えたいのは下だ。まさかスカートを借りるわけには行かないから、三郎はヒデに何も訊かなかった。この三郎は、男らしさということに関して、かなりこだわりがある人間のようだしな。これが根拠その４だ」

「なるほど！」

　樺山桃太郎、目を輝かせる。

「それだけじゃない。もっと重大なヒントが、沙耶加のモノローグに隠されていた」

「え？」

「よく聞け。沙耶加は、平さん、丸茂さんと、男性は全員さん付けで呼んでいるのに、ヒデにはさんを付けていないんだ。これはやはり同性だからだろう」

「え？　そうでしたか？」

「そうだよ。死体発見の場面、『後ろの方にいた英が、止まり切れずに私の背中にどん、とぶつかった』とある。そして被害者の鞠子も呼び捨てにしている。これが根拠その5だ」

「おおお！　確かに！」

「呼び方だけじゃない。この場面、もしヒデが男性だったら、いきなり後ろからどん、とぶつかられた沙耶加は、多少なりとも気分を害してしかるべきだろう？　だがこの場面、沙耶加はまるっきり気にしている素振りがない。鞠子の死体を前にして、状況的にそれどころではないということもあるが、それはヒデが同性だからだよ。これが根拠その6！」

「なるほど！」

「それにこのヒデさん、背が低いよね。三郎と15センチも身長差があると書いてあった。男同士ならばちょっと違和感あるけど、男と女ならばこれくらいは普通だ。三郎が175センチとしてヒデ嬢が160センチ、何の違和感もない」

「ありましたねー。並木が見えるか見えないかとかいうところ。あそこはどうでもいい話をしているように思いましたが、ちゃんと意味があったわけですね！」

「そういうこと。実はあそこは、さりげなく両者の身長差を語って、ヒデが女性であることを暗示するための箇所だったんだよ。これが根拠その7！　それから二谷嬢が指摘した『アキのスカートも素敵よ』という例の台詞だけど、あそこも虚心坦懐にテキストを読めば、やはりヒデに向けられた台詞だとわかるよ。その前のところでヒデは丸茂にコーヒーを勧めて、続けて『恭子は？　おかわりは？』と尋ね、恭子は『ううん。あたしはいい』と答えている。だからここはヒデと恭子の会話が続いていると考えるのが、一番自然な読み方だ。これが根拠その8。二谷嬢はそこを別人の会話だと読んだらしいが、それは穿《うが》ちすぎ」

「ではこのヒデさんの、苗字の一部あるいは愛称が〈アキ〉なんですね」

「そういうこと。沙耶加のモノローグのところで、ヒデは英と漢字表記されていたが、これがフェアプレイたらんとする作者が呈示した、ほとんど唯一無二のヒントだったわけだ。つまり英《ひで》アキコみたいな名前なんだよ、この彼女は。仲間うちでは苗字で呼ばれたり、名前由来の愛称で呼ばれたりしているというわけだ」

「つまりヒデとアキは、一人二役ということなのですね」

「そういうこと。ただこれがまた捻ってあって、読者に対してのみ一人二役ということになる。この場にいる人間たちにとっては、全くもって自然なやり取りが行われているだけなんだから」

「なるほど、ではもう一つ。さきほど三澤さんが指摘された、三郎が『手を動かした』という箇所なのですが、この点はどう説明されますか。さきほどの四日市さんは、三澤さんと同じ沙耶加犯人説でしたから、三郎が沙耶加を庇って証拠を湮滅したという三澤さんの説を、そっくりそのまま踏襲することが可能でしたが、犯人がヒデだとしたら、三郎がわざわざ証拠を湮滅してあげるのはおかしいですよね。この点は説明がつけられますか？」

「ははは。あれは俺たちミステリーヲタを、ピンポイントで狙った引っ掛けだ。出題者め、味な真似しやがって」

「引っ掛け？」

「そう。第一発見者でもある視点人物から、現場で『手を動かした』なんて独白をちらつかされたら、ミステリーヲタであればあるほど、脊髄《せきずい》レベルで反応して飛びついてしまうのは避けようがない。これはそれを見越した上で張り巡らされた、巧妙な罠なんだよ」

「んん？　一体どういうことです？」

「だから『手を動かした』という記述から、『あ、こいつ今何かやったぞ！』『証拠湮滅したぞ！』とすぐに考えるのを、脊髄レベルの反応だと言ってるの！　別に〈手を動かした〉からといって、良からぬことをしていたとは限らないだろう？　事実三郎は、死体の爪の間の口紅片という最大級の証拠に、ついさっき気付いたくらいだ。ぜんぜん証拠湮滅できていない」

「じゃあこの人、現場で一体何をしていたんです？　やっぱりラジオ体操？」

「馬鹿言え。これは三郎が、鞠子の脈を取ったことを指しているんだよ。あの場面、三郎が鞠子の脈を確かめる描写はどこにもなかった。それなのに次の場面で、三郎は丸茂に対して堂々と、『脈はないよ。俺が確かめた』と言っているじゃないか。それを読者を罠にかけるため、わざわざ思わせぶりな表現で表したものがアレなんだ。ミステリーヲタクだったら、ついついガブリと食いついてしまうような疑似餌だよなあ」

「なあんだ五所川原さん、最初自信はないなんて仰っていたくせに、完璧なお答えじゃないですか」

「ということは、正解か！」

　樺山桃太郎、感服した表情。

　五所川原は色めきたち、両腕を上に挙げかける。

「いえ、それは私にはわかりません。しかしとりあえず論理としては完璧だと思います。どこにも矛盾は見当たりません」

「何だ、ぬか喜びさせやがって」

「いえいえ、私なりに本音を言っているのです。この番組は御存知の通り今年で十回目ですが、これまでの出場者の中には、明らかに記述と矛盾している答えを述べる方や、問題の一部の答えとしては確かに通用するものの、それ以外の箇所は全スルーという迷解答珍解答を述べる解答者が沢山いらっしゃいました。しかし今年はさすがですね、これまでのみなさんの解答は、その後に発覚した新事実によって否定されることはあっても、それ自体論理的に破綻している解答というものは一つもありません。さすがです」

「これくらい普通だろ」

「いやいや。それに私見ですがヒデ犯人説は、かなりイイ線行っていると思いますよ。被害者の爪の間の口紅片という、犯人が女性であることを示す明確な物証がここで出て来たということは、初めから女性であることが明らかな恭子や沙耶加は、ミステリー的には逆に犯人であるセンは薄くなりますからね。そしてヒデは、私は男性だとばかり思い込んでいましたが、五所川原さんの指摘を聞くと、確かに女性なのか男性なのか、曖昧《あいまい》な書き方をされていたことがわかります！」

「おう、嬉しいこと言ってくれるじゃないか！」

「それでは五所川原さんも、解答済みブースの方へと移動して下さい」

7

私が探偵役をつとめることに不満な顔を隠さない平三郎に対して、私はとりあえず第一発見者である彼奴自身が一番怪しいということを、ズバリ指摘してやった。とりあえず自分自身が容疑者の筆頭だとわかれば、犬のようにキャンキャンとうるさいこの男も、少しは大人しくなるだろうと思ったからだ。

しかも私は、それが唯一無二の真相だと結論づけたわけではない。現時点で一番怪しいのは、とわざわざつけ加えることによって、逃げ道もちゃんと与えてやったつもりである。

ところがこれは全くの逆効果で、平は真っ赤になって怒り出し、私はなおもしばらくこの単細胞な男に付き合わされる羽目になった。全くこれだから、脳内筋肉男は嫌いなのだ。俺様の、いやもとい私の濃《こま》やかな配慮を、全く理解していない。

まあしかし探偵役をつとめる以上は、あらゆる可能性を指摘しなければならないわけであり、遅かれ早かれ、いつかは同じ状況になったことだろう——。

「それじゃあ疑いついでにもう一つ言わせてもらおう。最近お前は誰かにフラれたらしいじゃないか。毎晩のようにヤケ酒を飲んでいるという噂を人づてに聞いたぜ」

「それとこれと、一体どう関係があるんだよ！」

「ひょっとして、その相手が鞠子だったんじゃないのかい？　今日もう一度鞠子に迫ってみて、けんもほろろに断られて、かっとなって殺したという推論だって充分成り立つわけだ」

だが私がそう言った時、奇妙なことが起こった。また今度もいきり立って反論して来るだろうと思った平の顔が、微妙に歪んだのだ。

そのまま口を噤んだ平の顔を見ながら私は訝った。おや？　今のはいわゆる売り言葉に買い言葉というやつで、この男がメチャクチャな推理を平気な顔で展開するから――笑止千万なことに私があらかじめ屋敷にやって来て鞠子を殺害し、それから一旦立ち去って、ついさっき何食わぬ顔で再び現れたのかも知れないなどと、真顔で抜かしていたのだ――その対抗上ちょっと言ってみただけなのだが、あるいはひょっとして図星だったのだろうか？

「とりあえずそれは違うと思う」

さらにその時、蒼白い顔で立ち竦んでいた沙耶加が、突然横から口を挟んで来たので、私はちょっと面食らった。

「何故？」

私は沙耶加の方を向き直って尋ねた。

「だって、つい最近平さんをふったのは、このあたしだから。もし平さんが二股かけていて、同時に鞠子にも言い寄っていたのならば、話は別だけど」

「ははあ」

恭子が腕を組み、したり顔で話に割り込んで来た。

「何が『ははあ』なんだ？」

私は向き直って訊いた。

「いや、今日平クンが着いた時、ラウンジで沙耶加と一言も言葉を交わさなかったから、ひょっとして二人の間に何かあったのかなあと思っていたんだけど、つまりはそういうことか」

私は視線を素早く平の顔へと戻した。フラれたことをみんなの前でバラされて、この男がどんな表情をするのか、見てやろうと思ったのだ。

そしてその結果私は、もう一度面食らうことになった。

何と平と来たら、怒り出すどころか、感激したような表情で沙耶加の顔を見つめているのである。

一体何なんだ、こいつは？

どうやら沙耶加のさっきの発言を、自分に対する助け舟だと解釈したらしいのだ。賢い沙耶加のことだから、我々二人の言い争いが泥仕合になりかけていることを察知して、私に推理を先に進めて欲しくて言ったのに違いないのに。沙耶加は学生時代から、我々が事あるごとに角突き合わせることを嫌っていた。

しかもほんの少し考えればわかることだが、今の沙耶加の発言によって、平にかけられている嫌疑が晴れたというわけでもない。とりあえずわかりやすい仮の動機の一例として私が挙げたもの――鞠子との痴情のもつれ――が否定されたのに過ぎず、この男がすでに縡《こと》切れている鞠子の部屋で、不自然なほど長い時間を一人で過ごしたという疑惑は、そっくりそのまま残っているのである。

つまり平がそれについて万人が納得する説明をして、疑いを晴らすことができない限りは、この男がやはり容疑者の筆頭であることには、些かの変化もないのだ。

さらに言えばその仮の動機にしたところで、完全に否定されたというわけでもまたない。沙耶加自身も皮肉な口調で付け加えた通り、平が同時に鞠子と沙耶加の二股をかけていなかったという保証はどこにもないのだから――。

賢い沙耶加は、そこまで考えてさっきの台詞を言ったのに違いないのに、どうやらこの脳内筋肉男は、それすら理解していないようだ。

全くもって、おめでたい男である。いやこれではおめでたいを通り越して、全くの能天気野郎だと言っても差し支えないだろう。

いま思えばインターカレッジ・サークルで過ごした四年間、私はこの男と角逐《かくちく》を繰り広げることに、随分と無駄なエネルギーを費やしてしまったものである。この男は自分では私のライバルをもって任じていたらしいが、正直私のライバルとしては力不足だ。顔を洗って、髪も黒く染め直して出直して来いと言ってやりたい。

その平は、沙耶加の発言以降、牙を抜かれたように急に大人しくなり、少し離れたところから鞠子の死体をぼんやりと見下ろしている。俺が目を合わせようとすると、慌てて視線を逸らす。

やはりこの男は、何かを匿《かく》しているようだ——俺の中で平に対する疑念が、いやが上にも高まった。

「平、悪いが身体検査をさせてもらうぞ」

「何だと？」

平三郎は案の定目を剝いたが、私は冷静に続けた。

「俺はお前が、声を上げて俺たちを呼ぶ前に、何らかの証拠湮滅をしたのではないかと疑っている。そしてもしそれが何かのものだとしたら、お前はそれを処分する機会はなかった。だからまだどこかに匿し持っていると推測できる。だから身体検査だ。もちろん拒否してもいいが、その場合は、自分が犯人だと認めることと、同義だと理解しろ」

　すると平は意外なほどあっさりと、両手を上に挙げて私の前に立った。

「なるほど。お前の言うことはもっともだ。望むところだ。気が済むまでいくらでも調べてくれ」

「三郎さんが身体検査に応じましたね。さて、一体何が出て来るんでしょう」

「出て来るんですかね。おおっと、何と何とまたしてもここで、解答ボタンが押されました。いやー今日の解答者のみなさんは、本当に素晴らしい！　頭が下がります！さあ、六畝割《ろくせわり》さん、どうぞ。珍しいお名前ですね」

六畝割は五所川原とは正反対で、まるで虫ピンのように細長い男だ。スリムというよりは貧相な痩せ方である。

「ふん、大人しく身体検査に応じたってことは、何も身に付けちゃいないってことだろ。どうせ何も出て来やしないよ」

「なるほどねえ。では六畝割さん、御解答をどうぞ」

「もう言っていいの？　俺、当てちゃうよ？」

「またですか。今回は本当に自信家が多いですね。どうぞどうぞ、遠慮なく当てちゃって下さい」

「みんな、見事にミスリードされているね。確かに死体の爪の間に口紅片が挟まっていたというのは、一見ものすごい物証であるように思われるし、現在のスタジオの雰囲気もそれに引きずられて、誰が謎の女〈アキ〉なのかを推理する争いになりかかっているけど、それは本末転倒だと、何故誰も気付かないのかなあ」

「本末転倒……ですか？」

「そうだよ。だって口紅片が間違いなく犯人のものだと、一体何故断定できるんだよ。被害者の鞠子さん自身が、化粧する時にうっかり入ってしまったものという可能性だってあるじゃないか」

「ああっ！」

「だろう？　つまりこれは、いわゆる〈偽の手がかり〉なんだよ。まあ最近の本格ミステリーにおける犯人は、男性三割に女性七割と言われるほど女性犯人率が高いことは事実だけど、口紅片の存在だけで、犯人は女性だと決めつけている連中は、おめでたいよなあ」

「ちょっと待って下さい。男性三割に女性七割って、それは一体どこのデータなんですか？」

「ん？　俺が一冊一冊手持ちのミステリーで数えたんだよ！　当社比、ってやつだ」

「なあんだ。どうりで初めて聞くと思いました。では六畝割さんの推理では、真犯人は男性なんですね？」

「そういうこと。わざわざ偽の手がかりを出して、それが犯人は女性であることを示唆している以上は、当然真相は逆ということじゃないか。しかもその人物もまた、見事に隠蔽されている！」

「いやー改めまして、今日の出演者のみなさんの洞察力はすごいですね」

「もう答えを言っていいの？」

「どうぞ！　いちいち確認しなくていいです！」

「ははは。犯人は、管理人の爺《じい》さんだよ」

六畝割は薄い胸板を、精一杯張って言った。

「はあ？　管理人の爺さん？　そんな人いましたっけ？」

「だって、これだけの別荘だったら、当然いるだろ？　シーズンオフはどうするんだよ。家ってのは、誰か住んでいないと荒れて来るんだぜ。それに三郎が、毎年使っている部屋が綺麗に整理整頓されているのに感心していただろう？　大金持ちの実業家のお嬢様である鞠子が、このだだっ広い屋敷を一人で全部掃除して回っているのか？　誰か使用人を雇っていると考えるのが自然だろ」

「確かにそうですが……管理人なんて、これまで影も形もありませんよね」

「ちゃんと出て来ているよ。ヒデさんがそうだ」

「ヒデ？　えっ？　あの人管理人なんですか？」

「そう、ヒデはれっきとした男性で、管理人にして老人、そして犯人でもある」

「いやあ、ここに来てヒデさん急に大人気ですねー。それで老人というのは一体どうしてですか？」

「このメンバーで集まる時は一番年上だと、ちゃんと断ってあったじゃないか。まるで二、三歳年上のような書きぶりだったが、実際にはものすごく、そう五〇歳くらい上なんだよ」

「そんなに？」

「まず根拠その1は冒頭の部分。早く沙耶加の顔を見たい三郎は、中央階段を一段飛ばしで駆け上がったが、ヒデさんはそれについて行けていない。三郎は階段の踊り場と二階の廊下の途中で、ヒデさんが追いつくのを二回も待っている。ヒデさんはお年寄りだから、ゆっくりとしか上れないんだよ」

「それは単にヒデには、急ぐ理由がないからでは？」

「それだけじゃない。タオルを持って来てくれたヒデさんは、前世紀のバブル経済の頃のことを、まるで見て来たかのように喋っている――『あの頃はタクシーの方が、客を〈乗せてあげる〉という感覚だった』。今は20××年だぞ？　バブルを体験しているなんて、もう相当な御老体だろ。これが根拠その2だ。さらにこの人がお年寄りだとすると、三郎との身長差も納得が行く。これが根拠その3。さらにその後ラウンジでは、ついさっき話していた内容をど忘れして、三郎にもうボケが始まったのかと心配されたりもしている。三郎の『気を失っていた』というフレーズに過剰反応して、『救急車呼ぶ?』とか言っちゃう。これはもう、仲間ではなくオカンやオトンの反応だろ。あんまり心配をかけると、ポックリ逝ってしまうのではないかと逆に心配されている。これが根拠その4」

「ああ確かに、ヒデにあんまり心配かけるなと、三郎が思っているシーンがありましたね。ただ、この人が、管理人だという証拠はないのでは?」

「それじゃあ逆に訊くが、ただ一人大きく年の離れたヒデ爺さんがこの場にいる理由として、それ以外に納得できる理由があるか? サークルの大先輩? まさか、それはないよな。その証拠に誰かが来たら、迎えに行くのはいつもヒデじゃないか。サークルの大先輩が、後輩のパシリかよ。だが老人であっても管理人ならば、客を迎えに出るのは全然おかしくない」

「おお! 言われてみれば確かに!」

「だろう? 『こんな天気なのに、丸茂以外はもうみんな揃っているのか?』と愕く三郎に対してヒデは、『毎年のことだけど、すごい団結力だね』と答えている。自分もサークルのOBだったら、こんな風に言うだろうか? これは部外者の言い方だろ。これが根拠その5。昔気質で、自分が使用人であることを弁《わきま》えているから、相手が年下でも敬語を使われるのを嫌がるんだ。これが根拠その6。また三郎から手渡されたバスタオルを、リネン室の洗濯籠に無造作に投げ込んでいるが、もし自分も客の一人だったら、畳んでから入れるとか、もう少し気を遣うだろ。これは洗濯するのも自分だから、こういう行動が自然に出るわけだ。これが根拠その7だ」

「畳みかけて来ますねー！　何だか私も、ヒデさんはお年寄りで別荘の管理人であるような気がして来ました！」

「ははは、そうだろ、そうだろ」

「ただし、納得できない点もあります」

「何だ、言ってみろ」

「タクシーの一件です。ヒデはみんなと一緒にタクシーに乗って来たんですよね。タクシーの運転手が無事に帰れたかどうかを心配していたじゃないですか。しかし管理人だったら、ここに住んでいる筈でしょう？」

「ああいう風に書かれたら、いかにもヒデは彼らの仲間で、ミステリー研の一員みたいに思ってしまうよな。だがあれも巧妙なミスリードだよ。実際にはこの人は、非常駐の管理人さんなんだ。常駐は雇う方もお金がかかりすぎるから、一定の間隔でやって来て、空気を入れ替えたり掃除をしたりする。あとは今回のように、お客が来るときにやって来て、いろんな雑用をこなす。今回はたまたまお客さんと同時に駅に到着したので、節約のためにタクシーにも同乗したというわけだ」

「しかし、いくら非常駐と言っても、お客さんと一緒に到着するようでは、管理人としては失格ですね」

「そんなことはないよ。田舎の方は列車の本数が限られているから、同じ列車で到着したって全然おかしくはない。それにこういう非常駐の管理人ってのは、同時に何軒かをかけもちしているものだ。非常駐はお金があまりもらえないから、一軒だけじゃあ、やって行けない。日程をやり繰りして来るわけだから、そういうこともあるんだよ」

「ははあ……。ただ最初の方で、ヒデは三郎のことを《お前》と呼んでいませんでしたか？　確か『お前の部屋は一階東側の一番奥になっているけど、それで良いんだよな？』とか言っていたような……。別荘の管理人というのは、名前は管理人でも、実質は被雇用者ですよね？　主人の客に向かって、こんな口の利き方しますかね？」

「それもそれほどおかしくはないよ。この連中はここに毎年来ているんだから、もうすっかり顔見知りで、友達みたいになっていてもおかしくない。だからタクシーにも相乗りしたわけだろ？　ましてやお年寄りのヒデさんから見たら、みんな青二才もいいところだ。希望通りタメ口を利いて来てくれる相手には、同じような口調で返すんだろ。その方が楽だからな」

「まあそれは……」

「さっきの五所川原さんは、三郎がヒデにボトムの替えを借りようとしなかったことから、ヒデが女性だと推理したわけだが、惜しかったな。借りなかったのは、ヒデが老人だからだよ。頭を金髪に染め、ジャージ姿でみんなの前に出るのは『絶対に嫌』というくらい見た目に気を遣っている三郎からしたら、老人のじじむさいスラックスを借りて穿くなんて考えは初めからない。これが根拠その8。沙耶加がヒデに背後からぶつかられて怒らないのも同じ。女性が男性の肉体の接近に対して本能的に警戒心を抱くのは、レイプされたら好きでもない男の子供を身籠もってしまうという生物的条件に依《よ》るものだろうが、相手が若い男ならともかく、若者と一緒に螺旋階段を一生懸命上って来て、足元がおぼつかない老人がよろけてぶつかってきたくらいのことで、いちいち目くじら立てることはない。これが根拠その9」

「な、なるほど！」

「だろう？」

「ただですね、そうなると管理人のヒデじいさんは、雇い主である鞠子を殺したことになるわけですが、動機は一体何です？」

「それはここまでの記述だけではわからないし、動機は当てる必要ないんだろう？どうせ労使関係のもつれとかじゃないの？　クビを言い渡され、かっとなって殺した。そんなところだろう」

「なるほど、最近話題の、キレやすい老人ということですか」

「そういうこと。このあと橋が復旧して警察がやって来て捜査がはじまるわけだけど、刑事たちが、既に文中で仄《ほの》めかされているサークル内のぐちゃぐちゃな人間関係や男女関係に注目して、そこに事件の動機を探し求めて行くような記述がなされるんだろうな。するとサークル員ではないヒデさんは、テキスト内でも読者の頭の中でも、自然に容疑者の輪から外れる。一人大きく歳の離れた部外者として、いわゆる〈見えない人〉になる。仮に今後第二の殺人が起こったとしても、管理人だから屋敷内を自由にうろついていても不審に思われない。最後の最後に指摘される意外な犯人としての資格は充分だ」

「いやー今日の解答者は、みなさん先々の展開を読んでいますねー。さすがはミステリーヲタ大会！」

「そりゃそうだよ。今までは元プロ野球選手大会とか、公金横領で捕まって現在保釈中の元公務員大会とか、属性の制限が厳しくて出たくても出られなかったけど、今回は属性不問ということで、強敵がわんさか集まっているんだからよ。予想通りの展開になるまで待っていたら、間違いなく先に当てられちゃうだろうが。犯人のみならず、展開そのものを読まないと！」

「そうですね。では例の三郎の、『手を動かした』という箇所の説明は？」

「あれは五所川原さんの説を踏襲。あれは三郎が鞠子の脈を取っていたことを、あのように表現したもの。ミステリーに詳しいやつを引っ掛けるための罠」

「なるほど、そこはちゃっかり前の人の意見に乗っかるわけですね」

「何だその人聞きの悪い言い方。正解は一つなんだから、推理で共有できる部分は共有するのは当たり前のことじゃないか」

「は、失礼しました。確かにそうですね！　では六畝割さんも、解答済みのブースの方へどうぞ！」

†

「いやー六畝割さん、身体は細いですが推理は骨太でしたね」

「そうですね」

「特に、ここまで最大の物証と見做されていた鞠子の爪の中の口紅片を、〈偽の手がかり〉と一刀両断にしたところなんか、なかなかカッコ良かったですねー。怜華ちゃんは六畝割さんのような男性、どう思います？」

「あ、私は男性は、がっしりとした男性的なタイプが好きです」

「こちらも一刀両断ですねー。六畝割さん、解答済みブースの中で、がっかりでしょうねー。逆にガテン系の五所川原さんはガッツポーズでしょうか。まあ、どうせぬか喜びだとは思いますが。むふふふふ」

「ちょ、ちょっと、樺山さん」

「失礼しました。それでは次のシークエンスへ、どうぞ！」

8

まさかひょっとして、平さんが鞠子を――？

私は平さんの横顔をそっと盗み見た。

そもそも私が平さんと今のように気まずくなってしまったのは、プロポーズして来た平さんに向かって私が、あなたには私よりも大切な人がいるんじゃないの？　と訊き返したことがきっかけだった。そしてその時私の念頭にあったのは、ズバリ鞠子のことだった。平さんと鞠子は、以前そういう関係にあったという、ひそかな噂を耳にしたことがあったからだ。

本人たちは秘密裡に事を運んでいたつもりらしいが、そういう話はどこかから洩れるものなのだ。

私としてはその場で否定してくれればそれで済んだことだ。たとえ嘘だとしても、否定してくれればそれを信じるように努めることが、今の私にはできる。

だがその希《ねが》いも空しく、平さんはあっさりとその噂を認めた。ここらへんが潔いと言うか馬鹿正直と言うか、平さんの良いところでもあり、また同時に困ったところでもある。

だが同時に平さんは、それはもう完全に終わったことだと断言してくれた。私の瞳をまっすぐ覗き込みながら、俺は今後一生、沙耶加のことしか考えない、天に誓ってもいいとまで言ってくれた。

ああ、その言葉を無条件で信じられたら、どんなに良かったことだろう！

何故なら私はそこまで言われても、一抹の不安を拭い去ることができなかったからだ。本当に終わっているのだろうか？　焼けぼっくいに何とやらで、何かの拍子にまた元のサヤに戻ったりすることはないのだろうか？　そういう癖というものは、なかなか直らないものではないのだろうか？

私は極度の心配性なのだろうか？　過去に肉体関係を伴う恋人がいたからといって、今どきそれを問題視する方が間違っている。むしろこれまで誰とも付き合ったことがないという人の方が、プロポーズを受けるには不安ではないか。

頭ではそうわかっているのだ。だけどどうしても割り切ることができない。そしてその理由はやはりその相手が、私のよく知っている鞠子だったということなのだ。

平さんは二股かけるような人ではない。それは疑う余地がない。そういう人ならば、過去を潔く認めることもしないだろう。またそういう男の人は、何よりも一人の相手に縛られることを恐れているわけだから、結婚に対する社会的プレッシャーが消滅しつつある今のような時代に、自分から進んでプロポーズなんて、そもそもする筈がない。だから私にプロポーズをして来たということは、鞠子とはきれいさっぱり終わっているのだろう。

だから信じてあげるべきだということは頭ではわかっているのだが、心のどこかが奇妙に蟠って、どうしてもOKサインを出さないのだ。

気の短い平さんは、はっきりしない私の態度に業を煮やし、「また電話する」と言い残して帰ってしまった。

そしてその一時間後に携帯に電話がかかって来た時は、何を話せばいいのかわからなくなって、反射的に着信拒否にしてしまった（その後すぐに設定を解除したけれど）。

だから私は今回みんなより一日早く来て、鞠子本人に疑問を直接ぶつけてみることにしたのだ。みんながいるところでは相談できない内容だし、次に平さんと直に顔を合わせる前に、自分の心の中を整理しておきたかった。

そして鞠子は私の心配を、一笑に付してくれた。私がみんなより一日早く行ってもいいかと尋ねた時点で、勘の鋭い鞠子は、私の目的に薄々気付いていたらしい。

「三郎が言った通りよ。確かに昔はそういう関係の時期もあったけど、もう完全に終わったこと」

「でもひょっとして、何かの拍子にまた……」

「それは絶対にない。神様に誓ってもいいわ」

気が付くとあの悪戯《いたずら》好きの鞠子が、滅多に見せない真剣な顔で私を凝視《みつ》めていた。

「大丈夫。三郎は沙耶加が人生を預けるのにふさわしい男だよ。安心してオススメできる」

私はこの言葉は信じられると思った。

もっとも同時に、そこまで自信満々に断言することができるほど深い関係だったのねと、鞠子に対して多少の嫉妬の念にかられたことも、また事実だったけれど——。

それでもそれで気持ちがふっきれた私は、明日平さんが来たら、仲直りしようと思っていたのだ。この前からの煮え切らない態度を謝り、まだあのプロポーズは有効なのかどうかを確かめて、場合によってはみんなの前で婚約を発表するのも悪くないなあなんて、そんな浮かれたことを、毎年使わせてもらっている二階ラウンジのすぐ隣の部屋で、一人ベッドに横たわりながら考えていたのだ。

その平さんは今日の夕方、他のみんなよりも数時間遅れて屋敷に到着した。そして引っ込み思案で内気な私は、妙に意識してしまって、平さんを見ることがなかなかできず、思い切りラウンジの壁の花と化して、平さんの方から話しかけてくれるのをじっと待っていた。

それなのに平さんと来たら、一度ちらりと私に視線を投げかけただけで、その後は私のことを見ようともしない。

それどころかまるで私の存在を無視するかのように、ずっと英とばかり話しているのだ。何故直接話しかけてくれないの？　この前のことをまだ根に持っている？　だけど一度色よい返事をもらえなかったくらいのことで、あっさりプロポーズを引っ込めてしまうような、そんなやわな愛情だったの？　と苛々していたところだったのだ。

私は平さんの横顔をもう一度そっと盗み見た。

そして確信した。やっぱり平さんは鞠子を殺してなどいない。

どうしてって訊かれても答えられない。強いて言えば、恋する女の勘だ。平さんは、そんなことができる人間じゃない。ならばせめて私だけでも、信じてあげなくては可哀想だ。平さんがみんなを呼ぶまで、この部屋で一人で何をしていたのかは知らないけど、それを言えないのは、きっと何か深い事情があるのだろう。

だから丸茂さんが平さんに対する嫌疑を仄めかすのを耳にした時には、思わず横から口を挟んでいた。

すると平さんは、何とも言えない不思議な表情をして私を見つめた。

私としては、平さんの嫌疑を晴らしてあげようと思って言ったのだが、みんなの前でそんなことを公言されて、ひょっとして男のプライドとやらが傷ついてしまったのだろうか?

私は焦った。だったら急いで謝らなきゃ。

だけど一体、何と言って謝ったら良いのだろう。

とここまで考えたところで私は、何だかそれ以上考えるのが急に嫌になってしまった。男のプライド女のプライド。ああ男と女って、どうしてこんなに面倒臭いのだろう。それにそもそも今は、こんなこと考えている場合じゃない。鞠子が、私たちの鞠子が殺されて、しかもその犯人が私たちの中にいるという極限状況の中なのに、そんな屑々《せつせつ》とした自分の感情やらプライドやらで頭がいっぱいの、自分自身が嫌になる――。

そこで私は、もう何も言うまいと心に決めて、鞠子の血に染まったドレスの上に、視線を彷徨《さまよ》わせていた。あの沖縄の海のように青いドレス。ふくらはぎのところできゅっと窄《すぼ》まった、マーメイド型のドレス。鞠子はあのドレスを、正に今日のために作ったのだ。昨日私の前でクローゼットから出して見せびらかしては、明日みんなの前で初めて着るんだと、嬉しそうに言っていた。

今日、恭子たちが午後の早い時間に着いたのに、鞠子が四階の自室に籠もったままだったのは、今夜の準備で忙しかったこともあるのだろうけど、自分の登場にインパクトを与える意味もあったのだと思う。きっとみんなが揃ったところで、純白の螺旋階段から、颯爽とあのドレス姿で登場するつもりだったのだ。そういう芝居がかったことを好むところが鞠子にはあった。巨大な巻き貝のような螺旋階段の白い開口部から、あの海そのもののようなドレスを着た鞠子がゆっくりと登場する姿は、きっと白い珊瑚礁の上に降り立った人魚姫、はたまた、たったいま海の泡から生まれたばかりのヴィーナスのようだったに違いない。

ある意味鞠子ほど、自分自身の欲望に忠実に生きていた人間はいない。私もこれまでの人生、鞠子の半分でも自分自身に正直に生きられたならば、どんなに良かったことだろう――。

それなのにその鞠子は、自慢のドレスを身に纏《まと》ったところを誰かに襲われて、殺されてしまった。そして変わり果てた姿でみんなの目に晒《さら》されることになった。わざわざこの日のために作った、青い青いドレスを血で染めて――。

あまりにも不憫《ふびん》な鞠子。

涙が出てきた。これまで出なかったのが不思議だが、一度出て来るともう止まらなかった。

「今の箇所、男女間の思考のすれ違いが面白かったですね！」

「でもこういうこと、本当にありそうですね。三郎さんと沙耶加さんのように、互いに誤解したまま苛々しているようなことって、本当にありそう」

「沙耶加はやっぱり三郎のことを、憎からず思っているんですね。それなのに三郎のプロポーズに色よい返事をしなかった。これは本当に鞠子との関係が清算されているかどうかだけが心配だったんでしょうかねえ。怜華ちゃん、どう思う？」

「うーん、どうなんでしょう。沙耶加さんは、自分ではそう思い込もうとしているようですけど、本当は違うかも知れませんねー。これはあたしの想像ですけどぉ、実は最大の問題は、三郎さんが短気なことなんじゃないんでしょうか？　男らしさと短気は違いますからねー。友達ならまだしも、結婚生活で相手が短気だったら、やっぱりちょっと難しいですよぉ。一緒になったら、相手の感情の起伏に振り回されて不幸になるような気がする。でも心のどこかで相手に惹かれてもいる。そんなアンビヴァレントな心境の沙耶加さんは、それが根本的な理由であることを自分に認めたくない。そんな風にあたしには感じられましたけどぉ」

「ははあ、なるほど。さすがは怜華ちゃん、漢字はロクに読めなくても、若い女性の心理を読むのはうまいですね！　英語の発音もさすがですねぇ。アンビヴァレントゥ。いい発音ですねー。アンビヴァレントゥ」

「からかっているんですか？　あたしはイタリア人と日本人のハーフなんでぇ、英語は母国語でも何でもないんですけどぉ」

「それは何？　母国語じゃなくてもこんなに上手いんだよという自慢？」

「うーん、そうじゃなくてぇ。樺山さんの意地悪ぅ」

「んーいいですねー。意地悪ぅ」

「あーんもう。怜華、泣いちゃう」

「いいねー、ドS心を擽《くすぐ》るそのリアクション。このまま泣かせてしまいたいところですが、プロデューサーの顔が怒っているので話を戻します。では三郎の短気なところが、最大の問題だと怜華ちゃんは思うんですね？」

「ええ。逆に言えば三郎さんは、短気さえ何とか直せれば、まだ充分に脈はあると思いますけどぉ」

「でも短気って直せるものですかねえ。煙草をやめるのとかと違って、そういう性格の根本的なところは、直すのが難しいと思いますけどねえ」

「だから沙耶加さんは、それが原因であることを認めたくないわけです。認めてしまったら、三郎さんとの結婚は諦《あきら》めざるを得なくなるから。そこで過去の女性関係を気にしているかのように、自分自身を偽っているわけです」

「あーなるほど。女性というのは、そういう考え方をするんですか。勉強になりました。

解答者のみなさんはどう思います？

あれ、どうしました？　みなさん、思い切り白けた顔をして——。

え、登場人物の恋の行方とか、そういうのはどうでもいい？

さすがはコアな本格ミステリーフリークのみなさん、謎解き以外の余計な要素は要らないと、そういうわけですか？

しかし先程どなたかも仰ってましたが、どこに正解のヒントが隠れているか、わからないものですよ？　本格ミステリーの場合は、どんな細かな記述も疎《おろそ》かにせずに読み込むことが必要とされるんじゃないでしょうか？

え、そんなこと、お前に言われなくてもわかっている？

これはこれは。どうも失礼しました。

それでは改めて今の箇所ですが、幾つか重要な新情報がありましたね！　沙耶加の部屋は、二階のラウンジのすぐ隣でした！　三階ではありませんでした！　さらに冒頭のラウンジでの場面で、沙耶加が三郎を無視するような態度を取っていたのは、あれは単純に気まずさから、あるいは引っ込み思案の羞恥心からでした！　決して人格が入れ替わっていたわけではありません！　従ってこの時点で、多重人格者沙耶加犯人説を唱えていた四日市さんの命は、風前の灯火ですね。おほほほほ。けけけけけ」

「か、樺山さん……」

「これはどうも重ね重ね失礼。ちょっと興奮してしまいました」

「あ、ランプが点きましたよ」

「はい、七尾《ななお》さん」

七尾は彫りが深く、浅黒い顔をした男だった。喫煙者らしく黄色い歯をしているが、ホワイトニングしてホストでもやれば人気が出そうな容貌だ。ちょっと硬い表情で言う。

「何かさっきから、自分の推理を言う前に、前の人の推理を否定するのがデフォみたいになっているけど、それって義務だったか？」

「いえ、義務ではありません。しかしそれによって御自分の推理がより引き立ちますから、できることならお願いしたいものです」

「ふうーん。それじゃあとりあえずさっきの六畝割さんの推理を否定しておくけど、ヒデが使用人というのは、やっぱりどう考えてもおかしいよ」

「ほう、その根拠は」

「だって三郎は着いた時に玄関先で、『廊下をびしょびしょにしてしまったら、鞠子に悪い』と言っている。だけどもしもヒデが使用人だったなら、掃除するのはこのヒデさんということになる。掃除する本人を前にして、こうは言わないだろう？　もっとはっきりと『あんたに悪い』と言うか、『掃除する人に悪い』と言って笑うところだろう？」

「ああ、それもそうですねー。納得です！」

「それにヒデは自分で車の免許を持っていないと、はっきり言っていた。運転免許がなくて、こんな交通の便の悪い山荘だか別荘だかの管理人がつとまるだろうか？　今回はたまたまみんなと同乗できたから良いようなものの、普段はどうするんだ？　この別荘には『これだけの人数が優に一週間以上生活できるだけの水や食料の備蓄がある』んだろう？　車なしでどうやって揃えたんだ？　毎回買い出しに行く度に、ＪＲの駅まで片道五〇〇〇円のタクシー代を払うのか？　金がかかってしょうがないだろ。こうした細々とした点を考察すると、この人が別荘の管理人というのは、やっぱりどう考えても無理がある。確かに前世紀のバブル経済の頃のことを、まるで見て来たかのように語っているが、実はそれもやはり大した証拠にはならない。自分が生まれる前に起こったことを、まるで見て来たかのように語る人なんて、世の中にいっぱいいいるからな。『江戸時代、この辺一体は海だったんだよ』みたいなな」

「確かにいますね……」

「そもそも、今は確かに20××年だが、作品中の時間が今と同時代だという保証はどこにもない。むしろミステリーには、わざと読者に作中の時代を錯誤させて、それをトリックの一部として用いるものもある。まあ今回のテキストの場合は、丸茂が三郎の名前を揶揄《やゆ》する場面ではっきりと、『二十一世紀にもなって、一人こいつだけ源平合戦の時代のような』と言っていたから、舞台が今世紀であることは保障されているわけだが、全体の雰囲気から鑑《かんが》みるに、今からおよそ数十年前、ゼロ年代の初頭あたりじゃないのか？　もうどっぷり二十一世紀人の俺たちは、逆に『二十一世紀にもなって』なんて言わないからな。文太がラウンジで堂々と煙草をふかしているところも、まだプライベート空間以外の完全禁煙が法制化されていなかった今世紀初頭を思わせるし、三郎と沙耶加の間のすれ違いぶりも、時代を感じさせる」

「なるほど！　では七尾さんの説では、ヒデさんは老人でも使用人でもないんですね？」

「少なくともその論旨は根拠薄弱だということ。みんなよりちょっとだけ年上の世話好きな人でも全然ＯＫ。わざと男か女かわからないように描写されているが、それもミスリードであって事件とは無関係」

「ヒデさんが事件と無関係という理由は？」

「それは、この人が犯人でも、あんまり面白くないから」

「えっ？　いきなり面白いかどうかが判断基準？」

「だってそうだろ。この人が犯人じゃあ、最後盛り上がらない。真犯人は、もっとみんながあっと愕くような人物でなきゃ」

「では七尾さんの推理では、犯人はみんながあっと愕くような人物なんですね？」

「もちろん。聞いて愕くなよ」

七尾の顔から生真面目さが消え、傲岸な表情に変わった。

「大丈夫です。こう見えてももう十年間、この番組の司会をつとめておりますので、多少のことでは愕かない自信があります」

「びっくりして腰抜かすなよ」

「恐らく大丈夫だと思います」

「犯人はたまだ！」

「はあ？　たま？　ね、猫が犯人なんですか!?」

「ほら、そうやってあんたも一緒になって俺たちを騙そうとする！　ダメだろ、司会者というのは中立でなけりゃ！」

「いえいえ、ですから私どもは問題の正解を本当に知らないので、さっきからみなさんの鋭いご指摘と大胆な推理の数々に、心底愕いているところなのです。普通だったら読み飛ばしてしまうような細部にもちゃんと意識のフィルターをかけて、注目すべき点を拾い上げ、そこを出発点として、緻密な論理を組み立てていく。さすがはミステリーヲタ大会、今日の挑戦者の皆さんは本当にレベルが高い！」

「何だ、今度は急におべっかか。そういうのは良いから先に行こうよ」

「おっと、ゴマをすらせたら天下に並ぶ者なしとまで謳われた、この樺山桃太郎のゴマすりをスルーするとはなかなかの強者《つわもの》！　すると七尾さんは、このたまは猫ではないとお考えで？」

「もちろん。猫にたまなんて名前、いかにも過ぎるよ。このたまさんは、人間なのさ。たまというのは、ちょっと古風な日本人の女性の名前としてならば充分にあり得る。たとえば名作『流れる』の幸田《こうだ》文《あや》の娘さんも玉さんで、エッセイストだったよね。あとイタリア人と結婚して、向こうで活躍したラグーザ玉という女流画家もいたね。俺はあの人の絵が大好きで、今は全部手放してしまったけど、破産する前には何枚か自宅の壁に掛けていたこともあるのさ。だから犯人はこの女性、すなわち玉さんだよ。あ、言っておくけど漢字は違うかも知れないよ。それから本名じゃなくて渾名という可能性だってあるな。だったら珠美《たまみ》とか珠子《たまこ》とか、それこそいくらでも可能性があるわけだ」

「な、なるほど」

「冒頭部分を読み返してみろよ。三郎が来たとき、このたまさん、姿を晦《くら》ませていたじゃないか。つまりたまさんは丁度その時、鞠子の部屋で犯行に及んでいたわけだよ。その後何食わぬ顔で自分の部屋に戻り、三郎が叫び声を上げたのを耳にして、階段の途中でさり気なくみんなと合流したというわけだ」

「しかしたまは、どう考えても猫だとしか思えない描写がなされていましたが……」

「だからそれが騙しなんだろうが。そのつもりで最初から読み返してみろよ。いかにも猫らしく描かれているが、実は猫という単語は、ただの一度も使われていない」

「え？　そうでしたか？」

「確かめてみなよ。一度も使われていないから」

　樺山桃太郎、司会席の前のタッチパネルに何やら打ち込んで確認する。

「うーん……。た、確かにそのようですね……。いま検索機能を使ってみましたが、《猫》という単語は一件もヒットしません」

「だろう？　このたまさんは人間なんだよ。沙耶加のことを慕っていて、そのすぐ後ろを歩く癖がある」

「でも確か階段では、爪先立ちで歩いていませんでした？　爪先立ちは、猫が警戒している時に取るポーズではないのですか？　あとラウンジのフローリングの床で『ゴロゴロ転がったり、身体を伸ばしたりしていた』という記述もありましたが」

「そりゃそうだ。だってこの人はバレリーナだから」

「バ、バレリーナ!?」

樺山桃太郎は、声を裏返らせた。

「そう。インターカレッジのサークルと書いてあったから、特定の大学のOBOGというわけじゃない。この人は駆け出しのバレリーナで、普段から爪先立《シュール・ラ・ポワント》ちで歩く訓練をしているんだよ。さすがに人の家で本格的な練習はできないが、フローリングの床があったら、その上でストレッチや柔軟体操くらいは怠らないさ。『どんな狭いところにも遠慮なくどんどん入って行く』のは、身体の柔らかさに自信を持っていて、狭いところがあるとつい挑戦したくなっちゃうからだよ」

「何とまあ……」

「三郎が着いてラウンジに顔を出した場面で、『てっきり鞠子やたまもいるものだと思っていた俺はちょっと拍子抜けがした』とある。だがそもそも猫なんて、いつの間にかいなくなり、またいつの間にか現れるものだろうが。もしも猫だったら、ラウンジにいるに違いないと、三郎が思うこと自体が不自然だよ。さらに丸茂視点の章で、こんな文章があった。『急いでコーヒーの残りを飲み干し、沙耶加や恭子やたま等のあとから、螺旋階段を上って鞠子の死体を目にした瞬間に』――ここでもやはりたまの存在が言及されているが、もしたまが猫だったら、すでに俺様モードに入っている丸茂が、こんな風に数に入れて言うだろうか？　しかも、間違いなく人間であるヒデさんは省略しているのにだぜ？」

「あああああ」

樺山桃太郎、上体をのけぞらせ、頭を搔《か》きむしる。

「おい司会者。そんなに愕いた演技をしなくてもいいぞ」

「いや、本当に愕いているんですよ。確かにたまさんにはアリバイがなく、犯行が行われたと推定されている時間帯に、唯一単独行動を取っていたことが、はっきり示されている人物（?）ですね。いやー盲点でした。もしこのたまさんが人間だとしたら、俄然《がぜん》犯人の可能性が高まって来ますね」

「可能性が高まるじゃなくて、そうなの。だって犯人じゃなかったら、こうしてわざわざ猫に見せかけて存在を隠蔽するような描写をする意味がないだろうが。作者が、この人の存在を読者の頭から消したいからこうしているわけだろうが」

「では三郎が『手を動かして』いたのは……」

「あそこは俺も五所川原さんの説を踏襲。あれは鞠子の脈を取っていたことを、ああいう思わせぶりな表現で示しただけのこと。実は俺はたま犯人説には、とっくの昔に到達していたんだけど、あそこの箇所だけどうにも説明がつかなくてね。それで解答を控えていたのさ。五所川原さんがあそこを見事に解決してくれたおかげで、安心して答えられるようになったというわけだ。五所川原さん、ナイスアシスト！」

「五所川原さんも、最後に人様の役に立って良かったですねー。ではこのたまさんは、一体どうやって誰にも見られずに、鞠子を殺すことができたのでしょう。猫ならばともかく、人間ということになれば、結局はそこが問題になりますが」

「みんな馬鹿だなあ。ラウンジから螺旋階段の上り口が見えていることなんて、実は全く問題じゃないのに、如何にもそれが問題の核心であるかのようなミスリードに、まんまと嵌《は》まっているんだから」

「はあ、そうですか？」

「どうせみんな、ちゃんと屋敷の構造を読んでいないんだろうな。中央階段は正面向かってやや右側（東側）にあり、一階から三階まで通じている。一方螺旋階段は、向かってやや左側（西側）にあり、二階から四階まで通じている。つまり一階から二階へは中央階段を、三階から四階までは螺旋階段を使わなくては絶対に行けないが、二階と三階の間の行き来は、中央階段と螺旋階段、二つの行き方があるわけじゃないか。そしてラウンジの位置は、二階の一番西端だとはっきり書いてあった。それならばトイレにでも行くフリをしてラウンジを抜け出し、より遠くにある中央階段でこっそり三階まで上り、三階から螺旋階段を使えば、ラウンジから見られずに四階に行くことができるじゃないか。もちろん下りる時はその逆をやれば良い。何のことはない、読者は犯人が二階から螺旋階段を使ったように、思い込まされていただけなんだよ」

「なるほど、言われてみれば確かにそうですね……」

「もう決まりだろ？　いやー二〇億円かぁ。使い出があるなあ。キャリーオーバーさまさまだな！　もっとも俺の場合、二〇億円もらっても借金を返したら二〇〇〇万円しか残らねえんだが」

「じゅ、一九億八〇〇〇万円も借金していたんですか？　よくまあそこまで借金できましたね」

「事業の失敗だからな。そもそもそれくらい困っていなかったら、こんな番組に出るかよ。さあ言え、正解だと！」

「いえ、それを決めるのは私ではありませんので悪しからず。しかしとにかく七尾さんの洞察力にはびっくりしました。それでは七尾さんも解答済み解答者のブースへどうぞ」

9

「どうだ、何もないだろう？」

俺は勝ち誇って言った。丸茂の言う通り、身体検査を受けてやったのだ。

「これで俺が犯人ではないことが証明されたな」

「ふん、それはまだだ」

丸茂が言う。

「目に見える証拠は身に付けていなかった。ただそれだけのことだ」

「お前は、俺が鞠子の部屋に向かう後ろ姿を見ていたんだろう？」

俺は最初からもう一度論理を組み立て直すことにした。

「ああ」

丸茂はがっしりとした顎で頷いた。

「だったら逆にそれが、俺が犯人じゃないという証拠になるとは思わないか？」

「ん？　どういうことだ？」

「お前が見ていたという事実が示す通り、俺は螺旋階段を上る時、その姿を誰にも見られないように気を配ったりはしなかった。まさか鞠子の死体を発見する羽目になるなんて、予想だにしていなかったのだから当然のことだ。だがもしも俺が犯人だったら、もっともっと細心の注意を払って、階段を上るところを誰にも見られないようにすると思わないか？　たとえばラウンジからより遠い中央階段で三階まで上って、三階から螺旋階段を使うとかな。少なくとも上り口がラウンジから丸見えの二階から、螺旋階段を上るなんて真似はしない」

またせせら笑うのかと思っていたが、丸茂は予想に反して、噛んで含めるような口調で答えた。

「俺の話をもう一度憶い出せ。お前は既に鞠子を殺していて、さっきは第一発見者になるべく上ったのだから、別に姿を見られても一向に構わなかったんだよ。だがいざ叫び声を上げようとしたその瞬間に、自分自身の致命的なミスに気が付いた。お前はその証拠となるものを慌てて処分してから、おもむろに声を上げたから、奇妙なほどの間が空いた、俺はそう言っているんだ」

「何故わざわざ第一発見者になる必要があるんだ？　こんな風に疑われるくらいなら、誰かが発見するまで、ただじっと待っていればいいじゃないか」

「そんなこと知るかよ。それが犯罪者心理ってやつなんだろ。おおかた何か証拠を残していないか不安になり、それを確かめるために第一発見者を装う必要があったんだろ。よせばいいのに、そうやって現場にのこのこ舞い戻り、結果として疑われることになる犯人が、この世の中にはゴマンといるんだよ。そしてお前は、案に違わずそれを発見した。ものではなかったようだから、可能性が高いのは、やはり鞠子が死ぬ間際に残したダイイング・メッセージだろうな。急いで消して命拾いしたつもりだろうが、その処分に思ったより時間がかかったことが、お前にとっては運の尽きだ」

「まだそんなことを……。勝手に人を疑っていろ！」

俺は吐き捨てるように言ったが、内心は冷静さを取り戻していた。それにしても……。

それにしても、さすがは丸茂である。俺がその論理を突き崩そうとすると、瞬時のうちに論理を組み直して攻めて来やがる。こいつは俺にとってインカレサークルでの四年間、ずっと最大のライバルにして目の上のたんこぶであり続けたわけだが、こいつがいてくれたお蔭で、その四年間が非常に刺激に満ちたものになったことは間違いない。その点に関しては、俺は丸茂に感謝するべきなのだろう。

自他共に認めることだが、俺は勝負が早い。俺のことを短気だと思っている人間が多いが、それは違う。俺は短気なのではなく、決断も行動も、全てが人より何倍も早いのだ。

従って普段の俺だったら、もう一切の隠し事が面倒臭くなって、ここで洗いざらい全てをぶちまけていたことだろう。

だが今日の俺は違う。あくまでも白を切り続ける。自分のためではなく、愛する人のためだから、ぎりぎりまで頑張ることに決めたのだ。

大丈夫だ。丸茂は具体的な証拠は何も摑んじゃいない。ただ俺が階段を上って行った時刻と、俺がみんなを呼んだ時刻のタイムラグを問題視しているだけだ——。

俺が発見した時、もう鞠子は縡《こと》切れていたが、背中から床に流れる自らの血を指先につけて、フローリングの床に、やや細長いSの文字を残していた。恐らく真犯人が、鞠子が完全に絶命したと思って立ち去った後も、鞠子は虫の息ながらほんの少しの間生きていたのだろう。

だがそのSは、〈三郎〉を指し示すものではない。何故なら天に誓って俺は鞠子を殺してなどいないからだ。もちろん俺には夢遊病のような既往症は一切ないし、ましてや俺は多重人格者などではない。これまでの人生において、睡眠以外で意識を失ったことは一度たりともない。

俺たちのグループの中で名前や苗字のどちらかがSではじまる人間といえば、俺以外には沙耶加と文太がいる。だが文太という可能性は低いと言わざるを得ない。文太の苗字がSではじまることははじまるが、Sと書けば自動的に俺や沙耶加も候補に含まれてしまうわけだから、もしも文太のことを指し示したかったならば、鞠子は絶対にBと書いた筈だからである。Bならば苗字も名前も含めて、グループ内に文太ただ一人しかいないのだから。それにそもそも鞠子は、普段から仲間のことを下の名前で呼ぶのが常だった。苗字で呼ぶのは目上の人や初対面の人ばかりで、一度親しくなると、苗字はほとんど使わなかった。やはり文太を指し示すのにSと書くのはおかしい。

すると結果的にSは、沙耶加しかいないではないか――。

今回沙耶加は俺たちよりも一日早く来て、昨日からここに泊まっているという。すると沙耶加と鞠子が二人きりで過ごした昨夜のうちに、二人の間に何か確執のようなものが生まれたことが想像される。俺が屋敷に着いた時、沙耶加は心ここにあらずといった様子でラウンジの壁際の長椅子に座っていたわけだが、鞠子の死亡推定時刻を考えると、あの後、疲れた俺が部屋で眠っていた間に、沙耶加がそっとラウンジを抜けて犯行に及んだという可能性を否定することはできない。

するとあの時沙耶加は、俺をわざと無視していたわけではなく、犯行を心に秘めていたから、あんな風に気もそぞろで、他のことが一切目に入らない状態にあったのだろうか？

ということは、沙耶加は別に俺のことを嫌ってはいないわけか？

だが俺の気持ちは、次の瞬間再び深く沈み込んだ。

馬鹿かお前は。今はそんなことを考えて一喜一憂している場合か？　ということは、沙耶加は人殺しということになるんだぞ？

俺は沙耶加を愛している。たとえプロポーズを断られようが、もう二度と口を利いてもらえなかろうが、俺の愛情には些かの変わりもない。

だがもし沙耶加が人殺しだったら？　それでもお前は沙耶加を愛し続けることができるのか？

その答えはすぐに出た。イエス、愛し続けることができる、である。

俺の気持ちはそれで間違いないのだが、沙耶加本人のためには一体どうするのが最善なのか、それは考えれば考えるほどわからなくなって来る。もし本当に愛しているならば、なおさら変に庇うことはせずに、その罪を償わせるべきなのだろうか。そう、あのラスコーリニコフを自首させたソーニャのように——。

ただ正直あの血文字のSを見た瞬間は、そこまで考える余裕は俺にはなかった。俺はとにかくこのままにしてはおけないという切羽詰まった気持ちから、手近にあった雑巾を咄嗟に掴むと、血文字を丁寧に拭き取った。

それから部屋の隅の洗面所の蛇口をひねり、流れる水でその雑巾を洗っては絞り、洗っては絞りを繰り返し、そしてようやくみんなを呼んだのだ。そう、俺が《ちょっと手を動かして》と言ったのは、正にそのことだ。だから丸茂が指摘した通り、俺が声を上げるまでは、実際不自然な間が空いていたのだろう。自分の体感では、ほんの二、三分程度のことだと思っていたのだが――。

しかしそこまでしながら、迂闊にも鞠子の中指と薬指の爪の間に挟まった口紅片の方は見逃したのだから、何とも情けない。怱忙《そうぼう》のさなか、やはり気が動転していたのだろう。

血を拭ったその雑巾は今、そのまま さり気なく洗面台の隅に丸めて置いてある。今この場で濡れた雑巾を身につけているのは、いかにも怪しいからだが、それが効を奏して、身体検査は何とかパスすることができた。ただこのままにはしておけないから、後でこっそり処分しなければなるまい。

沙耶加はまだ泣き止まない。

俺はもう一度訝った。やはり自分のやった行為を正にいま憶い出して、後悔しているのだろうか。

それとも改めて現場を見た沙耶加は、俺が証拠を湮滅したことに気付いて、必死で自分を庇ってくれた俺の愛情に感激しているのだろうか？

だがロジカルに考えて、後者の可能性はあり得ないことに、ほどなく思い至った。何故ならもし沙耶加が犯人で、鞠子の遺したSの血文字に気付いていたならば、自分自身の手でそれを湮滅したであろうからだ。俺が見つけるまで血文字が床の上にそのまま残されていたということは、イコール鞠子を殺した犯人は、あのメッセージに気付かなかったということを意味するわけである。沙耶加だけでなく、誰が犯人であろうと、ダイイング・メッセージの存在そのものを知らないのだから、誰かがそれを湮滅したことに気付くこともまた、あり得ないわけだ。俺だけが知っているこの情報を、何とか有効活用しなくては——。

「どうやら、このままここにいても埒《らち》が明かないようだな。現場保存のためにも、一旦下に戻って、この続きはラウンジでということにしよう」

丸茂の声を合図に、みんなでゆっくりと螺旋階段を下りた。下りる途中はみな一言も口を利かなかった。ラウンジに戻ってからもそれは同様だった。

ラウンジではみな、他の人間と微妙な距離を置いて、思い思いの場所に位置を占めた。

一体誰が鞠子を殺したのか、疑心暗鬼になっているのだ。

その時、ラウンジの扉が小さく振動して、鞠子が可愛がっていた白い毛の猫が入って来た。そもそもラウンジの扉が押すだけで開く観音開きになっているのは、猫がこうして自由自在に出入りできるようにするためでもある。白猫は主人の身に起こった一大事を果たして認識しているのかいないのか、暢気な声でにゃーと鳴いて来る。ヒデがすかさず皿にミルクを入れて床に置くと、猫はそれをぴちゃぴちゃ舐《な》めはじめた。

一人の女が猫に近寄って、その頭を撫でながら、ぽつりと呟いた。

「鞠子と最後に話したのは、多分あたしだと思う」

「チェックポイーント！　みなさん、三郎の独白のくだりはもう読み終わりましたか？

はい、終わりましたね。もう先へ読み進んでおられる方もいらっしゃるようですが、とりあえずここまでは全員読み終わっていますね？

やはり三郎は現場で証拠を湮滅していました！『手を動かし』たのはそれでした。三郎は読者に重要な事実を隠していたことになりますが、嘘はついていないのでアンフェアではありません。五所川原さん六畝割さん七尾さんの三名共通の主張だった《脈を取っていた》説は、ここであっさりと覆りました。ざーんねんでした」

「残念でした」

「しかもそれは自分のためではなく、沙耶加を庇うためでした。三郎本人は犯人ではありません。いやー男の純愛、泣けますねー！　従ってこの時点で、長らくお待たせしましたが、三郎犯人説だった一ノ瀬さんの不正解が一〇〇％確定しましたね。『俺には夢遊病のような既往症は一切ないし、ましてや俺は多重人格者などではない。これまでの人生において、睡眠以外で意識を失ったことは一度たりともない』と、はっきり言っていますしね！

　さてこの場面で三郎は、沙耶加が真犯人ではないかと疑っているわけで、そうなると沙耶加犯人説を唱えられた三澤さんが正解に一歩近づいたかのように思えますが、しかし三澤さんが解答した直後に、沙耶加は視点人物として登場しています。その矛盾を説明するのが、四日市さんの唱えた沙耶加多重人格者説ですが、その四日市さんが自説の一部とされていた、《冒頭の場面で既に人格の入れ替わりが起きていた》説は、沙耶加本人の独白によって前節ですでに否定されています。内気で引っ込み思案な沙耶加は壁の花と化して、三郎から話しかけられるのをじっと待っていたのでした！

　うえっへっへっへー。何だかみなさん、共倒れの様相を呈して来ましたねー。

　さらにさらに！　最後のくだりは、なかなか意味深でしたねー。

　猫が出てきました。皿のミルクをぺちゃぺちゃ舐めていました。

　これはやはり、どう考えても本物ですよね。《猫》とはっきり書いてありますから間違いないですね。バレリーナではありませんよね――。

　はははは。ということは、《たま犯人説》の七尾さんもやはり、大はずれですかねー。何が爪先立ち《シュール・ラ・ポワント》だ。何がラグーザ玉だ。何が壁にたくさん飾っていただ。その後、破産したんだろうが。一九億八〇〇〇万円も借金してよくもまあ恥ずかしげもなははは。

く、偉そうにしやがって、ざまーみろ。大馬鹿者め！」

「ちょっと、樺山さん」

「おっと失礼、私としたことが、内面の声がダダ漏れになっていました。はは、はははは」

まあしかも私のこの歯に衣着せぬ毒舌も、この番組が国民的娯楽番組へと成長した理由の一つですからね。はは、ははは。これからも、思う存分毒を吐いて行きます。

「もう。ところで猫の頭を撫でているこの女性、これは一体誰なんでしょうか？」

「いやー、わかりませんねー。謎ですねー。どうやら今年も、全員不正解の可能性が出て来たようですねー。わはははは。ぐえっへっへっへ」

「だから、樺山さん！」

「おっと、私としたことが、またもやうっかり失言を」

「いくら止めても言うんだもの。もう知らない！」

「おっと、怜華ちゃんに嫌われちゃったみたいですが、怜華ちゃんはいわゆるツンデレタイプですからね、きっと私のことが好きで好きでたまらないんだと思います。ではこの章は解答者はおられないようなので、このまま次の章へと参りましょう。それではみなさん、次のチェックポイントでお会いしましょう！」

10

「そうか。四時に鞠子と電話で話しているのか」

「そう。あたしたちが着いたのに、ホスト役の筈の鞠子が、ずっと部屋に籠もっていて下りて来ないから、痺《しび》れを切らして鞠子の携帯に直接電話してみたのよ」

「その時は何を話したんだ？」

「期待させておいて悪いんだけど、あまり大したことは話してないわ。いつ下りて来るのと聞いたんだけど、今夜の準備で忙しいから、ごめん、また後でねって切られちゃった」

「いやいや、それは結果的にグッジョブだよ。それによって四時の時点では鞠子はまだ生きていたことが判明したわけだから。これで犯行時刻は四時以降、死体の体温のことを考慮に入れると、せいぜい五時十五分くらいまでの間と、ほぼ絞られた」

丸茂が顎に手を当てながら、誰でもわかることをしたり顔で言った。

その時ラウンジの観音開きの扉が再び開いた。さっき一人で出て行ったヒデが戻って来たのだが、何故か心ここにあらずという表情で、そのまま入り口付近に立ち止まっている。みんなの視線がヒデに集まる。

「ちょっとみんな、こっちに来てくれ」

ヒデがそう言って手招きをする。

「どうしたんだ？」

「見せたいものがあるんだ」

ヒデはそのままみんなを先導して廊下を進んだ。全員が無言のまま、螺旋階段の脇を通り過ぎて、中央階段の前に着いた。

ヒデがこちらに向き直って、おもむろに口を開いた。

「実は夕方の四時から、この階段の二階と三階の間をワックスがけしていたんだ。使っているドイツ製の最高級ワックスは、完全に乾くのに三時間強かかるから、見ての通りまだ生乾きだ」

「それで？」

「乾かないうちにその上を歩くと、足跡が残る。完全に乾けばそれも消えてしまうんだが、いまはまだ半乾きだから、もしワックスをかけたあとに誰かがこの階段を使ったとしたら、その人物の足跡が今ここに残っている筈なんだ」

「えっ⁉」

「だが見ての通り、ここには誰の足跡もついていない」

「だけどヒデさん、どうしてあんたの足跡もついてないんだい？」

「それは、三階から一段ずつワックスがけをしながら二階に下りてきたからだよ。やっぱり踏まない方が乾いた時の仕上がり具合がいいから、かける時はいつもそうするんだ」

「ということはつまり四時以降、中央階段の二階と三階を結ぶ部分は、誰も使っていないということなのかい？」

「そういうことになる」

「みんなの部屋は一階か二階のどちらかということを踏まえると……すると犯人は鞠子の部屋に向かうのに、やはり二階から螺旋階段を使ったということになるわけか」

丸茂ががっしりとした顎を撫でながら続ける。

「おい、誰かが二階から螺旋階段を上る姿を目撃していた奴はいないのか？　俺がさっきラウンジから、平の後ろ姿に目を留めたように」

だが皆が首を横に振った。この間もたまだけは依然マイペースで、問題の中央階段の前の、少し広くなっている待合室のような空間で、背中を丸めたり反らしたりを盛んに繰り返している。

「あたしたちが到着したのが二時過ぎで、荷物を部屋に置いてからずっとラウンジで駄弁《だべ》っていたけど、誰かが螺旋階段を上るところは見てないわ」

恭子が答えた。

「いや、二時から四時の間はどうでもいい。四時には鞠子は生きて電話に出ているんだから、問題は四時以降だ」

だが全員が再び首を横に振った。

「その頃にはあたしたちだけじゃなくて、文太や沙耶加もラウンジに来ていたから、上っていった人がいたら、誰かが絶対に気付いていると思う。ここから丸見えなんだし」

「本当にいないのか、誰かが螺旋階段を上る姿を見たやつは」

「あたしが見たのは平クンだけだよ」

「何だ、平の姿は恭子も見ていたのか」

「うん。だけどそれ以外は、誰の姿も見てない」

丸茂は俺の顔に視線を移動させた。

「どうする？　どうやらお前以外に、四階に上れた人間はいなかったみたいだぜ」

「だがいたんだよ。真犯人は、どうにかしてそれをやったんだ。何故なら俺は犯人じゃないからな」

俺が答えると、丸茂は鼻を鳴らした。

「まあ今のお前の立場じゃ、そう言うしかないだろうな」

†

一旦休憩し、二〇分後に再集合ということになり、女性たちは部屋に戻ったりしていたが、俺は文太と二人、ラウンジに残って紫煙を燻《くゆ》らせて過ごした。しばらく禁煙していたのだが、突発的にどうしても吸いたくてたまらなくなり、文太から一本頂戴したのだ。

「とりあえず地元の警察には通報しておいたぜ。橋が通れるようになるまで、現場にはなるべく手を触れるな、だってさ」

全員がラウンジに再集合してから、丸茂が言った。

「それじゃあ今日のみんなの動きを整理しておこう。今日屋敷に何時ごろ着いたか、着いてから何をしていたか、一人一人順番に話してくれ」

「どうして？　犯人は平クン、それで決まりじゃない」

恭子が俺をちらりと見ながら言ったが、丸茂は首を横に振った。

「確かに平は思い切り怪しいが、まだ断定できるだけの証拠はない」

「そこは公平を装うんだ」

恭子が皮肉な口調でつけ加えた。おや、と俺は思った。

それから全員が質問に答えた。それをまとめるとこうなる。

昨日から泊まっている沙耶加は、今朝九時ごろに、一階のダイニングで鞠子と一緒に遅めの朝食を摂り、その後午前中は思い思いに過ごした。まだ雨は降ったり止んだりだった。

十一時半ごろに文太がバイクで到着。昼食は沙耶加がキッチンを借りて簡単なものを準備し、やはりダイニングで三人で食べた。

その後三人は二階のラウンジに移動、鞠子がコーヒーを淹《い》れ、それを飲みながら四方山話《よもやまばなし》をし、一時半ごろに鞠子はラウンジを出て四階の自室に籠もる。じゃあまた後でねと言い残し、白い螺旋階段の中に消える鞠子の後ろ姿を文太と沙耶加は目にしているが、それが二人が見た、生きている鞠子の最後の姿になった（もちろん二人とも犯人ではないと仮定するならば、だが）。

文太と沙耶加はそれから自分たちの客間へと戻って過ごした。

二時過ぎに恭子たち一行がタクシーで到着。それぞれ荷物の整理などを済ませてから、二時半頃にラウンジに集合、そこに文太と沙耶加も合流して、その後は常に二人以上がラウンジにいた。四時頃からヒデが中央階段の二階と三階の間の各段にワックスがけを開始。ワックスがけ自体は二〇分ほどで終了。ちなみに二階と一階の間の段は、明日の朝にかける予定だったという。ワックスがけを終えたヒデはラウンジに戻って、窓ごしに俺の到着を目にし、俺が傘を持っていないのに気付いて、急いで中央階段で一階に下り、リネン室に寄ってから玄関に迎えに出た。俺はそのまま一旦ラウンジに行ったが、すぐに退散して一階の客間に行き、ヒデや恭子、文太らはラウンジに残った。俺はちょっとうたた寝をしてしまい、五時半過ぎに丸茂が到着。俺が螺旋階段を上って行き、鞠子の死体を発見した——。

「それじゃあ恭子たちは、今日は鞠子に一度も会っていないわけか？」

「うん。会ってないよ」

「今日鞠子に会ったのは、文太と沙耶加だけってことでいいんだな」

丸茂は二人を交互に見ながら確認した。

「あと犯人な」

文太がぶっきら棒に口を挟んだ。

「三人でお昼を食べたとき、鞠子に何かおかしな様子はなかったか？　苛々していたとか、不安そうだったとか」

文太と沙耶加は顔を見合わせた。

「不安どころか、むしろワクワクしているように感じたけど」

沙耶加が答えた。文太は押し黙ったまま、ゆっくりと頷いて同意を示した。

「ワクワク？　どうして？」

丸茂が怪訝《けげん》そうな顔をする。

「そりゃあ一年ぶりにみんなが集まるからじゃないの？　少なくともあたしはそう思ったけど……」

「ふうむ」

丸茂は考え込み、それから突然ヒデの方を振り向いた。

「なあヒデさんや」

「何だい」

「前々から疑問に思っていたんだけどさ、ヒデさんはいま、車の免許を持っていないよな。水とか食料の買い出しは一体どうしているの？」

「それは鞠子さんがネットスーパーの宅配を頼んでいる」

「ネットスーパーか……」

「日本の小売業および物流システムはすごいと感心するよ。こんな人里離れたところへ、水1ケースから配達してくれるんだから。送料だって、一回の注文額が五〇〇〇円以上ならば無料だしね」

「なるほど。便利な世の中になったもんだな」

「チェックポイーント！　みなさんここまで読み終わっていますかぁ？　いやあー、やはりヒデさんは使用人みたいですね。学生気分が抜けないような甘ったれた感じの連中の中、たった一人働いています！　七尾さんが〈ヒデ＝使用人〉説を否定する材料として持ち出した運転免許と買い出しの件は、ネットスーパーの宅配利用で、あっさりクリアされてしまいました。今世紀の初頭にはもうネットスーパーによる宅配はあったようですから、時代的にも矛盾はないですね。

三郎はこの人とずっと〈タメロ〉で話しており、それは本人の希望ということでしたが、現在俺様モード発令中の丸茂でさえ、ここでは〈ヒデさん〉とさん付けしていました。

ということはこの方、やはり六畝割さんの推理の通り、ご老体なのかも知れませんね。ただし犯人かどうかの断定は、まだできません。

しかし何と言ってもこの章での重要な新情報は、そのヒデさんの行っていたワックスがけでしょう！　中央階段の二階から三階の部分にかけられたワックス。そのワックスが半乾きの今、その上を通った人がいればその人の足跡が残っている筈なのに、足跡はない！

私見ですが、ここを読む限りでは、やはりヒデさん＝犯人とはちょっと考えにくいですね。雇用主を殺し、その直後に階段のワックスがけをはじめるというのは、犯人の行動としては支離滅裂です。一体誰のためにかけているのか。それに少なくともワックスをかけはじめる前、自分は確実に三階より上にいたことを証明してしまう一方で、自分以外の容疑者の数を大幅に減らしてしまいます。こんな行動を、真犯人がわざわざ取るというのは、どうにも納得できません。

ということは、ヒデさんのこの証言は信じていいでしょう。わはははは、ヒデ犯人説の五所川原さんと六畝割さん、大はずれ！　そして犯人は現場に向かうのに、やはり二階から螺旋階段を使ったことになります！　わははははは。七尾さんもほとんどはずれ！　『読者は犯人が二階から螺旋階段を使ったように、思い込まされていただけなんだ』なんて、キリッとした顔で言いやがって。やっぱりそうなんじゃないか。しかもその上り口は、ラウンジから丸見え！　テキスト内ではこの新事実によって、三郎にかけられた嫌疑が一段と高まっていますが、我々は視点人物である三郎が犯人ではないことを知っています。

となると、一体犯人はどうやって誰にも目撃されずに鞠子の部屋に行くことができたのか？

ラウンジにいる人間が、たまたま全員別の方向を向いていたということが絶対にないとは言えませんが、それは僥倖に近いですよね。ミステリー研のＯＢＯＧが、そんな僥倖頼みで犯行に及ぶということは考えにくい。こういう設定である以上、全員が本格ミステリー的な行動律に則って論理的に行動すると見做すべきだと言ったのは、あれは確か三澤さんでしたか。

つまり犯行時刻、鞠子の部屋はいわゆる《開かれた密室》だったことになります。つまり衆人環視の中にあって、事実上誰も出入りできない状況にあったという意味ですね！

さあみなさんが、三度のメシよりも好きな密室です！　この謎を解いて下さい！」

「おい、謎の途中追加は汚ねえだろ！」

解答席のサングラスをかけた男が、がらがら声で叫ぶ。

「誰ですか？　解答以外の自由発言は原則禁止ですよ！」

「汚ねえよ。七人も解答を済ませた今ごろになって、中央階段のワックスがけなんて新情報を出しやがって。こんなの後出しジャンケンもいいところだ。これじゃあ既に解答した連中が浮かばれないぜ」

だが樺山桃太郎は涼しい顔をしている。

「はあ？　なに寝惚《ねぼ》けたこと言っているんですか？　そんなの自己責任でしょ。どこで新情報が出るかわからないと、私は必死に止めたのに、みんなどんどん解答しちゃって……。全く、そんなに金が欲しいのかこの乞食どもめ！　私が懸命に止めていたの、みなさん見てましたよね？」

「汚ねえ……」

「ああ？　何か言いましたか？　司会者の権限で、解答権を剥奪《はくだつ》してシャワー室、いやもとい解答済みブースへと、強制的に送ることもできるのですよ？」

「…………」

11

「念のために言っておくが、今後、現場付近での単独行動は一切禁止な」

丸茂がいよいよ、お望み通りのリーダーシップを発揮しはじめているようだが、俺はもういちいち異を唱えるのが面倒臭いので黙っていた。もう勝手にやってくれ。今の俺は、沙耶加を庇いつつ、自分に降りかかる火の粉を振り払うだけで精一杯だ。

「もちろん言いだしっぺの俺も例外じゃない。俺も今後、決して一人では四階には行かない。だからみんなもそれを守ってくれ」

「ああ、行かないよ。別に用もないしな」

口に出して応えたのは文太だけだったが、特に異論を唱える者はいなかった。

「ところで丸茂クン、ここに来る途中の橋が、上流からの濁流で事実上崩壊したという話なんだけどさ」

ここで恭子が、ちょっと唐突なタイミングで丸茂に質問した。

「ん？」

「それって、正確には何時《なんじ》ごろのことなの？」

するると丸茂は、何故か眉間《みけん》に縦皺《たてじわ》を寄せた。

「おいおい、いきなりそんなこと訊かれても、わからないよ」

「どうして？　何でそんな大事なことを憶えていないの？」

問い詰めるような恭子の口調を聞いて、おや、と俺は内心首を傾げた。これで二度目だ。恭子といえば学生時代からずっと、何かにつけて丸茂の肩を持つ、熱烈な丸茂シンパだった筈だが——。

「だからさっき言った通り、生きるか死ぬかの瀬戸際だったんだって。車で渡っている最中に橋が冠水したんだからさ。そんな時に時計を見ているヒマなんかないよ」

「そりゃあその時は見る余裕がないだろうけど、助かってホッとしてから普通見るんじゃないの？」

「そんなの人によるだろ。少なくとも俺にとってそれは〈普通〉じゃない」

「じゃあとにかく白鬚橋の崩壊の正確な時間は、わからないってことなのね？」

「ああ」

丸茂は吐き捨てるように言った。

「どうして怒るの？」

恭子がなおもしつこく丸茂に絡む。

「いや、別に怒ってないよ」

「ならいいけど。丸茂クンが屋敷に着いたのが五時半ちょっと過ぎ。白鬚橋からこの屋敷までは、車ならば十分足らずだから、橋が崩壊したのは五時二〇分ごろで間違いないのよね？」

するると丸茂は、腕組みをして首を傾げた。

「いや……それよりは少し前だろうな。間一髪渡り終えてから路肩に車を停めて、橋の様子を見たりエンジンの具合を確かめたりしていたから」

「じゃあ五時一〇分くらい？」

「うーん、まあ、大体それくらいかな」

「地元の警察に問い合わせれば、正確な時刻がわかるかしら」

「それはまあ……わかるかも知れないな」

答えながら丸茂が、ちょっと表情を曇らせたように見えた。

「だが、何故そんなことを気にするんだ？」

「別に。ちょっと気になっただけよ」

「なあ、こうなってしまった以上は鞠子のご両親に連絡するべきだと思うんだが、誰か連絡先を知らないか？」

文太が横から会話に割り込んだが、これには誰も返事をしない。もちろん俺も知らないので黙っていた。

「え、ヒデさんも知らないのかい？」

「俺は、鞠子さんに直接雇われていたから……」

ヒデはそう言って頭を掻く。

少し沈黙が続いた後で、沙耶加がぽつりと言った。

「確か実家は静岡の方だったよね。江戸時代から続く旧家で、実家だったか実家のすぐ近くだったかが、《東海道五十三次》にも描かれているって自慢してた」

「え、北斎《ほくさい》の？」

「バーカ。広重《ひろしげ》だろ」

「でも実家の電話番号とかは知らない」

「そうか、まあでもそうだよな……」

文太が残念そうに首を振ったが、これはまあ仕方のないことだろう。前世紀の末ごろに携帯電話が一気に一般普及したわけだが、それ以降かなり親しくしている友達でも、自宅の電話番号は知らないのが普通のこととなった。ましてや実家の連絡先となると、これはもうお手上げだ。これがもし鞠子ではなく誰か別の人間だったとしても、誰一人その人の郷里に連絡することなどできないだろう。

「ところで鞠子の死体はどうするの？」

恭子が天井をちょっと見上げながら言った。

「どうするって？」

怪訝そうな顔で答えたのは文太だ。

「詳しく調べないの？」

「俺たちが死体を調べて何がわかるんだよ。いくらミステリー研のＯＢＯＧと言っても、警察の捜査みたいなことはできない。本職が来るまで、現場を保存しておくしかないだろうが」

「あれ？　でも今あたしたちって、警察任せにしないで、自分たちで一刻も早く犯人を見つけようとしているんじゃなかったっけ？」

「それはそうだよ」

「死体を調べもしないで、論理だけで犯人を見つけ出すなんてこと、果たしてできるのかしら」

文太はぐっと言葉につまった。それを見て丸茂が横から口を挟む。

「この状態ならば仕方がないだろ」

「できるの？　そんなこと？」

恭子は丸茂の方に向き直る。

「できるかどうか、やってみるしかないじゃないか。よしそれじゃあ今度は、鞠子の死亡推定時刻前後のみんなの行動を確かめておこう。夕方の四時頃から五時十五分くらいまでの間、みんなどこで何をしていた?」

「あたしは四時ちょっと過ぎに自分の部屋に戻って、ちょっと書き物をして、それからラウンジに行ったかな」

「あたしは基本ずっとラウンジにいたけど、何度か部屋に戻ってる」

「あたしも」

「俺も、一旦戻っているな」

「うーん」

丸茂が腕組みをして小さく唸った。結果として誰一人として、一〇〇%のアリバイのある人間はいないことがわかっただけだったからだ。全員少なくとも一度はラウンジを出て、一人になる時間があったのである。

「部屋割りはどうなってる? 三階の部屋を使っているやつはいないのか?」

「いるわけないじゃん。三階は鞠子の家族専用の部屋だもん」

「もちろん知っているけどさ。今年だけ特別に、三階の部屋のやつがいないかなと思って訊いたんだ」

「いないわよね、ヒデさん」

恭子がヒデに向かって尋ね、ヒデは黙って頷いた。

「ひょっとしてこれで行き詰まり？　だからやっぱり鞠子の死体を調べようよ。ナイフもあのままにしておくの？　抜いてあげないの？」

恭子はさっきから、死体を調べることに妙に積極的である。

「お前もミス研のＯＧならばわかるだろう？　ナイフに触れるのが一番まずい。犯人の指紋を検出不能にしてしまう危険がある」

逆に丸茂は消極的である。

「じゃあナイフはあのままで仕方がないとして、他を調べようよ。ひょっとして犯人と格闘になって、手の爪の間に、犯人の皮膚の一部が残っているとか、あるかも知れないし」

俺はどきりとした。恭子のやつ、なかなか鋭い意見を――。

「仮に格闘になっていたとしたら、背中のど真ん中を刺されることはあり得ないだろ」

丸茂が反論する。

「そんなの絶対とは言えないじゃない。応戦しようとしたけど、力では到底勝ち目がないとわかって、背中を向けて逃げようとしたところをグサリとやられたのかも」

「だったら爪の間に何か残っているようなこともないだろう？」

「だからそれだって、断言はできないじゃない。背中を向けて逃げる前に、犯人と揉みあいになった瞬間があるかも知れないし」

「なあ恭子、気持ちはわかるけどさ、だからこそ俺は、警察に任せようと言っているんだ。仮にそれを見つけたとして、俺たちに一体何ができるんだよ。顕微鏡も専門知識もないのにさ。そのまま保存しておいたら警察の鑑識が真犯人逮捕につなげてくれたかも知れない重要な証拠を、台無しにするのが関の山じゃないのか？」

「それじゃあ、これから一体どうするの」

「どうもしない。現場に関してはこのまま保存した状態で、明日以降、天気が回復して警察が到着するのを待つ。ただそれだけだ」

「なあんだ。それじゃあ丸茂クンが散々馬鹿にしていた、クローズド・サークルものの登場人物たちと同じじゃない。みんな今晩寝る時は、忘れずに部屋のドアの差し込み錠をかけようね」

丸茂は顔を顰《しか》めた。

それを見て俺はちょっと溜飲を下げた。丸茂シンパだった恭子が、どうして今日に限って、丸茂にこんなに辛辣《しんらつ》なのかは謎だが――。

「そう言えば、鞠子の実家に連絡するという話だけど」

沙耶加が再び憶い出したように口を開いた。

「鞠子の携帯は？　携帯には実家の電話番号が登録されているんじゃないの？」

「ああ、それは充分にあり得るな」

文太が小さく頷く。

「だが鞠子の携帯はどこにあるんだ？」

「あの部屋にあるんじゃないのか？」

するとし丸茂が小さくよし、と叫んで立ち上がった。

「探しに行って来る」

「あれ？　一人じゃ四階に行かないという取り決めじゃなかったの？」

「もちろん一人じゃ行かないさ。誰か俺と一緒に行きたい奴は？」

「あたしはパス」

「あたしも」

女性たちは全員首を横に振った。

「仕方がない。じゃあ俺と平で行って来るよ」

「何でお前たち二人なんだ？」

文太が怪訝そうな顔で口を挟んだ。

「だから、俺自身も取り決めの例外じゃないってことだよ」

「そうじゃなくて、何でお前と平なんだよ」

「ああ、そういう意味か。それじゃあお前も来いよ。別にお前をのけ者にした訳じゃない。平を女性たちと一緒に残しておいたら、どんな悪さをするか判らないから、連れて行こうと思っただけだよ」

丸茂がいつもより大きな声で言った。

「まったく、人を羊の群れの中のオオカミみたいに言いやがって」

俺も立ち上がった。

「さあさあ、一転してやっぱり丸茂が怪しくなって来ました！　橋を渡った時刻を尋ねられて、丸茂は何故表情を曇らせたのか？」

「二谷さんの丸茂犯人説が、俄然現実味を帯びて来ましたね！」

「そうですね。しかし残念なことに二谷嬢は、丸茂＝女性＝犯人説なのですよね。僭《せん》越《えつ》ながらワタクシ、丸茂はやっぱり男性であるような気がしてならないのですが、怜華ちゃんはどう思いますか？」

「うーん……。やっぱり男性なんじゃないかと思いますぅ」

「ですよねー」

「でも丸茂さんが怪しくなって来たことは事実ですね」

「そうですね。正直言って、今が絶好の解答チャンスかも知れませんねー」

「あ、ランプが点きましたよ」

「はい、八反果《はったんか》さん。犯人は丸茂ですか？　男性の丸茂犯人説ならば、二谷さんの解答とは別物と見做されますよ！」

「何を言っているの。そんなミエミエの誘導尋問には乗らないわよ」

八反果は豊満な胸を両腕で抱えるようにしながら、艶《つや》やかな黒髪を頭の上で束ねて後ろに垂らしている。

「いや、別に尋問はしていませんが」

「じゃあ誘導ね。あなたは丸茂犯人説に誘導したがっているようだけど、その手には乗らないわよ」

「はあ、ダメですか。丸茂犯人説は」

「ダメよ。裏の裏を読まなきゃ。こんな風に突然あからさまに怪しくなるなんて、逆に犯人じゃないということよ。そもそもあなたもさっき、視点人物は犯人たり得ないと言ったじゃない」

「まあ確かに丸茂は視点人物の一人なわけですが、この人こそが多重人格者だったという可能性は、誰も指摘しておらず、まだ残っていますよね。探偵役を買って出た丸茂のメイン人格は、サブ人格が勝手に犯した殺人のことを知らない。そして橋が崩落した時刻と、自分が屋敷に到着した時刻の齟齬《そご》に、たったいま気付いて、その間俺は一体どこで何をしていたんだろうと、自分自身に対して疑心暗鬼になっている――そんな場面のようにも読めませんか？」

「読めないことはないけど、司会者自らがその答えを勧めるってことは、間違いってことでしょ？」

八反果が冷ややかな口調で答えながら、豊かな胸の前で組んでいた腕を解《ほど》くと、薄手の服の生地を通して、その肉感的な上半身のプロポーションが露わになった。

「ですから私、正解は知らないんですって！　では逆に伺いますが、丸茂は犯人でないのなら、どうして橋の崩落時刻を訊かれて表情を曇らせたりしたのでしょう」

「それは自ら探偵役を買って出ながら、自分の無実を客観的に証明してくれる橋崩落の時刻を正確に答えることができないという、自分自身に対する苛立ちでしょう。何故自分はあの時、時計を見て時刻を確認しなかったのだろうと。つまりは探偵役としてのプライドの問題ね。この場面、丸茂はいかにも怪し気に書いてあるけど、それはミスリードなの」

「いやー到る所、罠だらけですね。すると八反果さんの指摘する犯人は誰になるのでしょう？」

「最初から疑っていたんだけど、やっと確証が得られたわ。待っていて良かったわ」

「ということは、解答に絶対的な自信がおありで？」

「もちろんよ。既に答えた七人には悪いけどね」

「ではどうぞ、お答え下さい！」

「犯人は女性だという物証が見つかる。そしておそらくは性別誤認トリックが使われている。あの二谷とかいう小便臭い小娘、いやもとい、うら若いお嬢さんが作り出した、ここまでの流れは良かったと思うのよね。虫ピンみたいな男が異論を唱えていたけど、その後実際、白猫を撫でている謎の女性が登場いや再登場したしね。だけどみんな、肝腎の犯人を間違えたみたいね」

「では犯人は？」

「犯人はズバリ、鞠子さんよ」

八反果はそう言ってウインクした。

「鞠子？　しかし鞠子は背中をナイフで深々と刺され、青いドレスを血に染めて亡くなられたのでは？　それでは自殺ということですか？」

「まさか。だってこの人は、背中のど真ん中を刺されているんでしょ？　自殺は無理でしょ？」

「では、一体どういう意味です？」

「いま説明します。まず注目すべきは、三郎さんが鞠子さんの死体を見つける場面で、三郎さんがたった二回のノックでドアを開けていることね。『俺は鞠子の下着姿などもう散々見飽きている』と書いてあったと思うんだけど、いくら元カレであっても、勝手にドアを開けられて下着姿を見られるのは、女性は嫌なものよねえ。どう思う？　モンテレオーネさん？」

「あ、それは絶対に嫌ですぅ」

「あれ、怜華ちゃん、男性とお付き合いしたこと、なかったんじゃないの？」

「あ、な、ないですぅ。だから想像で、それはたぶん嫌だろうなあと」

「本当かなあ」

「こら司会者！　どさくさに紛れてアシスタントにセクハラしてるんじゃねえ！」

さっき、後出しジャンケンだと叫んだ解答席のサングラスの男が、再び叫んだ。

「いえ、セクハラではありません。全男性視聴者の声を代弁しているだけです」

「とにかく！　元カレだろうが何だろうが、いきなりドアを開けられるのは、女性は絶対に嫌だということよ！」

八反果が少し苛々した声で、話を元に戻した。

「しかも付き合っている最中ならともかく、とっくの昔に別れた後でしょう？　三郎さんが女性の気持ちに異常に鈍感な奴という解釈も成り立つけど、独白の部分を読む限りは、結構細かく沙耶加さんの心理とかを読んでいるじゃない。となるとやっぱりこの箇所はおかしい。唯一許される解釈は次のようなものよ」

「はあ、それは？」

「だから、女性が男性に性別誤認されていたんじゃなくて、男性が女性に性別誤認されていたの」

「ええっと、つまり？」

「だから、死んだ鞠子さんは男性だったのよ。三郎さんがドアを開けたのは、体育会系と言うか、男同士の気安さからなの」

「はうあっ！」

「根拠はいっぱいあるわよ。沙耶加さんは、三郎さんと鞠子さんがかつて恋人同士の関係にあったことを、異様なくらい気にしているでしょ？」

「あ、はい……」

「沙耶加さんは、こんなことまで言っている——『そういう癖というものは、なかなか直らないものではないのだろうか？』。普通の男女の関係だったら、ちょっと神経質すぎるんじゃないかしらと思うけど、これが男性同士の愛だとしたらどうかしら？沙耶加さんがここまで心配するのも、充分に納得できるんじゃない？」

「するとこの三郎は、いわゆる両刀づかい……」

「そういうことになるわねえ。沙耶加さんからしたら、自分にプロポーズして来た男性に過去、異性の恋人が何人いたとしても、過去は過去として割り切ることができるけど、同性の恋人がいたという事実は、そのプロポーズに慎重になる理由としては充分すぎるほどよ。自分のダンナが、何かをきっかけに自分を捨てて男へ走るところを想像したら、まともな女性だったら耐えられないもの。じっくり落ち着いて考えるために、一時的に携帯を着信拒否にしたって、全然不思議じゃない」

「なるほど……」

「さらにちょっと前のところの沙耶加さんの台詞『ある意味鞠子ほど、自分自身の欲望に忠実に生きていた人間はいない』――これもそういう意味よ。自分の趣味というか性癖というか、そういうものにこの鞠子さんは、実に忠実に生きたわけよね」

「ははあ……」

「根拠はまだまだあるわ。それはこの純白の螺旋階段よ。今どき普通の女性は、こんなものねだらないもの。女性がロマンチストというのは男性の思い込みで、女性はむしろリアリストなの。だからねだるなら、もっと実用的な宝石《ヒカリモノ》や貴金属、いざという時には換金可能なブランドものの革製品《カワキモノ》なんかをねだるわよ。これはオカマまたはニューハーフだからこそ、パパにねだることができたのよ」

「するとこの人は、オカマまたはニューハーフなのに、お姫様願望がめちゃめちゃ強くて、ふくらはぎのところがきゅっと窄《すぼ》まったブルーのマーメイドタイプのドレスを着ているんですか。うわぁ、キッツいなあ。オエッ」

「あなたがキツいかどうかなんて知らないわよ」

「しかし、男性でどうして鞠子なんですか？」

「だから、ついさっき確証が得られたって言ったのはそこなのよ。さっき鞠子さんの実家が静岡で、実家の近くが安藤広重の『東海道五十三次』の中にも描かれていると言っていたでしょう？　あれが大大大ヒントだったわけ」

「え？　あれがヒント、ですか？」

「そう。これはこの人の苗字なの」

「えっ？　鞠子が苗字？」

「ええ。もちろんこれは珍名の一つだけど、ある資料によると、全国に約９４０人ほどいるの。そしてこれは、特に静岡県に多い苗字なのよ。何故かというと、元々静岡に鞠子という地名があったから。『東海道五十三次』の第二〇番の宿場はズバリ鞠子宿で、広重はその中に、とろろ汁屋で旅人たちがとろろ汁を食べている図柄を描いているの。ところで鞠子さんの父親の職業は何だっけ？」

「え、実業家では……」

「だから、何の業種？」

「確かとろろめしの全国チェーン店と……あ！」

「そういうこと。ここまで一致したらもう間違いないでしょ。ちなみに初版では宿場の字が〈丸子〉になっていて稀少性が高く、二版以降〈鞠子〉に直るんだけど、これ豆知識ね。二谷さんや五所川原さんは、性別誤認トリックという発想は良かったんだけど、正解に到るにはもう一段階か二段階足りなかったわね。このトリックは、性別誤認と二人一役、そしてバールストン先攻法という三種類のトリックの組み合わせだったのよ」

「ええっ？　どういうことですか？」

「まあぶっちゃけた話、性別誤認トリック自体は今どき珍しくも何ともないし、一時《いっとき》ミステリーマニアの間では、作品中に〈真弓さん〉が出てきたら、ほぼ一〇〇％性別誤認トリックがあると疑ってかかるのが常識のようになっていたくらいだけど、とうとう鞠子姓まで登場したのかと思うと、なかなか感慨深いものがあるわね」

「すると八反果さんは、珍しい苗字に詳しいのですか？」

「ええ、あたしの八反果という苗字も珍しいでしょう？　それで以前から、珍名さんに興味があってね。それにあたしはミステリーは大好きだけど、叙述トリックで騙されるのは大嫌いだから、そういう全国に散らばっている名前みたいな苗字を、電話帳などで片っ端から調べ上げたことがあるのよ」

「何というヒマ人！」

「え、何ですって？」

「もとい、尊敬します。すごい執念！　でも今どき電話帳って……」

「うるさいわね！　あたしが若い頃は、まだ各家庭に分厚い電話帳があったのよ！　年がわかるからそこはツッコまないでよ！　ちなみに一見すると女性の名前のように見えるけど、実は苗字という例としては、恵《めぐみ》さんというのが全国に約１５００人、楓《かえで》さんというのが約1100人いるわね。これ、豆知識その2ね。それからあたしの前の前に答えた六畝割さん、あの人の苗字もやはり珍名だけど、あれは東京の目黒付近の地名に由来するの。これが豆知識その3ね」

「はあ。もう豆知識はいいです。でも何だか少しずつ私も、鞠子は男性のような気がして来ました」

「そりゃそうよ。それが正解なんだもの」

「すると鞠子は男だとして、犯人は誰なのですか?」

「だからバールストン先攻法にして、二人一役だと言ったでしょう? 冒頭の場面でもう読者は、被害者である鞠子さんを容疑者から除外します。ところが違うんですよ。犯人は女性の鞠子さんなんです」

「ええー!? じゃあ、鞠子さんは二人いるんですか?」

「そういうこと。だってそうじゃなかったら、被害者の性別を読者に誤認させる意味がないじゃない。もう一人の〈鞠子〉の存在を隠したいからやっているわけじゃない。従ってもしも今後鞠子さんが登場したとしても、読者は回想シーンだと誤読するわけ」

「いやー今日のみなさんは、本当に先々の展開を読みますねー。まるで素人が盤面上の駒の配置を見て、こっちが優勢だ、いやいやあっちだと言っている時に、実際には既に何十手も先を読み合って、互いの脳内の盤面上で熾烈《しれつ》な戦いを繰り広げている、名人同士の将棋のタイトル戦を見るかのようです！」

「まあねえ」

八反果は再びウインクをした。

「では犯人である女性の鞠子さんとは一体誰なのですか？　ここまで登場している人の中にいるのですか？」

「だから、はっきりとは登場せずに、ずっと見え隠れしていた例の人物よ。冒頭のラウンジの場面で〈アキ〉と呼ばれていて、さっきの場面で白猫を撫でていた人物ね。この人の下の名前が鞠子で、苗字に〈アキ〉が入るんでしょう。たとえば秋山鞠子さんとか、秋吉鞠子さんとかね。作者は彼女の気配をこれまで極端に消していたけど、ここらへんで一度登場させておかないと、真相が明らかになった時にアンフェア呼ばわりを免れないと思って登場させたんでしょう。だけどミエミエだったわね。この程度のトリックでは、トーシローたちは誤魔化せても、若い頃、錦糸町のNo.1ホステスの座を、二ヵ月間守ったことのあるあたしの目は誤魔化せないッ！」

「はあ。錦糸町で二ヵ月程度で、よくそこまで偉そうに言えますね。では密室の謎は？　仮に秋山鞠子さんもしくは秋吉鞠子さんという女性がいたとして、その人がどうやって誰にも見られずに現場との間を往復できたのかを答えてもらわないと」

「それは簡単よ。中央階段を使ったのよ」

「ですが、ヒデがかけたワックスに足跡がありませんでした」

「だ・か・ら、偽装されていたのは犯行時刻の方だったの」

「どういうことですか?」

「つまりワックスがかけられる前に殺し終わっていたのよ。四時に電話で鞠子さんと話したと言ったのは一体誰なのか、地の文には記されていなかったけど、あれは真犯人である鞠子(女)さんの証言だったわけ。つまり四時に被害者の鞠子(男)さんが電話に出たということ自体が、犯人の弄《ろう》した時間差トリックだったわけよ。実際にはその前に殺し終わっていたのに、その後ヒデさんが階段にワックスをかけているのを見て、犯人である鞠子(女)は、これを使えば不可能状況を作り出せると、咄嗟に思いついたわけ」

「しかしそうすると、Sというあのダイイング・メッセージはどうなります?」

「三郎さんは自分が見るまで血文字が残っていたということは、犯人はそれに気付かなかったということだと述べているけど、実際にはもう一つ、そうなるケースがあるし、むしろそっちの方が可能性が高いわよね」

「というと?」

「それはダイイング・メッセージ自体が、犯人の仕掛けたミスディレクションであるというケースよ。つまりあれは真犯人である鞠子（女）さんが、犯行後、被害者である鞠子（男）さんの指の先に、本人の血をつけて書いた偽の手がかりなの」

「なるほど、その可能性はありますね！　しかし、それを論理的に証明することは無理ですよね。後期何とか問題ではありませんが、登場人物も読者も、それが偽の手がかりかどうかを判断する手立てはないわけで」

「舐めてもらっちゃ困るわ。あたしはこれが偽の手がかりだという論理を、ちゃんと構築することができるわよ」

「え、そんなことできるんですか？　失礼しました」

「だって今回の犯人は、途中で誰かに邪魔されたわけでもなく、分刻みのアリバイ工作を行っているわけでもないんだから。手にかけた相手が絶命するまで、現場を立ち去ることを我慢できないという理由が、そもそもどこにもないのよ。被害者が絶命する前に犯人が現場を立ち去って、メッセージが手付かずのままに残ったと考える方が、むしろ無理があるわよ。従って論理的に考えてあれはフェイクと見做すべきであって、それを発見した三郎さんが消したことによって、余計にいろんなところで疑心暗鬼が生まれはじめているという、そういう状況なのよ」

「ははあ、なるほど。た、確かに論理的ですね」

「どう？　正解でしょう？」

「いや、それはまだわかりません。いやーしかし愕きました」

「錦糸町パワーも、まんざら捨てたもんじゃないでしょう？」

「まとめますと〈鞠子〉は二人一役。被害者の〈鞠子〉は実は男性で、ということは必ずやまだ登場していない女性の〈鞠子〉がいる。そしてそれが例の謎の人物〈アキ〉でもある、ということですね？　いやー大胆極まりない推理です！　お見それしました！」

「何言ってんの。推理じゃないわよ、正解よ」

12

「くれぐれも現場を踏み荒らさないようにな。特に死体には絶対に触れないように要注意だ」

丸茂はそう言うと先頭に立って螺旋階段をゆっくり上りはじめた。文太がそれに続き、俺は殿《しんがり》をつとめた。

四階に着いた。ドアをそっと開け、中に入る。まだ夕方の明るさが辛うじて残る中、床の上の鞠子の死体をなるべく見ないようにして、部屋の中を探す。

その甲斐あって、鞠子の携帯は間もなく見つかった。見つけたのは文太だ。もっとも見つけたと言っても、ベッドのサイドテーブルの上、化粧品などを入れたポーチの蔭に、無造作に置かれてあったのだが。

だがその場で立ったまま携帯を開いて何やらいじっていた文太は、やがてがっかりした口調で言った。

「ダメだ。ロックされていて、履歴もアドレス帳も、パスワードを入れないと一切何も見られない状態になっている」

「そうか。残念だったな」

俺は答えた。

「一応携帯を持って下りよう」

丸茂が提案した。

「持って行くの？　お前は現場保存主義者だったんじゃないのか？」

俺が皮肉を言うと、丸茂はむっとした顔になった。

「携帯一つくらいなら、現場保存の原則には反しない。それにひょっとしたら女性陣の誰かが、ロックを解除するパスワードを知っているかも知れない」

「それはまあ、そうだな」

文太が小さく頷いて、手に持っていた鞠子の携帯を、白いライダースーツの胸ポケットの中にストンと落とした。

「じゃあ下りるか」

「ちょっと待ってくれ」

丸茂はそう言うと、鞠子の傍らにしゃがみ込んで、床に伸びている鞠子の右手の先を改めて観察しはじめた。

俺はどきりとした。丸茂のことだ、今度こそ、あれに気が付いてしまうことだろう

――。

「よし、それじゃ行こうか」

だが丸茂がまたすぐに立ち上がったので、俺は少し吻《ほ》っとした。

「ああ」

階段を下りた。今度は文太が先頭、その次が俺で、丸茂が一番最後だ。

それにしても野郎三人が、雁首《がんくび》揃えて純白の螺旋階段を下りるというのは、何だか背中のあたりがこそばゆい。

二階の廊下に戻ったところで、俺がトイレに寄って行くと告げると、丸茂が俺も行くと言ってついて来た。二階の客用トイレは中央階段を挟んで、ラウンジの反対側にある。

「先に戻るなら、ロックを解除する暗証番号を誰か知らないか、女性たちに訊いておいてくれ」

丸茂が背中越しに文太に声をかけた。

「ああ」

文太はぶっきら棒に答えると、そのままラウンジの方へ歩いて行った。

「おいお前は鞠子の死体を発見したとき、現場で一体何をやったんだ？　みんなには黙っていてやるから、お前がやったこと、知っていること全てを、この名探偵丸茂大《だい》介《すけ》様に話せ」

　二つあるアサガオに並んで用を足しながら、丸茂は声を潜めて訊いて来た。

　俺はその顔を凝《じ》っと見返した。

「安心しろ。お前が犯人じゃないことはわかっている」

「その根拠は？」

　俺は訊き返した。

「鞠子の右手の爪の中を見たか？」

「いや……」

「愕いたことに、恭子の言った通りだった。犯人の皮膚片ではなかったが、中指と薬指の爪の間には、口紅の破片が挟まっていた」

「口紅？　本当なのか？」

　俺は恍《とぼ》けた。

「ああ。人差し指の先が朱《あけ》に染まっていたのは血によるものだが、中指と薬指の爪の中にあった赤い塊、あれは血じゃない。口紅片だ」

　さすがに今回は見逃さなかったか——。

「あれは犯人のものとみて間違いないだろう。恭子の言った通り、もみ合いになった時にでも、鞠子の爪の先が犯人の唇の先を掠《かす》めたんだろうな。そして犯人はいまだそれに気付いていない。皮膚ならば、ヒリヒリしたりして気付くだろうが、口紅がちょっと剝がれたくらいだからな」

「だが口紅ならば、鞠子本人のものという可能性はないのか？　化粧の途中で間違ってついたものかも知れないだろう？」

丸茂は眉間に深い皺を寄せながら、かぶりを振った。

「色が違う。鞠子はいつも、どぎついくらい赤い色の口紅だろう？　あんな薄桃色の口紅は決してつけないよ」

何もそんなシリアスな顔で言わなくても——俺は思わず噴き出しそうになった。

それにしてもさすがは丸茂、女性たちの口紅の色とか、普段からよく観察していらっしゃる——。

「丸茂さんも遂に、鞠子さんの爪の間の口紅片に気付きましたねー」

「ただし、最初に見事、被害者の爪の間から証拠が発見されることを喝破した二谷お嬢さんは、残念ながらここでハズレ確定ですねー。流れとしては見事なまでに二谷嬢の予想通りになっていますが、二谷嬢が女性にして犯人であると指摘した丸茂は、さきほどの場面で三郎と並んで連れションをしていました。同時にフルネームが丸茂大介であることも判明しました。丸茂が男性であることは確定で、やっぱりハズレですねー。残念でした！」

「残念でした！」

「おおっとここで、解答ランプが点りました。はい、九鬼《くき》さん」

九鬼は、さっきから何度か口を挟んでいた男だ。番組開始からずっとかけているサングラスに手をかけ、外すのかと思わせておいて、やっぱり外さずに喋り始めた。

「ははは。ここまで待っていた甲斐があったぜ。既に答えちまった連中はお気の毒だがな」

九鬼の声は低くしわがれている。

「解答済みブースの中では、きっとみんな地団駄踏んで悔しがっていることだろうな」

「そうですね。いや、ひょっとすると、もうそれもできないかも知れませんよ。むふふふ」

「え、もうそんな……なのか？」

「さあーどうでしょう。まあ気になさらずに、さあ解答をどうぞ！」

「…………」

「どうしました？　解答をどうぞ！」

「あ、ああ……。ちょっとぼんやりしてた。犯人は文太だね」

「ほう。これはこれは！　初めの方から登場していたのに、何となく影の薄かった文太。いやー、いかにも犯人くさいですね。ですけど九鬼さん、今のところをちゃんと読みましたか？　鞠子さんの爪の間の口紅片は、やはり鞠子さん本人のものではないみたいですよ？　ということは、犯人は女性でしょう？」

「ふん、そんなものは、あの虫ピン男が言ったように、推理を攪乱《かくらん》させるための偽の手がかりさ。第一俺の解答の方が、ずっと美しい」

「はあ、解答の美しさ、ですか」

「ああ。正しい解は常に美しいものさ」

「数学なんかでは往々にしてそう言われるようですが、ミステリーの場合は果たしてどうでしょうね。もちろん美しいに越したことはないですが、やはり論理的かどうかの方が優先されるのでは。まあその二つは、決して相容《あいい》れないものではありませんが……。ではとりあえず、文太犯人説の根拠を伺いたいものです」

「まず根拠その1は今の場面、丸茂と三郎が携帯を探しに行くことになった時に、文太が強硬に同行を主張したことだ。ここまでの文太は、どちらかというと無口な男として描かれ、自己主張も控えめだった。その文太が今回は何故こんなに積極的に出たんだ？　これはあからさまに怪しいだろ？」

「まあ確かにこの人、何だか急に前面に出てきましたね……」

「これは沙耶加の言葉で、鞠子の携帯の重要性を憶い出したからだろう。いち早く見つけて、その場で問答無用で中を開いて見ようとしたのも怪しい。普通この状況なら、発見した携帯をそのままラウンジに持ち帰って、みんなの前で中を見るべきじゃないかい？　それをすぐに中を確認しようとしたのは、万が一自分に不利な証拠が残っていたら、素早いキー操作で消してしまおうと考えていたからに他ならない。これが根拠その2。ロックされて中が見られないことがわかると、携帯をライダースーツの胸ポケットに素早く仕舞ったのも怪しい。いよいよ危なくなったら、水の中に落とすなり何なりして、中のデータを丸ごと消してやろうと思っているんだろう。今でこそ携帯は完全防水が当たり前だが、昔は水に弱かったらしいからな。これが根拠その3だ」

「なるほどなるほど、いいですねー。続けて下さい」

「それから三郎が見たナイフの欛《つか》の紋様。これについて誰も何の推理もしていないが、これは重要な手がかりだろ。そして何か紋様のようなものを身に付けている記述がなされているのはたった一人、文太じゃないか。これが根拠その4だ」

「え、文太は紋様なんて身に付けていますか？」

「付けてるじゃないか。ライダースーツの胸のエンブレム」

「あ……」

「これは暴走族時代の、チームの紋章だろう」

「え、文太は元暴走族なんですか？」

「ああ。しかも頭《ヘッド》だったんだろう。『ポリシーがあるらしく、後ろのパッセンジャーシートに誰かを乗せているところを見たことは一度もない』という記述があったが、あれは事故で死んだ友達《ダチ》のために、いつも空けてあるのさ。そして鞠子は元レディースで、二人は族仲間だったんだ。この〈ミステリー・アリーナ〉、動機は心の問題ということで推理しなくてもいいわけだが、殺害の時に、族時代に特注で作ったタイマン用のナイフをわざわざ使ったのは、元族同士としての、何らかの〈落とし前〉的な象徴的意味があるんだろうな」

「はあ……」

「だが何と言っても最大の根拠は、鞠子の遺したあのダイイング・メッセージだ。あれは明らかに文太を指している」

「するとあのメッセージは、偽装ではなくて本物なのですね？」

「もちろん」

「しかしテキストにもあった通り、文太だったらイニシャルはBなのでは？」

「名前はな。だが文太の苗字がSで始まると、ちゃんと書いてあっただろ」

「はい、そうですね。しかし確か『鞠子は、普段から仲間のことを下の名前で呼ぶのが常だった』という記述もありました。それならばダイイング・メッセージの時だけ苗字のイニシャルにしたというのは不自然で、やはりSだったら、三郎あるいは沙耶加を指す方が自然なのでは？」

「ははは。それもまたミスリードというやつだ。こいつの苗字、憶い出してみろよ」

「文太の苗字なんて、出て来ていましたっけ？」

「出てきたよ。一箇所だけだけどな。丸茂が登場直後に、文太に苗字で呼びかけている」

「うーんと……そうでしたか？　ああそうか、関でしたね。『関、お前は今年もバイ

ク で来たのか？』と言っています。確かにイニシャルにするとＳですね」

「こら、司会者！　お前までミスリードの片棒を担ぐんじゃねえ！」

「はいっ？」

「だからこのメッセージはＳじゃないんだよ。細長いＳ、と書いてあっただろ？」

「あ、はい……」

「だからこれは三郎の見間違いなんだよ。Ｓじゃない。正しくは∫なんだ。わかるだろ？」

「確かこれは数学の……」

「そう、積分の記号だよ。そして文太のフルネームは何だ？」

「関文太……あ！」

「愚鈍を絵に描いたようなお前にも、ようやく呑み込めて来たようだな。そう関文太は、時々〈セキブン〉という渾名でも呼ばれていたのさ！　これが最大にして最強の根拠その５だ。背中を深々と刺され、瀕死となった鞠子は、関や文太はおろか、Ｂとすら書く力は残っていなかった。せいぜい直線か曲線を一本引くのが精一杯だった。そこで最後の力を振り絞って、薄れて行く意識の中、〈セキブン〉の数学記号をフローリングの上に遺したんだ。死体を発見した三郎はそれを見事に誤読して、てっきり沙耶加を指していると思い込み、消してしまった」

「な、なるほど！　出ました、登場人物によるダイイング・メッセージの誤読！　アルファベットだと思わせておいて、数学の記号だったとは！」

「正解ってことだな？」

「はい。普通のミステリーだったら、ここまで見事にダイイング・メッセージが解読されたら、そのまま正解になっても良いと思いますが、このミステリー・アリーナは、一筋縄では行かないところがウリですから、まだまだ断言はできません！　一つ解決して欲しい点は、先ほどあの気色悪い元ホステスが唱えた、今回の犯人は現場を急いで立ち去る必要はなかった、だからダイイング・メッセージが見逃されることは理論上あり得ず、このメッセージは真犯人がわざと残した偽の手がかりに他ならないというロジックなのですが、これについてはどうですか？　このロジックを崩すことができますか？」

するとは九鬼はサングラスに手をかけ、外しかけてまたもや止めた。がらがら声で凄みをきかせながら言った。

「樺山さん、あんた人を殺したことあるかい？」

「えっ、何ですかいきなり。そ、そんなの、あるわけないじゃないですか」

「そうか。だったらわからないのも無理はないな」

九鬼はそう言うと、唇の端を歪めて笑った。

「あのな、人を殺した犯人というのは、慌てるもんなんだよ。確かに冷静に考えればこのケース、急いで現場を立ち去る必要はないかも知れない。だがそれでも人を殺した直後ってのは、一刻も早くその場から離れたい気分になるもんなんだ。いつ誰が螺旋階段を上ってくるかわからないわけで、そして万が一誰かに今のこの状況を見られたら、言い逃れは絶対に不可能。そうなると人間は焦るものなの」

「な、何だか妙に説得力があるんですが、それは九鬼さんの実体験に基づいているのですか」

「御想像に任せるよ。とにかくこいつら、いくらミステリー研のOBだって、殺人を犯すのはさすがに初めてのことだろうから、そんな時に冷静でいられる方がおかしい。完全に絶命するまで待っている心の余裕がなく、抛っておいても死ぬだろうと、見切り発車で現場を後にした、ただそれだけのことだよ」

「なるほど。そう考えれば、ダイイング・メッセージは証拠として依然〈生きて〉いますね」

「そういうこと。人間は切り抜いた厚紙とは違うんだよ。あれは、ロジック偏重主義が陥りやすい誤謬だな」

「では、さっきから問題になっている口紅片はどうでしょう。丸茂は鞠子本人はこんな色の口紅は絶対につけなかったと言っていますし、三郎は三郎で、沙耶加が愛用しているものと色が似ていることを気にしていましたが」

「あれは単純に丸茂の見立て違い。そもそも丸茂が、鞠子の持っている全部の口紅の色を知っていると考える方がおかしい。鞠子は青いドレスにどぎつい赤は似合わないかも知れないと思い、普段あまり使わない薄桃色の一本を試してみた。結局気に入らなくていつもの色に戻したわけだが、拭き取る過程で破片がうっかり爪の間に入った。ただそれだけのことだろう。今後警察が鞠子の化粧品を調べたら、同じ色の口紅が見つかるわけだが、それまではミスディレクションとして作用し続けるのさ」

「ふむふむ、なるほど、先を読んでますねー。ただですね、序盤と違って現段階では、例の〈開かれた密室〉の謎にも答えて頂かないといけないのですよ。今の九鬼さんのお答えは、犯人を指摘されただけで、そちらの謎の答えにはなっていませんよね」

「馬鹿にすんな。それもこれから言うところだ」

「あ、何とそうでしたか。これは重ね重ね、どうも失礼しました」

「さっきも言ったが、文太は上下つなぎのライダースーツを着ている。それ以外の人物については、服装の描写なんかほとんどない中で、これは特別なことだと言ってもいい」

「あ、はい、確かにそうですね」

「しかも文太のライダースーツは白だとはっきり書いてある。他の人の服装は色もわからないのに。そして螺旋階段も百合の花のような純白と来た。すると、もうわかるだろう？」

「ええっ⁉　ま、まさか保護色……」

「ああ。文太はプロレスのマスクマンが着用するような白いマスクを頭からすっぽり被り、ライダースーツのエンブレムのところは白い布などで蔽い、全身白ずくめになって二階と四階の間を往復したんだよ。どうしてもはみ出る部分はドーランか何かで白く塗ったかも知れないね。それがまるで昆虫の擬態のような効果を発揮して、姿が誰の目にも映らなかったというわけだ」

「九鬼さん、か、顔と雰囲気に似合わず、突然バカミスっぽい解答になりましたが、とりあえず説明はつきますね！」

「おい、とりあえずとは何だ、とりあえずとは！」

「と、とにかく、解答お疲れ様でした。それでは解答済みブースの方へ！」

「何だてめえ、厄介払いするような言い方しやがって」

「そ、そうではなく、もう番組がはじまってかなり時間も経過していますし、おなかも空いてらっしゃるかと。隣には美味しいものが沢山ありますよ！」

「お、おう。そうだったな」

13

「どうだった？　パスワード」

ラウンジに入るなり丸茂が尋ねた。

「それが……誰も知らないのよねー」

恭子が細い眉を顰めて答えた。

「まあ今どき、たとえ恋人同士でも、携帯電話のパスワードは教えないからね」

「嫌な世の中になったもんだなあ。携帯ってのは、便利は便利だが、人間性には絶対に悪影響を及ぼすな」

「そんなこと、あと数年もしたら、お前以外誰も言わなくなるよ。携帯なしでは、何もできない社会がやって来る」

「ふん。俺はそんなもの設定すらしていないぞ。そんなものをかけている時点で、パートナーに隠しごとがある、浮気していると言っているようなものじゃないか。俺は将来結婚しても自分の携帯にパスワードなんかかけないし、パートナーにもかけてもらいたくはないな」

丸茂がどうでもいいことを自慢気に言う。

「だけどさ、以前鞠子と世間話をしていて、携帯にパスワードをかけてる？　って話になった時があるんだけどさ、その時は確か鞠子、今の丸茂クンみたいに、あたしはパスワードなんかかけていないと、きっぱり言い切っていたんだよね。別に見られて困るようなものは何もないからって」

恭子が不思議そうな顔で言うと、沙耶加も同意した。

「そうそう。全く同じこと、あたしも鞠子の口から聞いたことがある」

果たしてどうだったかなあ？　と俺は訝った。かつて俺たちが秘密裡に付き合っていた時分、鞠子がシャワーを浴びている時に、枕元のサイドテーブルの上に置きっぱなしになっていた鞠子の携帯の中を、冗談半分で見ようとしたことがある。他人のプライバシーを覗き見る趣味は基本ないのだが、これ見よがしに置いてあったので、魔が差したのだ。確かその時は、やはりロックがかかっていて見られなかったような記憶があるのだが——。

「じゃあ携帯のパスワードについては、各自何か思いついたら適宜《てきぎ》言うことにして、次に動機の面を検討してみよう」

丸茂大介が再び声を張り上げた。さっき恭子にやり込められた失地を回復しようとしているのだろう。

「犯人には、鞠子を亡き者にしなければならない動機があった筈なんだ。この中で、動機がありそうな人間は？」

「それはやっぱり平三郎だろ」

関文太がいきなりそう言って俺をじろりと見た。文太が階上から持ってきた鞠子の携帯はいま、ラウンジのテーブルの上に無造作に置かれている。

「動機は痴情のもつれ。お前と鞠子は、そういう関係にあったんだろ？」

俺は焦った。能面のように無表情な沙耶加の顔を横目に見ながら、俺は掌を文太に向けて慌てて翳《かざ》した。

「ちょ、ちょっと待ってくれ！」

まさか文太に知られていたとは。それにしても、何もいまここで、沙耶加の目の前で言わなくとも良いだろうに！

「え、あの噂は本当だったのか？」

丸茂が驚いた顔を向けて来る。

俺は渋々頷いた。こうなればもう、下手に否定するのは止めておいた方がいいだろう——。

「ああ。確かに俺と鞠子は、一時期付き合っていた。だが俺は殺しちゃいない。そもそも俺と鞠子の関係は、とっくの昔に終わっていて、今は蟠りは一切ない」

「果たしてどうかな」

丸茂が腕組みをする。

「お前と鞠子がそういう関係にあったとなると、いよいよ最重要容疑者として、お前の自由を制限しなくちゃいけなくなるな。なにしろお前は、現場へ向かうところを人に見られている唯一の人間なんだからな」

ついさっきトイレで並んで用を足しながら、真犯人を突き止めるためには、これまで通り俺たち二人は反目し合っているフリを続けることにしようと提案して来た丸茂だが、言うだけあってなかなか見事な演技力である。というか俺と鞠子の間のことは本当にただの噂だと思っていたらしく、多少なりともショックを受けているような表情にも見える。

「それはまあ、いちおう本当みたいね」

冷ややかな声の主は、またしても沙耶加だった。

「ん？」

「だって昨夜鞠子に直接確かめてみたから。そもそもあたしが今回、一人だけ早く来た理由は、それを確かめるためだから」

沙耶加はそれだけ言うと、唇の端を緊《きつ》く結んで下を向いた。

「何で沙耶加が、わざわざ一日早く来て、それを確かめたいと思うわけ？」

文太がぽつりと言った。

「お前なあ。いろいろと食い散らかしているんじゃねえよ！」

丸茂が呆れたような顔で、再び俺を見た。

「そういうんじゃねえよ！」

俺は言い返した。

「じゃあ、どういうんだよ」

「俺は、常に真剣なんだよ！　ただ、鞠子とはうまく行かなかった。それだけのことだ。誰だってあるだろう、それくらいのこと！」

「おおっと、またしてもここで解答者ランプが点きました！　はい、十和田《とわだ》さん」

十和田は解答者の中では最年長らしく、頭頂部は綺麗に禿げ上がっている。眉毛は真っ白で、イワトビペンギンのように長い。

「何じゃこれは。本格ミステリーのコードを逸脱しておるじゃろうが」

「な、何をいきなり仰られるのですか」

「だから言った通りの意味じゃよ。これじゃあもう解答しちゃった九人が浮かばれないじゃろうに」

「仰っていることがよくわかりませんが、とにかくあの方々は全員、納得の上で解答されたわけで。それに中には、私がお止めしたのに半ば強引に解答された方もいらっしゃいましたし、あくまでもそこは自己責任かと……」

「よく言うねえ。あんたはものの見事に煽っていたじゃないか。さすがはこの国民的お化け番組の司会を任されるだけあって、煽りの技術は超一流じゃな。みんなあんたの口車に乗せられて、どんどん早め早めに解答しちまっていたもんなぁ。儂《わし》はある意味感心して見ておったよ」

「そうですか。どうも、お褒めにあずかって恐縮です」

「別に褒めたつもりはないが」

「いえいえ、それが褒め言葉に聞こえるくらいの図太さがないと、とてもこんな商売はやっていられません。ところで本格ミステリーのコードを逸脱しているとは、一体どうしてですか？」

「本格ミステリーというのは、犯人は物語の最初の頃から登場してなきゃいかんと決められておるのじゃよ。なのにこの犯人ときたら……」

「この犯人ときたら？　すると、まだ登場していない人物が犯人とでも仰るんですか？」

「そうであるとも言えるし、そうでないとも言えるな」

「はあ。それはどういう意味ですか？」

「じゃから存在は示唆されているけど、わざと読者の目には映らないように描写されているところが、何ともあざといというか、コードを逸脱しておると言っとるのじゃ！」

「なるほど。しかし仮にコードを多少逸脱しているとしても、それはもう、人物隠蔽という立派なミステリーの技法ではないのですか？　それに既にお答えになった方の中にも、さきほど〈女性の鞠子犯人説〉を唱えられた八反果さんなど、同じように

《読者の目に映らないように描写されている人物＝犯人》説の方もいらっしゃったわけですし、それも全て含めて、二十一世紀のミステリーと言って、差し支えないかと」

「じゃがあの錦糸町の元ホステスは、隠れ登場人物がいるという根拠を結局はちゃんと示さなかったじゃろ。ただ〈被害者の鞠子〉の実家が静岡で、『東海道五十三次』にも描かれている、そして実家はとろろ飯屋をやっているという記述から、この〈鞠子〉は苗字であると考え、もう一人〈女性の鞠子〉がいて、それが犯人に違いないと〈推論〉しただけじゃ。じゃが儂はこの場にもう一人いるという確固とした根拠を、論理的に挙げることができる。儂の推理の方がレベル的に数段上じゃ」

「ええっ？　隠れ登場人物がいる論理的な証拠を挙げることができるのですか？　それならば話は別です。失礼しました。ではその根拠をお聞かせ下さい」

「よいか、丸茂と三郎、この二人はそれぞれ自分の車で来た。文太はバイクで来た。沙耶加は前日からここに泊まっている。するとこれまで出てきたそれ以外の登場人物は、この屋敷の主であって殺された鞠子を除くと、どうやら非常駐の使用人であるらしいヒデと、自分たちで死体を調べることに何故か拘《こだわ》っている恭子と、それに仮にたまが人間だとしても、合計三人じゃないか。だけど冒頭近くのヒデのセリフで、駅からタクシーで来たところ五千円以上かかった、というくだりがあった。だがワリカンだったから、一人頭は千円ちょっとだったとも」

「よく憶えていますねー、そんな細かいこと」

「儂をなめとるのか。どこに伏線があるか、わからないのが本格ミステリーじゃろうが。これくらいのインプットができないようでは、正しい推理なんてできっこないじゃろうが」

「いやー本格ミステリーヲタ、いやマニアって、みんなすごいんですね」

「お世辞は言わなくていい。いいか、三人で五千円を割ったら、一人一六〇〇円以上になる。より正確には、一円単位で割ったとしたら、二人が一六六七円で一人が一六六六円になる。これは〈千円ちょっと〉とは表現しないじゃろ、普通」

「はあ」

「だから駅からタクシーに乗ったのは、全部で四人なんじゃよ。これだったらワリカンにしたら金額は一人当たり１２５０円、正に〈千円ちょっと〉じゃ」

「ああっ！」

「じゃから今この屋敷の中には、実はもう一人いるんじゃよ。ところがその人物の存在は作者によって慎重に慎重に隠されておるわけだ。登場人物たちの目には当然映っているが、読者には隠されており、名前すら明らかになっていない人物がな。では一体何故そんなことをするのか。それはその人物が犯人だからで、それ以外にはあり得ない。どうじゃ？」

「いやー盲点でした。まさかそんなところに、隠れ登場人物の存在を示す証拠が隠れていたとは！」

「ほっほっほ」

「あ、ちょっとお待ち下さい」

樺山桃太郎、耳に手を当てる。

「えーただ今プロデューサーの方から、私の耳のイヤーモニターにメッセージが届きましたが、仮にそれが正解だとしても、それは語りの技術を利用したトリックの一種であって、コードの逸脱には当たらない。何故なら正にいま十和田さんが述べられたタクシー料金のくだりによって、屋敷内にもう一人いることを推理する手がかりがちゃんと与えられているから、とのことです」

「ふん、まあタクシー料金を示したのが、ぎりぎりの良心とは言えるじゃろうな」

「では解答の方はどうしましょうか。まだ登場していない人物、では正式解答にはなりませんので、やはり犯人の名前を仰っていただきたいのですが」

「だからこれからそれを言うのじゃ。早合点するでない」

「あ、そうでしたか。それは失礼しました」

「犯人は英じゃ」

「はあ、ヒデさんでしたら、女性説と老人説とに分かれてはいますけど、既に五所川原さんと六畝割さんが犯人として指摘されましたが。しかもわざわざ現場を〈開かれた密室〉にすべく、中央階段にワックスがけまで行っていて、どうも犯人であるとは考えにくいのですが」

「違う。さっきも言ったが、ヒデは非常駐の管理人じゃろう？　それにヒデは最初からちゃんと登場しとるじゃないか。英じゃよ」

「はいっ？」

「じゃから、ヒデと英は別の人間なんじゃよ。五所川原さんは〈ヒデ〉と〈アキ〉が実は同一人物として、〈読者のみに対する一人二役トリック〉を唱えておったが、逆じゃ。これは〈読者のみに対する二人一役トリック〉じゃったのじゃ」

「二人一役⁉」

「ヒデは最初から登場しておった。そして途中から英と漢字で表記された人物が登場した。どうして表記が変えてあるのか、儂はずっとそれがひっかかっておった。そして閃《ひらめ》いたのじゃ。これは初めからいたヒデとは別人じゃとね。ヒデと英は、二人なのに一人であるかのように描写されていたんじゃ」

「な、なるほど」

「となるとこちらの漢字の英は、恐らくヒデではなく、英《はなぶさ》と読むんじゃろうな」

「はなぶさ？」

「そう。英一蝶《いっちょう》という日本画家が儂は大好きでな。羽振りの良い頃は何枚も持っておったよ。この人は若い頃、吉原で幇間《ほうかん》をやっとったんじゃ。四〇代の頃に釣りをして、綱吉《つなよし》公の生類憐《しょうるいあわ》れみの令に触れて三宅島へ流罪になったんじゃが、英一蝶を名乗ったのは、大赦によって赦され、十二年ぶりに江戸に戻ってから。三宅島で味わった雄大な自然と、罪人として受けた屈辱的な扱いが、何というか芸術家としての核のようなものを形成したのじゃろうな、それ以降の絵は、花鳥画を描いてもただの花鳥画ではない。どっしりとした人間的な重みがあるんじゃ。ボストン美術館所蔵の『涅槃《ねはん》図』は、もし日本にあったら国宝まちがいなしとも言われておる傑作じゃぞ」

「はあ。何だか今日の解答者は、美術愛好家の方が多いようですね」

「それはまあ偶然じゃろう」

「それにしても一体いままで何していたんです？　この英さんは」

「だから、初めからずっとおったんじゃよ！　わざと影薄く描写されておったが、それでも時々思い出したように登場しとるじゃないか。現場で沙耶加の背中にぶつかったりしとった」

「ああ、そう言えば……」

「そうじゃ。この人は女性だから、沙耶加にぶつかっても特に問題にはならない。そして彼女こそ、謎の人物〈アキ〉の正体でもある。英《はなぶさ》アキ。どうじゃ、いい名前じゃろう？　真犯人の名前として申し分ない」

「うーん。ということはまとめますと、結果的には五所川原さんの解答に近いわけですかね？　あの方も、ヒデが女性で犯人という説でした」

　すると十和田爺は顔を紅潮させた。

「全然違うじゃろ！　儂の説ではヒデと英は別人。冒頭で三郎を出迎えたヒデは男性で一介の使用人で、女性の英が犯人という説じゃ！」

「ああなるほど、ちゃんと聞くと、確かに違う説ですね。でもそれ以外のことに関しても、納得の行く説明ができますか？」

「たとえば、何じゃ」

「たとえば、あのダイイング・メッセージはどうです？　英《はなぶさ》アキさんでは、どこをどうやってもSでは表せませんし、積分の記号にもなりませんが」

「だからそれは真犯人である英がわざと残した、偽の手がかり。死体の指に血をつけて書いたんじゃ」

「うーむ。ではタクシー料金のくだりですが、すると結局たまは人間なんですか？　ヒデと英が別人物であっても、たまが猫だったら、タクシーに乗ったのは恭子、ヒデ、英の三人になってしまいます」

「それで良いじゃろ。たまは人間、七尾さんの言う通りバレリーナ。それで問題ない」

「たまはヒデがワックスの説明をしている間も、階段の前の待合室のような空間で、背中を丸めたり反らしたりを繰り返していたようですが」

「だから、広い空間に出るとついつい、習い性でバレエの練習をはじめてしまうんじゃよ。恐らくこれは、『白鳥の湖』の群舞《コール・ド・バレエ》の練習じゃろうなあ。背中を丸めている白鳥たちが、ウェーブのように一人ずつ上体を伸ばして背中を反らしていく。美しい場面じゃが、コール・ド・バレエの中に一人でも下手な奴が交じっていると、モロにわかってしまう残酷な場面でもあるな」

「殺人事件が起きて、みんなで犯人捜しをしている最中に、一人『白鳥の湖』の練習ですか⁉　空気読めなさすぎでしょ！」

「さあ、そういう人なんじゃろ」

「しかし、猫はちゃんといたじゃないですか」

「だからあれもミスリードなんじゃよ。確かに猫はいたが、この猫の名前がたまだとはどこにも書いていないじゃろう？」

「まあ、確かに……」

「つまりあれはたま＝猫という誤認を強めるために出てきただけで、あの猫本人いや本猫《ほんびょう》（？）は、全然違う名前なんじゃな」

「そんなあ。もう到るところ、罠だらけですね……」

「それには同感じゃ。一体どれだけトラップを仕掛けたら気が済むんじゃ？　これを書いた奴は」

「では密室の謎は？」

「そこは八反果さんの説を採用。現場が開かれた密室と見做されているのは、四時に鞠子と電話で話したという女の証言があるからじゃ。もしその証言自体が犯人による虚偽じゃったら、密室など、元から存在しなかったことになる。つまり真犯人であり証言者でもある英《はなぶさ》アキは、中央階段のワックスがけがされる四時前に、犯行を終えていたんじゃよ」

「なるほど、そこは都合良く八反果さんの説を採用されるわけですね」

「ふん。他の解答者もみな、他の解答者の答えの良いところは取り入れておるじゃろうが！」

「わ、わかりました。確かにあの人物、非常に重要な証言をしている割には、名前はわからないまま、怪しさ満点ですものね。あの証言者こそ真犯人というのは、大いにありそうですよね」

「そういうことじゃ」

「ではイワトビペ、いやもとい十和田さんも、解答済みブースの中へ！」

14

「ちょっとお。携帯がつながらないんだけど、一体どうなっているの？」

一日自分の部屋に戻っていた恭子が、そう言いながらラウンジに再び飛び込んで来た。

「え？　携帯がつながらない？」

みんなが端末を出して、思い思いに操作を始めた。

「本当だ、電波が来ていない」

「アンテナが一本も立ってないわ」

「近くの中継局が、土砂崩れか何かでやられたのかな。そうとしか考えられない」

「丸茂クン、さっき一一〇番したんだよね」

恭子が訊く。

「ああ」

「その時はつながったんだよね」

「もちろんつながったよ。だから中継局がやられたのは、その後のことだろうな」

「しかしこれで携帯まで使えないとなると、いよいよ古式ゆかしきクローズド・サークルの様相を呈して来るな」

文太がボソッと呟いた。恭子が目を吊り上げる。

「何を暢気なこと言っているのよ！　何とかしてよ、男でしょ！」

「何だそりゃ。この状況で男も女も関係ないだろ」

しばし沈黙が訪れた。

「それにしても腹が減ったな……」

壁際の長椅子に座っている文太が、再びボソッと呟いて窓の方を見た。俺が着いた時、沙耶加が座っていた場所だ。さっきまで薄明が残っていた窓の外には、今まさに夜の帳《とばり》が下りようとしている。

「そうだね。ねえヒデさん、何か作ってくれないかしら？」

ヒデが我が意を得たりとばかりに立ち上がる。

「すぐにできるものと言ったら、クラブハウスサンドくらいだけど、それで良かったら……」

「上等よ」

「わかりました」

ヒデが鞠躬如《きっきゅうじょ》としてラウンジのドアへと向かいかけた。

「なあヒデさん」

そのヒデを途中で丸茂が呼び止めた。ヒデは足を止めて振り返る。

「はい？」

「ヒデさんは鞠子に雇われていたわけであって、その鞠子があんなことになった以上、もう雇用関係は解消されているよ。俺たちにまでサービスする必要はないよ」

だがヒデは立ったまま、静かに首を横に振った。

「でもどうせ白鬚橋が復旧するまでは、全員ここにいるしかないんですから、その間だけでも今まで通り働かせて下さい」

「ヒデさんがそうしたいんなら、俺たちに断る理由はないけどさ。でも本当にいいのかい？」

「はい」

「じゃあさ、クラブハウスサンドを作りに行く前に、一つだけ質問してもいいかな？」

「何なりと」

早くクラブハウスサンドにありつきたいらしい文太が壁際で眉を顰めたが、丸茂は意に介さずに続ける。

「ヒデさんは今日、本当に鞠子に会っていないの？　いやヒデさんのことを疑っているわけじゃなくてさ、鞠子はいちおう雇用主だろう？　俺は別荘の管理人をやったことはないけどさ、普通は着いたら、雇用主のところに顔くらい出すもんじゃないの？」

ヒデは頭を搔いた。

「以前は必ずそうしていたけど、私室に籠もっている時は、鞠子さんは邪魔されるのが嫌いということなので。今日も駅から鞠子さんの携帯に電話したところ、着いたらそのままゲストルームの掃除に取りかかってと言われたもんで……」

「それっきり電話もしていないの？」

「いや、屋敷に着いた時にもう一度電話は入れたけど」

「それは何時くらい？」

「着いてすぐだから、二時二〇分ごろかね。それじゃ仕事にかかって頂戴と言われたんで、各部屋の掃除を順次終わらせて、四時ぐらいから中央階段のワックスがけをはじめて、二〇分くらいで二階と三階の間をかけ終わって、それから一旦ラウンジに行ったけど、そしたら……」

「そしたら？」

「大雨の中、三郎が傘もささずに走って来るのが見えたんで、中央階段で一階に下りて、リネン室に寄ってバスタオルを持って迎えに出たかな」

「合ってるか？」

「もちろん」

訊かれたので俺は頷いた。というか、ここはさっきも確認しただろ。しつこいよ丸茂。

「じゃあもう一つ。どうして二階と三階の間をワックスがけしたの？　普通は一階と二階の間を先にかけない？」

「それは、鞠子さんの指示で」

「え？　ワックスがけは鞠子の指示？」

丸茂の声にヒデは頷いた。

「そんな大事なこと、どうしてもっと早く教えてくれなかったんだ」

「大事、ですか？」

「ヒデさん、正確に教えてくれ。鞠子の指示はどういうものだったんだ？」

「だから、そのまんまだけど。『各部屋の掃除が終わったら中央階段の二階と三階の間をワックスがけして。残りは明日でいいわ』というものだったけど、いや細かい語句は、多少違っているかも知れないけど……」

「鞠子は何故、二階と三階の間を先にワックスがけさせたんだろう」

丸茂が考え込む。俺は横から口を挟んだ。

「おいおい、それがそんなに重要か？　単なる気紛れかも知れないだろ」

「もちろんまだわからない。だがいちおう考えには入れておくべきだな」

丸茂は椅子に深く座り直し、考え込んだ。

「なあヒデさん」

立ち去りかけたヒデを丸茂が再度呼び止め、文太がまた顔を顰めた。

「鞠子がこれまでヒデさんにワックスがけを頼む時、こんな風に階段の一部だけをかけさせるようなことがあった？　どう考えても一階から三階まで一気にかけちゃった方が、手間が省けそうな気がするんだけど」

「そう言えばそうですね。これまでは、かける時は一気に全部かけてました。一部だけかけてと言われたのは初めてです」

「ふむ……」

ところがその時だった。ラウンジの観音開きのガラス扉が音を立てた。みなが一斉に振り向く。

一人の女が、ラウンジの入り口に立っていた。眩しそうに目の前に片手を翳している。

「一体何を騒いでいるの？」

「アキ。今までどこへ行っていたの？」

「あたし？　あたしは気分が悪かったから、ずっと部屋で休んでいたよ」

秋山鞠子が目を細めながら、怪訝そうな顔で答えた。

「いた！　いました！　確かに読者の目に隠されている人物がいました！」

「まさかと思いましたが、本当にいたんですねー」

「ただしそれは、英《はなぶさ》アキさんではありませんでした。秋山鞠子さんの方でした。ははは、ははは。十和田の爺さん、残念でしたね」

「秋山鞠子さんの存在を推理されたのは、八反果さんでしたね。すると八反果さん、ズバリ正解でしょうか？」

「あの白髪染めの匂いがキツい錦糸町の元ホステス、ただの太目のババアかと思っていましたが、なかなかやりますね。ただし八反果さんの解答を正解と決めつけるのは、まだ時期尚早でしょう。確かに八反果さんの唱えた〈被害者の鞠子以外に女性の鞠子が存在し、その人が謎の《アキ》である〉説は、一見すると見事に正鵠《せいこく》を射ているように思えますけど、実は細かい点では違っています。八反果説は、謎の〈アキ〉が四時前に鞠子（男）を殺し、かつ四時に電話で話したという偽の証言をして状況を混乱させているというものですが、この秋山鞠子さんは、今まで具合が悪くて自室にずっと籠もっていたんですよね。そのためアリバイも恐らくありませんが、逆にあの猫の頭を撫でながら重要な証言をした女性と、同一人物と見做すのは難しいという弱点があります。いやー二転三転、こちらを立てればあちらが立たず。これら全てが矛盾なく説明できる解答はあるのでしょうか。けけけ。けけけけけけけ」

「樺山さん！　失言を通り越して、さっきから、内面の声がダダ漏れですよ！」

「あれれ？　また漏れちゃってました？」

「さっきからずっと漏れっ放しですけど」

「いやあ私、子供の頃から母親に、お前は正直で隠し事ができないのが唯一の取り得だなと言われ続けて育ったものでね。うえっへっへっへ」

「はあ……」

「それから携帯が繋《つな》がらなくなったところなどから類推すると、作品中の時代はやはり今世紀初頭、ゼロ年代あたりでしょうかね。アンテナが立っているとか立っていないとか、時代を感じさせるような会話がありました。これに関しては七尾さん、大当たりでしたね。でも作中の時代を当てても、正解でも何でもないんですけどね。けけけけけ」

「ちょっと……」

「さて、このチェックポイントでは解答者はおられませんか？　あと何回チェックポイントがあるのか、わかりませんよ？　それからもしギブアップという場合は、最悪他の人が言った答えに乗っかっちゃうという手もありますよ？　それが正解だった場合は、賞金はもちろん得られませんが、執行は免除されますよ」

「馬鹿野郎！　それじゃあ結局得られるものはゼロじゃねえか。こんな神経が切り刻まれるような思いまでして、ここに座っている意味が全くないだろ！」

人がまばらになりつつある解答席で、野球のホームベースのような形の顔をした男が叫んだ。

15

「なあ、アキ」

あるいは演技なのかも知れないが、ここまでの一部始終を聞かされて、驚愕の表情を泛べている秋山鞠子に対して、丸茂大介が改めて尋ねた。

「なあに？」

「今日のお前の行動を教えてくれよ」

「あたしを疑っているってこと？」

「いい加減、そういうベタな反応は勘弁してくれよ。お前もミステリー研のＯＧなんだからわかるだろう？　全員から話を訊いているんだ」

「何も特別なことはないわよ。タクシーで二時頃に着いた。みんなと一緒だったからこれは良いよね。そしてそれからほぼずっと、自分の部屋に籠もってた」

「だけど俺が着いた時は、ラウンジにいたよな」

「うん、あの時は確かにいたね。スカートの話とかしていたもんね」

「何であの時はいたんだ？　具合が悪かったんじゃないのか？」

「愛する丸茂クンがそろそろ着く時分だろうと思って、具合が悪いのを押して迎えに出ていたんじゃない」

「冗談だろ？」

「もちろん冗談よ」

丸茂はふう、と大きな溜め息をついた。

「今はそういうのはいいから。それじゃあ平が死体を見つけてみんなを呼んだ時は、一体どこにいた？」

「何か上の方が騒がしかった時？　あの時はもう自分の部屋に戻って、ベッドに入ってたよ」

「だけど俺が屋敷に着いてから、平が叫び声を上げるまでは、せいぜい十分から十五分程度のものだよな。そのわずかな間に気分が再び悪くなったのか」

「気分はずっと悪かったのよ。本当のことを言うと、丸茂クンが到着した時は、ヒデさんに薬を貰いに行っていたのよ。あの後すぐに部屋に引っ込んだわ」

俺がラウンジを後にした時、秋山鞠子はソファーに座って、恭子たちとお喋りに興じていた。すると俺が鞠子の死体を見つけ、床の上のダイイング・メッセージを必死に消している間に、部屋に戻ったということになるのだろう。

「なるほど、いちおう矛盾はないな」

「矛盾なんかあるわけないじゃない」

「ただ、スカートの話とかしている時は、そんなに具合が悪そうには見えなかったけどな」

「みんなに心配かけまいと思って気丈に振る舞っていたのよ。そんな風に言われるなんて心外だわ」

「探偵役は憎まれるものなのさ。それに正直な話、今回のこの事件、死体発見の時刻にどこにいたのかはさほど重要じゃない。問題はその一時間ほど前にどこにいたかなんだ」

「だから要するにアリバイってことでしょ？　あたしは着いてから、ほぼずっと自分の部屋にいたからアリバイはないわね。丸茂クンが来るちょっと前に、初めてラウンジに行ったんだもの」

「アキの部屋はどこだっけ」

「一階の東の端」

俺はちょっとびっくりして顔を上げた。

「俺の対面《といめん》か」

「ふうーん、そうなんだ。ごめんあたし、どうせ一泊だし、誰がどの部屋だとか全然気にしてなくて」

「いや別に。俺も気にしてないけど」

「平が叫び声を上げて、みんなが階段を上って行くのは耳に入らなかったのか？」

丸茂が質問を続ける。

「さっきも言ったけど、何か上の方が騒がしいなとは思ったよ。言われてみれば、確かに平クンの声だったかも。でも頭が痛くてベッドから出られなかったのよ」

「それで、今はもう大丈夫なのか」

「うん、薬が効いたみたい。大分良くなった」

「それは良かったな」

丸茂はそう言ったが、丸茂が秋山鞠子を容疑から外していないらしいことは、その横顔から明らかだった。

だがそれは当然のことだろう。犯行の推定時刻に秋山鞠子は自室にずっと一人でいたと言うのだから。確固としたアリバイが成立する人間は誰もいないとは言え、嫌疑が特に濃くなるのは致し方あるまい——。

やがてヒデが、食事の準備ができたとみんなを呼びに来た。丸茂がすかさず訊く。

「ヒデさん、アキに薬をあげたかい？」

ヒデは頷いた。

「ラウンジの棚にある常備薬だけど」

「それはいつ？」

「ええっと、五時半ごろかな。ちょうど丸茂さんが到着する直前ですかね」

「そうか」

秋山鞠子がほら見なさいとばかりに頷いた。

それから全員でラウンジを出て、中央階段で一階に下りた。あれからまた少し時間が経過して、二階と三階の間のワックスは大分乾燥が進んでいたが、もちろんその上にはいまだ誰の足跡もない。

明るく照らされた食堂に足を踏み入れた瞬間、クリームシチューの良い匂いが鼻腔を擽《くすぐ》った。人数分の皿に、野菜や鶏肉がごろごろ入ったシチューが盛られている。

「クラブハウスサンドじゃなかったの？」

「すごいな。いま作ったの？」

ヒデはかぶりを振った。

「大鍋に入って温めるだけになっていました。鞠子さんが作っておいてくれていたものでしょう」

それを聞いて、みんなが無言で顔を見合わせた。

「大丈夫です。いちおう毒味はしました」

ヒデが淡々と言った。みんな硬い表情で席についた。

恭子がスプーンを取り上げようとした手を直前で止めて、ぽつりと呟いた。

「でも鞠子は、もう何も食べることができないのよね……」

丸茂が厳しい声でそれを咎めた。

「やめろよ、恭子。生きている以上、腹が減るのは当たり前のことだ。何もそのことについて、後ろめたく感じる必要はない」

それから俺たちは、死者が生前に用意してくれた食事を、生命維持のために黙々と食べた。シチューの味付けは申し分なかったが、とてもゆっくりと味わう気持ちにはなれなかった。食事中は、会話は殆どなかった。

だが食事が終わったところで、丸茂が全員の顔を見回しながら、おもむろに口を開いた。

「あ、あっち側の解答ランプが点きましたよ」

「おっと、このタイミングで！　はい、十一月《しもつき》雪菜《ゆきな》さん、素敵なお名前ですねー。でもどうして十一月さんだけ、テロップがフルネーム表示されているんでしょうね」

「読みにくいからでしょうか？」

怜華が首を傾げながら言う。

「ここから先はみんな読みにくそうですけどね。はい、それでは十一月さん、どうでしょう」

十一月雪菜は、精悍《せいかん》かつ柔軟そうな身体つきをした女だった。年の頃は二十代後半くらいだろうか。黒目勝ちの大きな瞳をきらきら光らせながら、長い黒髪を掻き上げた。

「犯人、わかっちゃったぁ」

「そうですか！」

「みなさんいい線行っていたけどぉ、惜しかったですねぇ。あたしもタクシー料金のくだりはずっとひっかかってたんでぇ、絶対に屋敷の中にもう一人いると思ってましたぁ」

「皆さん、あそこをチェックしていたんですねえ。そして確かにいましたね、もう一人！　いやー鋭い！」

「まあねぇ」

「それにしてもその舌足らずの喋り方、何とかなりませんか。怜華ちゃんとかぶるんで」

「怜華も困っちゃう」

「黙れカマトト。お前の喋り方をちょっとマネしてみたんだよ。どれくらい気持ち悪いかわかったか！」

「ええっ？」

「それから司会者！　お前が言った通り、さっきの女はやはりダミーだ」

「え、さっきの女って？」

「だから秋山鞠子だよ」

「ええっ？　やっぱりこの人も？」

「そう。ただのレッドヘリング。このタイミングで秋山鞠子だなんて、あまりにもわざとらしい。ここまでは並のミステリーヲタならば、到達できるレベルだ。それからたまはやっぱり猫。たまを人間としてカウントしてしまうと、タクシーに五人で乗ったことになってしまうからな。中型タクシーなら五人乗れないことはないけど、五人で五千円だと、タクシー料金は《千円ぴったり》になってしまう」

樺山桃太郎、蝶ネクタイに織り込まれたラメ糸をきらきら光らせながら首をひねる。

「んんん？　ちょっと待って下さい。秋山鞠子が実在しました。するとヒデ、恭子、秋山鞠子、たまで四人じゃないんですか？　たまが猫だとすると、三人になっちゃいますよ？　やっぱりヒデさんと英さんが別人ということですか？」

「いや、それも違う。とりあえずたまが猫である決定的な証拠は、沙耶加視点の章、螺旋階段を上った場面にあるわ。たまは『私のすぐ後ろを跟《つ》いて来ていた』筈なのに、次の場面では、『後ろの方にいた英が、止まり切れずに私の背中にどん、とぶつかった』とある。英さんがたまをすり抜けてしまっている。たまが人間だったら、こんなこと絶対にあり得ないでしょ」

「おお、確かにそうですね！　七尾さん大はずれ！　ではとりあえず順序立てて、犯人の名前から伺いましょうか。犯人は一体誰でしょう。もう登場人物も残り少ないわけですけど」

「ふふん、犯人の名前は、みんなの想像をはるかに超える大胆な形で、初めの方にさり気なく書いてあったわよ」

「え？　犯人の名前がさり気なく書いてあった？　初めの方に？」

「ええ。だけど気付いたのは、あたしだけだったみたいね。かなり難易度は高かったから仕方がないけどね」

「それはまあ今回の賞金は、キャリーオーバーで積もりに積もって二〇億円ですからね。誰でも解けるような問題というわけには行かないわけでして……」

「まあね。だけど今はあたし、この問題を作った人の後頭部を、ハリセンか何かでぶん殴ってやりたい気分」

「ほう。そう仰るということは、かなり御自分の推理に自信があるということですね？」

「まあねぇ」

十一月雪菜《しもつきゆきな》は軽く首を振って、肩にかかっていた黒髪を後ろへと流した。

「それではお答え下さい。犯人は誰でしょうか？」

「ふふん。死体が発見されてすぐにリーダーシップを取った丸茂さんが、『この屋敷がいま、外界から孤立している以上、鞠子を殺した犯人は俺たちの中にいる』と言って容疑者を限定したわけだけど、正にあれが、登場人物の口を借りて作者が行った、巧妙なミスリードだったとしたらどうかしら？」

「はあ……一体どういう意味でしょうか」

「あの一言によって読者は、今回の問題は本格の王道中の王道であるクローズド・サークルものであると認識する。そして一度そう認識してしまうと、もうその認識から脱け出ることは容易ではない。人間は、自分で自分の思考に枷《かせ》を嵌める生き物だからね」

「はあ、いま何か、名文句っぽいものを意識されました？　ですけどこれは丸茂のその言葉通り、嫌になるほどガチガチの、クローズド・サークルものですよね？」

「あなたも騙されているのねん♡」

「うわあ、突然色っぽくならないで下さい」

「耳の穴かっぽじって良く聞きなさい。死体が発見された時、既に死後約一時間は経過していたわけでしょう？　だったらその時もう、既に犯人が屋敷を脱出して逃亡していないと、一体どうして言い切れるの？　つまりこれは実際には、クローズド・サークルでも何でもないのよ。作者は登場人物の口を利用して、読者にこれはクローズド・サークルものだという先入観を巧妙に植え付けたのよ」

「ああっ……！」

「わかって来たかしら？　読者は丸茂さんのあの台詞によって、今この屋敷にいるメンバーの中に犯人がいると思い込まされているだけであって、実際に犯行が行われた時刻には、この屋敷はまだ外界から孤立していなかったのよ。これは読者の思い込みを巧妙に利用したトリックなの」

「おおお！　なるほど、朧《おぼろ》げながら十一月《しもつき》さんの言わんとすることが、わかって来ました！　つまりクローズド・サークルという大前提そのものを疑ってかかるべきと、そういうことですね？」

「やっとわかったの？　鈍い司会者ねえ。あなたみたいな愚鈍な人が、知力の限りを尽くして闘うこの〈ミステリー・アリーナ〉の司会者を任されている理由がさっぱりわからないわ」

「はあそれは、私にもわかりません。まあ私が、ゴマをすらせたら天下に並ぶ者はなしと言われていることは事実ですので、そこらへんから推し測っていただければとは思いますが」

「でもそんなにゴマすりが上手い割には、他の番組では、あんまりあなたの顔を見かけないんだけど」

「すみませーん、あんまり売れていませんので。ははは。この年末の一本が、文字通りの命綱です。はは、ははは」

「ふうーん」

「では話を元に戻させていただきますが、そうは言っても透明人間ではないのですから、もし犯人がすでに屋敷から逃亡済みならば、その人物の不在に誰かが気付いてしかるべきですよね」

「ふふん、だから気付いている人が、たった一人だけいるじゃない」

「誰ですか?」

「三郎さんよ」

「三郎が犯人に気付いている?」

「そうよん♡」

「うわあ、また。うーん、十一月《しもつき》さんの硬軟綯《な》い交《ま》ぜの喋りともあいまって、何だか頭がクラクラして来たのですが、そろそろその真犯人の名前を教えてもらえませんか?」

「いいわよん♡」

「犯人は誰ですか?」

「犯人は並木ですぅ♡」

「並木? しょ、植物が犯人ということですか?」

「まさか。違いますよ。並木です並木。三郎さん視点の第一章に、ちゃんと書いてあったでしょう? 『高く張り巡らされた塀の向こうに、横なぐりの雨に激しく打たれている並木が、まるで身を捩るかのように左右に揺れているさまが、ガラス窓《まど》越しに眺められた』と」

「ありましたっけ、そんな文章？」

するとそれまで色っぽい仕草を繰り返していた十一月雪菜《しもつきゆきな》が、一瞬にして眉をきりりと寄せて、樺山桃太郎を睨みつけた。

「だったら今すぐ確かめてみなさい！　そしてこれは比喩でも擬人化でも何でもなく、文字通りの意味だったのよ！」

「はあ……」

「えー!?　ここまで言ってもわかんないの？　なにその茫然としたカバ顔。カバなの？　それとも馬鹿なの？」

「いえ、仰られた解答が、あまりにも意外なものだったので……」

「だからこれは、擬人化された樹木が身を捩っているわけではないの！　並木という名前の人間が、たったいま犯行を終えて、雨に打たれて本当に身を捩りながら逃げて行くところなの！　多分逃げようとしたところへ三郎さんの車がやって来たので、大慌てで樹の蔭にでも隠れて車をやりすごしたんでしょうね。そして三郎さんの姿が屋敷の中に完全に消え、周囲に誰もいないことを確認した上で、おもむろに再び逃げ始めたわけ。ここで何とも紛らわしいのは、屋敷に通じる一本道の両側に、本当に樹木が並んでいることとね。まあこれもやっぱり、叙述上のテクニックなんでしょうけど」

「はうあっ！」

「そして三郎さんは窓越しにその姿を目にしながら、何らかの事情から、それを口にせずに自分の胸の中に収めた。その証拠にこの場面、ヒデさんも並木の姿を見たのかどうかを、三郎さんはものすごく気にしていたでしょう？　あたしはあそこがずっと引っかかっていたのよん♡　だってただの樹木だったら、ヒデさんが目にしたかどうかなんて、三郎さんがあんなに気にすること自体、おかしいもの」

「確かにあそこは私も、下らないことを気にしているなと思いましたけど、あれはどなたかが仰った通り、単に三郎とヒデの身長差を強調するための記述だったのかと……」

「浅い考えだとそこ止まりでしょうね。でも実際には違うの。もしも自分だけではなくヒデもその姿を目にしていたならば、今後並木さんの存在を秘匿し続けることは難しくなる。だから三郎さんはそれをとても気にしていたというわけ。そもそも何も秘匿することがないのならば、どうやって風が強くなったことを知ったのか、あんなグダグダ考える必要は全くないじゃない。どうしても気になるなら、ヒデさんに直接訊けばいいじゃない。それを訊かないのは、訊き方によっては藪蛇《やぶへび》になってしまうからよ」

「な、なるほど……。確かに並木さんという苗字の人間は、世の中に存在するでしょうね。そしてそう考えれば、一見どうでも良さそうなことを、三郎が異様に気にしていたことも納得できます。しかし……」

「しかし、何かしら？」

十一月《しもつき》がワンレングスの黒髪を再びアンニュイにかき上げる。

「しかしまだこの時点では三郎は、まだ鞠子の死体を発見していませんよね。だったら普通は、あいつこんな雨の中で何しているんだろうとか、あんなところに並木がいるぜとか、思わずつい口にしてしまうもんじゃないんですか？」

「三郎さんは頭を金髪に染めたりして一見チャラチャラしているようだけど、現場で見たSの血文字をみんなに黙っていたことからもわかる通り、外見とは裏腹に口は堅いわよ。大雨の中、こそこそ隠れながら走っていくその姿を見て、何か事情があるのだと素早く察知したんでしょう。そして並木さんにシンパシーを感じている三郎さんは、咄嗟に黙っていることに決めたわけ」

「なるほど。まあこの時点ではそれでも良いでしょう。しかしその後鞠子の死体を発見した時点で、やっぱり三郎は、さっき逃げて行くところを目撃した並木のことを、当然憶い出してしかるべきじゃないんですか？」

「もちろん三郎さんは憶い出して、心の中では並木さんを疑っているのよ。でもその部分は、床の上の血文字を消した箇所の描写と同じように、記述からわざと省かれているの。ミステリーというものは、地の文で嘘をつくことは許されないけど、意図的に記述を一部省略することは許されるの。そういう〈語りの技術〉をフルに活用して、作者と読者が知恵比べをする、至高の知能ゲームなの」

「はい、それに関しては異存はありません。ミステリーの魅力はそこですよね。ただし、今述べられたものだけでは、並木犯人説の根拠としてはちょっと弱すぎるのでは？」

十一月《しもつき》雪菜《ゆきな》はかぶりを振った。

「最後まで聞きましょうね、坊や。根拠はまだあるわよ。それはズバリ、ヒデが並木を見たかどうかを案じている箇所の、五行ほど後の文章」

「五行ほど後……」

「そこで視点人物である三郎さんはこう言っています。『(俺は) 訊きながら無意識のうちに、シャツのポケットに挿《さ》してある万年筆のキャップの部分を、指の腹で触っていた』――と」

「はい、そうですね。しかし、どうしてこれが並木犯人説の根拠になるのでしょう」

「わからないの？　これこそが並木さんが犯人であることを示す、絶対的な証拠でしように」

「これが絶対的証拠？」

樺山桃太郎は怪訝そうな表情をする。

「だってこの小説の〈語り手〉たちは、ムダなことをだらだらと喋るタイプの人たちではないでしょ？　冒頭からいろいろ人物が出てきたけど、彼らの顔つきや服装の描写も、ほとんどなされていません。今から百年以上も前にフランスのシュールレアリストたちが、《カタログ雑誌の空しい積み重ねに過ぎない》と言って断罪した、ただ読者を退屈させるだけの悪しき小説的習慣を、徹底的に排除しているわけよね。それにこの〈語り手〉たちにとって、昔からの知り合いである人物たちの顔立ちなんか、もう自明のことだからいちいち意識にのぼらない方が、むしろ自然なわけだしね。でもそのムダなことを一切喋らない〈語り手〉たちの中で、中心的存在である三郎さんが、わざわざ万年筆のキャップを無意識のうちに触っていたなんていう独白をしているんだから、ここには絶対に何か意味があると見做すべきでしょう？」

「なるほど。しかし、その意味とは？」

「今ごろテレビの前では、あそうか、わかった！　と膝を叩いている人が沢山いると思うけどねえ……。我が国の某一流万年筆メーカー、いやこれでは説得力がないので敢えて具体的な企業名を出しますけれどぉ、パイロット万年筆の前身は、並木製作所という名称だったのよ！」

「そ、そうなんですか？」

「ええ。そしていまだに並木製作所時代のパイロットの万年筆は、アンティーク万年筆として人気が高いの。特にペン先に【NAMIKI】の刻印があるものは、骨董《こっとう》的な付加価値がついてるのよん♡」

「そ、それは寡聞にして知りませんでした。しかし、そのようなマニアックな知識が解決に必要とされるということは、ちょっとないのでは？」

「マニアックじゃありませんよ。万年筆ファンや文房具マニアの間では、知らない人はいませんよ。家電マニアにとっての、東京通信工業製の電気炊飯器みたいなものだもの。ちなみにあたしの知っている家電マニアは、お米の味が違うと言って、最新の電気炊飯器を使わずに、炊き上がると蓋《ふた》がグラグラ踊るような、東京通信工業製のアンティークな炊飯器で毎日御飯を炊いて食べているわ」

「あの、すみません……。東京通信工業なんて会社、聞いたことがないんですが」

「はあ？　東京通信工業と言ったら、ソニーの前身でしょうが。そんな一般常識も知らないで、よく司会者がつとまるわね！」

「え、ソニーが炊飯器を作っていたんですか!?」

「そうよ」

「でもそれって、一般常識ですか？」

「日本人なら、日本を代表する企業の社史くらいは、知っていて当然でしょ！」

「はあ……」

「まあ話を元に戻すけどぉ、万年筆マニアの三郎さんは、きっとこの並木さんに会うたびに、自動的に並木製作所のことを思い浮かべる習慣がついていたわけよ。だからこの日も、並木さんが走って逃げる姿を窓から目撃して、無意識のうちに思わずシャツのポケットに挿してある万年筆のキャップを触っていたというわけ」

「ははあ、なるほど。ただしその三郎が万年筆マニアだったというのは、あくまでも十一月《しもつき》さんの憶測であって、証拠はどこにもないわけでしょう？」

「いいえ、その証拠もやはりちゃんと書いてありますよ」

樺山桃太郎、大いに愕く。

「ええ？　三郎が万年筆マニアだという証拠が書いてある？　一体どこに？」

「ふふふ。気が付かないの？　気が付かないのね!?　気が付かないのね!!」

十一月が畳みかけてくる。

「はい、すみません。少なくとも私は気が付きませんでした」

「教えて欲しい？」

「はい……」

「では、教えて下さい女王様とお言い」

「教えて下さい女王様……って何か趣向が違って来てるし！　ていうかこれは私に教えるものじゃなくて、十一月さんの解答でしょうに！」

「ふん。三郎さんは登場していきなり激しい雨に当たり、ずぶ濡れになったカッターシャツを、玄関先で着替えているでしょう？」

「あ、はい」

「それなのに並木さんの姿を目撃した例の場面で、三郎さんのシャツのポケットにはちゃんと万年筆が挿してある。ということはこれによって三郎さんが、常に一本は肌身離さずに持ち歩き、着替えるときには一緒にポケットからポケットへと移動させるほどの万年筆マニアであるということが、ちゃんと示されているわけよ」

「はうあっ！」

「どう？　言われてみればそうでしょう？　従って三郎さんは《並木＝万年筆》という発想を極めて自然に行う人間だってことが、ここにしっかりと示されているわけ！」

「な、なるほど。従って犯人は並木という人物であると。そ、そこはわかりました！しかし……」

「しかし、何？　まだ何かあるの？」

「しかしその三郎は、鞠子の死体を発見した後、犯人は沙耶加ではないかと内心疑っていますよね。この点は如何でしょう。並木が怪しいと三郎が知っているのなら、この箇所と矛盾するのでは？」

「沙耶加さんを疑い出したのは、現場でSの血文字を見たからでしょう？　その後鞠子さんの爪の間から、沙耶加さんが使っているのと似た色の口紅の破片を見つけて、疑念はさらに高まった。一方並木さんの下の名前はわからないけど、もちろんSじゃないんでしょうね。従ってこの場面で三郎さんは、正確には並木さんと沙耶加さんとの共犯を疑っているわけ。でもさっき言ったような〈語りの技術〉によって、並木さんに対する疑念の箇所はきれいにカットされ、沙耶加に対する疑念だけがクローズアップされて描写されているため、あたかも三郎さんが沙耶加さんの単独犯行を疑っているかのように、読者の目には見えているというわけ。というか、ぎりぎり嘘ではない記述で、作者がそう見えるように書いているわけ」

「何という小癪《こしやく》な！」

「いえ、これはれっきとしたテクニックよ。三澤さんが指摘した三郎さんの独白、『ほんの少し手を動かし……』の箇所で、三郎が読者に何かを隠蔽している存在であることが、あらかじめちゃんと示されているもの。この時点で三郎さんがいわゆる《信用できない語り手》であることが、読者にもわかるようになっているもの」

「はあ、どうもありがとうございます」

「別にあなたを褒めたわけじゃないわよ」

「わかっています。いちおう番組を代表してお礼をと思いまして」

「ふうーん」

「しかし白鬚橋が崩壊している以上、並木氏もやはり本土には逃げ込めませんね」

「そうね。でも並木さんが逃げて行ったのは、三郎さんが着いた直後のことだから、ぎりぎり間に合ったかも知れないわよね。まあ逃げ込めなかったらそこらへんで野宿でもするでしょうし、そもそも並木さんがその後どうしているのかには、別に興味はないわ」

「そうですね」

樺山桃太郎、十一月雪菜《しもつきゆきな》を凝《じ》っと見つめる。

「………」

十一月雪菜もまた、樺山桃太郎を見つめ返す。

「なあに？　まだあたしに何か言わせる気？」

「あ、はい。で、では十一月《しもつき》さんは、解答済みブースの方へとすみやかに移動を願います」

十一月が移動を始める。モンテレオーネ怜華が目を吊り上げて言う。

「ちょっと樺山さん、何ぼうっとしているんですか。危うくもう少しで放送事故になるところでしたよ！」

「いやあ私、十一月さんが、ど真ん中のストライクなもので」

「要するに樺山さんは、美人であれば誰でもいいんでしょう？」

「違いますよ。言ったでしょう、私、男まさりな女性が好きだって。私は基本ドSですが、同時にドMでもあるんですよ」

モンテレオーネ怜華、溜め息をつく。

「あの、あたしも含め、テレビの前の視聴者は、誰一人樺山さんのストライク・ゾーンとかに興味がないと思うんで、先に行きません？」

「何か傷つく言い方ですが、今年も残り少なくなって来ましたから、先に行きましょう。いよいよあと残る解答者は、三人です！」

16

翌朝早く、一人の部屋で目が覚めた私は、自分がまだ生きていることを知って吻《ほ》っとした。寝る前にドアのスライド式差し込み錠はもちろんかけたけれど、それでもやっぱり不安だったのだ。

昨夜はベッドに入ってもしばらくはまんじりともせず、鞠子の血まみれの背中を憶い出したりしていた。可哀想な鞠子。しかもその鞠子は今もあのままの姿で、四階の自室に放置されているのだ。現場保存のため仕方がないことだとはいえ――。

朝まで一睡もできないかも知れないなと思いながら、雨の音や風の音、ちょっとした物音や廊下の軋《きし》む音などに怯《おび》えたりしていたけれど、それでもいつの間にか寝入ってしまったのだから、薄情というか、人間の生理的欲求の強さには呆れてしまう。

窓のカーテンを開けた。灰色の雲の下、雨はあいかわらず降り続いている。何だか地球上の水の、全部とは言わないが半分くらいがこの地に降り注いでいるのではないかと思うほどだ。

部屋の洗面所で洗顔を済ませた私は、部屋を出て階下に向かう前に、お化粧をするべきかどうか迷った。みんなの前に出るのに、まさかすっぴんというわけには行かない。でもこんな時にばっちりお化粧をしているというのも、それはそれで無神経な女と思われてしまいそうな気がする。

私が男性を羨ましいと思うのはこんな時だ。とかく女は、面倒な気配りを要求される場面が多くて疲れるのだ。

しばらく迷った後、薄いファンデーションと口紅だけで済ませることに決めて、化粧品のポーチを開いた。

ところがファンデーションはすぐに見つかったものの、口紅がどこにも見当たらない。昨日の朝は確かにあった筈なのに、どこかで失くしたのだろうか。

だけど一体どこでだろう？　ポーチ自体、この部屋から持ち出していないのだから、仮に失くしたとしても、部屋の中には絶対にある筈なのだ。

だけど、いくら捜しても見つからない。

まさか、ひょっとして盗まれたのだろうか？　ドアはスライド錠のみで鍵穴はないから、外から鍵をかけることはできない。私が部屋にいない間に忍び込んで口紅を盗むことは、それほど難しいことではない。

ただしこの部屋はラウンジのすぐ隣だから、ラウンジに人がいる時間帯は、忍び込む時に誰かに姿を見られる危険性が常につきまとう。私が毎年この部屋を使っていることは多分みんな知っているから、見られたら怪しまれる筈だ。そんな危険を冒してまで、私の口紅なんて盗んで一体どうするのだろう。一本一〇〇〇円程度の安物なのに――。

釈然としない気持ちを抱きながら、仕方なく唇には透明なグロスだけを塗って、一階の食堂へと向かった。

食堂では文太さんがたった一人、椅子に座って手持ち無沙汰に煙草を吸っていた。

「おはよう関クン、早いのね」

「早く目が覚めちゃってな。昨夜もなかなか寝付かれなかったんだが」

「あたしも」

文太さんは一本吸い終わると、間髪を入れずに次の一本に火を点けた。煙草の煙が苦手な私は、一旦部屋に戻ろうかなと考えていると、やはり考え事をしている様子の恭子がゆっくりとやって来た。それから他の人たちも何となく集まって来たので、女性陣で手分けしてコーヒーを淹れ、スクランブル・エッグを作ることになった。幸い卵も牛乳もジュースもコーヒー豆も、まだたっぷりある。私はみんなの分のトーストを焼いたり、食器を並べたりした。

だがすっかり準備ができたのに、丸茂さんと平さんの二人が姿を見せない。

「どうしたのかしら」

私が独り言めかしてそう言うと、文太さんが答えた。

「ああ、平ならば、さっき車で白鬚橋の様子を見に行ったよ」

「丸茂さんも一緒に？」

「いや、平だけ。丸茂は知らない」

誰かが丸茂さんはきっと疲れているのだろうと言ったのを受けて、とりあえず二人抜きで朝食を始めることにした。

昨夜の夕食同様、会話は弾まなかった。誰が鞠子を殺した犯人なのか、みんな疑心暗鬼になっているのだ。

「全員揃ってからにしようと思っていたけど、とりあえず今いる人にだけ訊いちゃおうかしら」

みんなの食事が半分くらい進んだところで、恭子がおもむろに口を開いた。何だか沈黙の重みに耐えかねたような感じだった。

「昨夜あれから、四階の鞠子の部屋に行った人いる？」

誰も答えない。食べながら首を横に振る者、そっぽを向く者、何の意思表示もしない者、それぞれだ。もちろん私も黙っていた。

「じゃあ今朝起きてから行った人は？」

全員、さっきとほとんど同じ反応だ。文太さんが片方の眉を持ち上げたが、肯定の意味ではないようだ。

「まあ自分から名乗り出るわけはないか」

恭子がコーヒーカップ片手に、唇の端に微苦笑を泛べながら言う。

「何だそれ。一体どういう意味だ？」

文太さんが訊き返す。

「実はあたし、さっき四階に行ってみたのよ」

「さっき？　誰と？」

「一人でよ」

「勇気あるなあ。だがそれはルール違反じゃないのか？　一人では現場に近づかないように、みんなで取り決めた筈だが」

「丸茂クンが勝手にそう決めただけで、別に全員でそれを承認したわけじゃないでしょ？」

「その時に異を唱えたならばともかく、唱えなかった以上は、承認したも同然だろう」

「それについて議論するのは、とりあえず後でいいでしょ。おかげで発見できたんだから」

「何を発見したというんだ？」

「発見したというよりは、発見しなかったと言う方が正確かしらね」

「焦らすなよ。どういうことだ」

文太さんが苛々した表情で訊く。

「だからさあ」

恭子が、今でも自分の目が信じられないというかのように、目をぱちぱち瞬《しばたた》いた。

「もうびっくりよ。消えていたのよ」

「だから何が」

「鞠子の死体がよ」

「何だって？　本当なのか、それ」

みんながざわめく。文太さんも顔色を変えた。

「死体消失ってことか。それは確かにびっくりだな……」

「それだけじゃないの。床の血も、きれいに拭き取られてあるの」

「一体誰が……」

「一体誰がって、そんなの犯人に決まっているじゃない」

「だが死体を隠すと言っても、一体どこへ？」

「そんなの知らないわよ。犯人に訊きなさいよ。だからやっぱり死体に何か、詳しく調べられたらまずいものがあったのよ。だから犯人はみんなが寝静まった後、死体をどこかに隠したのよ。あーあ、だから昨日あたしが、あれほど死体を調べようと言ったのに。ぐずぐずしていたから、見事犯人に死体ごと証拠を湮滅されちゃったわよ」

恭子は悔しそうに言ったが、その口吻《こうふん》の中には、自分の意見の正しさが証明されたことを得意に感じているような響きが、少なからず混じっていることに私は気が付いた。

「まあそれは……」

文太さんは一瞬困ったような表情を泛べたが、それからみんなと自分の両方に言い聞かせるように続けた。

「だけどそれは、今さら言っても仕方がないじゃないか。犯人にしてやられたことは事実だが、昨日の時点では、現場の保全が第一だと判断したわけだから。それを利用した犯人の方が一枚上手だったんだ」

「犯人の方が一枚上手だった、で済ましていい問題じゃないと思うけど」

恭子が皮肉な口調で答える。

「じゃあどうすれば良かったんだよ。死体が消えないように、一晩じゅう交代で見張っているべきだったとでも言うのか？」

「そんな風には言っていないけどさ……」

恭子は大きな溜め息をついた。

恭子は文太さんに文句を言っているわけではない。まだ起きて来ない丸茂さんのリーダーシップに、精一杯皮肉な態度を取ろうとしているのだ。

そしてその理由を私は知っている。

恭子はインカレサークルでの四年間、いや卒業してからもずっと、丸茂さんのファンだった。ファン心理はいつしか一方的な恋愛感情に発展したが、告白はできないまま年月だけが経ってしまい、悲しい思いをしていた。

このままでは一生悔いが残ると、思い切って告白したのが去年の年次会の直後。詳細は知らないけど、結構傷つくような断られ方をしたらしく、それ以来丸茂さんにはちょっと皮肉な態度で接するようになっている。今回も参加するかどうか、直前まで迷っていたのだが、今年から急に行かなくなったら何だか負けたみたいで嫌だと言って、参加を決めたのだ。

「丸茂クン、遅いね」

秋山鞠子、通称アキがぽつりと言った。

「アキは、もう具合はいいの？」

「うん、もう大丈夫」

その言葉通り、アキは昨日とはうって変わって顔色が良い。食欲も旺盛で、トーストもコーヒーも一人だけお替わりしている。

「ちょっと俺、丸茂の様子を見てくる」

一人さっさと食事を終えた文太さんが、痺れを切らせたかのように立ち上がると、そう言って早足で食堂を出ていった。丸茂さんの客間は今年も二階の一番東端だ。

その後ろ姿が見えなくなってから、恭子がぽつりと呟いた。

「関クンもさあ、何だか今回少しおかしいよね。急に積極的になったり、かと思うとそうでもなかったり」

「うん。あたしもそう思う」

確かにこれまで文太さんは、あまりリーダーシップを取るというタイプではなかった。まあグループには平さんと丸茂さんという二人のリーダーが揃っていたから、一歩引いて眺めるポジションを取っていただけなのかも知れないけれど——。

ところがその文太さんが、ものの二分もしないうちに血相を変えて戻って来たのでみんな面食らった。

「大変だ！」

「えっ？」

「ベッドの上で丸茂が、つ、冷たくなってる！」

「嘘！」

黄色い悲鳴が響いた。そして私も含めみんなが、絶句したまま動けなかった。絶対に起こってはならないこと——第二の殺人——が起こってしまったのだ。

その中で一人立ち上がって駆け出して行ったのは英だった。鞠子亡き後、非常駐とはいえ屋敷の管理人として、自分が確認しなくてはという責任感にかられたのだろう。

だがその英もやはり約二分後、文太さん同様真っ青な表情で戻って来た。

「残念ながら、文太の言う通りだった。変わり果てた姿で……。ちょっとひどい有様

だから、女性たちは、見るのをやめておいた方がいいと思う」

再び黄色い悲鳴が上がった。

「そ、そんな……」

恭子が顔面蒼白になって唇を震わせている。

可哀想に。やっぱりまだ丸茂さんのことが好きだったのね——。

「なあ、ここだけの話なんだが」

少ししてから文太さんが再びテーブルについて、硬い表情でみんなの顔を見回しな

がら、ゆっくりと口を開いた。

「実は俺、昨日の深夜トイレに立った時に、丸茂の部屋の前に平三郎が一人でぼんや

り立っているところを、目撃しちゃったんだよ」

「ええっ？」

　みなが愕いた。

「それって何時頃のことなの？　それにそれだけじゃ、何も言えないんじゃない？　何か用事があったのかも知れないし」

　私は思わず口を挟んだ。

　だが文太さんは冷静な顔で首を横に振った。

「時計は見てないから正確な時間はわからない。だがトイレを済ませて部屋に戻る時には、もう廊下には誰もおらず、代わりに丸茂の部屋の中から、低いくぐもったうめき声が聞こえてきたんだよ。俺は半分寝ぼけていたから、そのまま自分の部屋に入って寝てしまったんだが、今思うとあれが丸茂の苦悶《くもん》の声だったんじゃないのかな」

「どうしてそこで、丸茂クンの部屋のドアを、ノックするなり何なりしなかったのよ！」

　恭子が鋭い口調で文太さんを責める。

「だから言っただろ、寝ぼけていたんだって。自分が起きているのかそれとも夢の中なのかも怪しい状態だったんだ。だけど丸茂の身に起こったことを知った今は、はっきりと断言できる。あれは夢じゃなかった」

「見間違いということはないの？」

あたしは訊いた。まさか……そんなこと、考えたくもない。

「あの後ろ姿は見間違える筈がない。確かにあいつだった。丸茂の部屋は二階の一番端だから、部屋を見間違えたということも考えられない」

「それじゃあ、もう決まりじゃない！」

恭子が小さく叫んだ。

「いやまだそれは……。それにあいつがそんなことをするなんて、俺自身もいまだ半信半疑ではあるんだ……」

文太さんが顎に手を当てて考え込む。

「だけど、そんな夜中に丸茂クンの部屋に行く、どんな用事があったというの？」

「だよな……」

確かに下の階で寝泊まりしている人が、そんな時刻に、何の用事もなく二階の丸茂さんの部屋に行くことなどないだろう——。

「それに、うめき声が聞こえたんでしょう？　その声は確かに丸茂クンの声だったのね？」

「ドア越しだから一〇〇％の断言はできないが、それも恐らく間違いないと思う」

「じゃあやっぱりそうなんじゃないの？」

その後は重苦しい沈黙だけがあたりを支配した。

†

俺が雨中のドライブを終えて戻って来ると、みんなが食堂に集まって、何やらひそひそ話をしていた。昨夜はあまり盛り上がらずに散会してしまったが、一晩経ってようやく自分たちがミステリー研のＯＢＯＧであることを憶い出して、推理合戦でもしているのだろうか？

「よう、どうだった？」

文太が顔を上げ、俺に向かって手を挙げた。だが何かいつもと違う表情にも見える。まあ実際、通常の状況ではないわけだが——。

「駄目だ。やっぱり橋はまだ復旧していなかった。まだ工事にすらかかっていない状況だ」

俺は首を横に振りながら答えた。

「だろうなあ、この雨じゃなあ。やっぱり焦らずにもう少し待つしかないな」

「あたし、トースト焼くね」

沙耶加がそう言って立ち上がる。

おや沙耶加、今朝はうって変わって優しいなと思ったが、あるいは俺と顔を合わせたくないので、それを口実に席を立ったのではないかと邪推してしまい、そんな邪推をする自分自身にまた嫌気が差した。どうも昨日から悪循環だ。

「あれ、ところで丸茂は？」

その場に丸茂だけがいないことに気付き、周囲を見回しながら訊くと、みなが気まずそうに顔を背けた。

「みんなに言いたいことがあるんだが」

まあいい。俺はそのまま言葉を継いだ。

「白鬚橋が昨日、崩落した時間がわかったよ」

「どうやって？」

みなの反応は思ったより鈍いが、俺は続けた。

「白鬚橋の袂では、辛うじて携帯の電波が通じたんだよ。だから地元の警察に電話して、橋の崩落の時刻を聞いてみたんだ」

「それで？」

唯一文太だけが訊き返して来る。

「そしたら、四時四〇分だってさ。しかもそれは、近くの住民が崩落に気付いて警察に通報した時刻であって、実際に橋脚が折れたのは、それよりも前のことになるってよ」

「え？」

文太が口をあんぐり開けた。

「俺が橋を渡ったのが、大体四時二〇分ごろだと思う。だからその後二〇分もしないうちに、橋が崩落したことになる。丸茂が昨日屋敷に着いたのは、五時半ごろだったよな？　だがあいつは少なくとも四時四〇分より前には、ここから車で十分足らずの白鬚橋のこちら側にいたことになるんだよ。これは一体どういうことだ？　それから俺たちの前に姿を現すまでの一時間近く、あいつはどこで何をやっていたんだ？」

みんなの瞳に動揺の色が走るのを、俺は心地よく眺めた。

「それにしてもその御本人はどうしたんだ？　一人だけまだ寝ているのか？」

昨日のお返しに、この事実をズバリ本人に突きつけて、問い詰めてやろうと思っていたのに——。

だが、誰も返事をしない。

「なあ、平三郎」

そんな中、関文太が突然俺をフルネームで呼んだ。

「なあ、いま全員に訊いて回っているんだが、お前は昨日の深夜、丸茂の部屋に行ったか？」

「はあ？　何で俺が丸茂の部屋なんかに？」

俺はこの問いそのものに面食らった。一体どうして文太は、そんなことを俺に訊くのだろう？

「一階に泊まっている俺が、どうして深夜に二階の丸茂の部屋に行かなきゃならないんだ？」

「部屋の前にも行っていないか？」

「行ってないよ。だって何の用事もないもん。もしもそんな時間に行く用事があるとしたら、こっそり殺しに行くくらいのものだろうな」

俺はそう言って頬を緩め、笑おうとした。

だが誰一人として笑わない。

俺の背中に冷たい汗が流れた。

「まさかひょっとして、あいつの身に何か？」

すると文太は静かに頷いた。

「ああ、残念ながらそのまさかだ」

「チェックポイーント！　さてさて、関文太は昨日の深夜に、丸茂大介の部屋の前に立つ平三郎の姿を見たと言っています。しかし平三郎本人は行ってないと言う。ということは、当然どちらかが嘘をついていることになります！」

「そうでしょうね！」

「さらにその丸茂大介は昨日、少なくとも夕方の四時四〇分より前には白鬚橋を渡り終えていたことが判明しました！　それから屋敷に到達するまでの小一時間の間、一体どこで何をしていたんでしょう？」

「しかもその本人が第二の被害者になってしまった。正に謎だらけですねー」

「そう言えば丸茂大介は事件直後、他のメンバーに向かって『第二の死体なんかになるのは嫌だろう？』などと言っていました。その本人が第二の死体になってしまうとは運命の皮肉ですが、まあ人生とはそんなものですよね。解答席の皆さんも、きっと身に沁《し》みる思いでしょう。はははははは。けけけけけ」

「ちょっと樺山さん」

「はい!!　ここで部屋割りについておさらいしておきますと、沙耶加が二階のラウンジのすぐ隣、丸茂大介が同じく二階の一番東の端、平三郎が一階東の一番奥、その向かいが秋山鞠子ということが、それぞれわかっています。廊下の両側に部屋があるようですから、丸茂大介の部屋は、平三郎の部屋か秋山鞠子の部屋、どちらかの真上ということになりますが、どちらなのかは書いてありません。あと関文太の部屋は、やはり正確な場所の記述はありませんが、トイレへ行く時に丸茂大介の部屋の前に佇む平三郎の姿を目撃したという証言から、二階の東翼、丸茂の部屋の近くなのだろうと思われます。恭子やヒデさんの部屋は現時点ではわかりませんが、三階の部屋を使っている人は誰もいないということでした」

「全員の部屋割りがわかっているわけではないということは、逆に部屋割りはトリックや真相とは無関係ということでしょうか？」

「おっ、怜華ちゃん、いま私がせっかくまとめたことをぶち壊す、鋭い指摘ですね」

「えっへっへ！」

モンテレオーネ怜華、小さく舌を出す。

「こら！」

野太い声が響いた。

「何ですか？」

「こちとら人生がかかっているんだ。必死に頭を絞っているその前で、司会者とアシスタントがいちゃいちゃしているんじゃねえ！」

「いや、別にいちゃいちゃなんかしていませんよ」

「さっきからずっとしているじゃねえか」

「していません。いちゃいちゃってのは、こういう風にすることで」

「キャー！　やめて！　スケベ！　変態！」

「あ、痛、板」

画面がお花畑の映像に変わり、《しばらくお待ち下さい》というテロップが流れる。

やがて画面がスタジオに戻る。頬に赤い手形をつけた樺山桃太郎と、さっきより明らかに離れた位置に立っているモンテレオーネ怜華。

「えーどうやらこの章では、解答者はおられないようですし、私が怜華ちゃんとの関係を修復するのにほんの少し時間を頂きたいので、ここでこの番組が準拠している《臓器くじ法《サバイバル・ロッタリー》》、ならびに《臓器くじチャレンジ法》について、改めて説明してもらうことにいたします。毎年ご覧になって下さっている視聴者の皆様には、もう自明のことかと思われますが、番組中に毎回必ず説明を入れるというのが、SLC認可取得の際の条件でもありましたので、しばしお付き合い下さい。それでは報道スタジオの浜中さん！」

画面が切り替わり、三つ揃いを着て髪を七三に分けた男が映った。

「はい、報道スタジオの浜中です。ここで毎年恒例ですが、20××年に、最大多数の最大幸福をスローガンに掲げて政権を握った日本愛民党の肝煎りで成立した《臓器くじ法》について、簡単にご説明させていただきます。これは、次のような法律です。

まず完全に公平なくじで、全国民から健康な人間を一定数選び、殺します。その人たちの臓器を全て、臓器移植が必要な人々に移植します。ただこれだけの単純な法律です。しかし、くじに当たった人の命と引き換えに、臓器移植を必要としていたその何倍もの数の人間の命が助かるという、実に結構な法律です。これぞまさしく、最大多数の最大幸福。くじをいつ実行するか、一度に何人がくじに当選するか等の決定は、その時々の政権に委ねられています。

この法案が国会に提出された当初は、当選者の命を国家権力が奪うこの法律は、全体主義的かつ非人道的だと批判する反対派も多くおりましたが、全人類の夢と希望の星だった再生医療があんなことになってしまった以上、臓器移植を行わなければ確実に死に至る人々を見捨てることもやはり非人道的ではないかとの意見が、最終的には多数を占めました。最後まで抵抗した保守連合も、結果として死ぬ人数が少ない方が人権を保護していることになるという論理には、反駁《はんばく》することはできませんでした。

ところが法案が可決し、施行されるようになると、いくつか問題が起こりました。これもまた運命と諦めて、従容《しょうよう》と死を受け入れる賢者たちもおりましたが、いつくじに当たって臓器を奪われるかわからないという状況に怯え、せっかくの健康な臓器をあたらムダにする愚か者もまた現れたのです。そう、致死性の毒薬を常に携帯し、くじで選ばれたことがわかった瞬間に自殺を図るという粗忽者《そこつもの》どもです。中には友人が冗談で言った、「お前、くじに当たったぜ」という一言を真に受けて、確かめもせずに自殺した者もいました。

みなさん御存知の通り、臓器移植はスピードが命です。すぐに移植できる環境でないと、せっかくの臓器はムダになってしまいます。これによって多くの健康な臓器が無益に失われました。また一命は取り留めても、服用した毒薬等の影響で、移植できない臓器も出てきました。彼らは自らの命のみならず、一日千秋《いちじつせんしゅう》の気持ちで移植を待っていた患者さんたちの夢と希望までも踏み躙《にじ》ったのです。

これではあまりにもムダが多いと、遂には臓器の売買そのものを合法化しようという動きも生まれました。元々この《臓器くじ法》は、臓器の売買を厳しく禁じるバーターとして生まれたものだったからです。臓器売買が認可されれば、自らの命と引き換えに生前に大金を得たい人間と、大金をはたいても健康な臓器を手に入れたいという資産家の利害が一致して、みんながハッピーになれるのではないかという意見です。

しかし臓器売買の合法化が、とんでもない犯罪社会を出現させることは、すでに諸外国で証明されていました。臓器の売買だけは、絶対に認めてはならないというのが国際的な流れでした。

そこで代案として登場したのがＳＬＣ、すなわち《臓器くじチャレンジ制度》です。これは《臓器くじの当選者になること》をいわば担保として、高額の賞金にチャレンジすることを、届出制で認可しようというものです。これならば本人の自由意志の下に、一定数の臓器を国が常に確保することができます。従来の完全にランダムなサバイバル・ロッタリー制度は、まだ撤廃されたわけではありませんが、これによって事実上有名無実化され、いつくじが施行されるかに怯える民衆に、心の安寧を与えることに成功しています。

そして当番組は今から十年前、このＳＬＣの認可をいの一番で受けることに成功し、それ以来毎年一回大晦日に、こうして持たざる者たちが人生の一発逆転を狙えるチャンスを提供し続けています。

ここに本日当番組出演にあたって、出演者のみなさんが控室でサインした同意書がありますので読み上げさせていただきます。
《私は当番組の趣旨および臓器くじチャレンジ法についての内容を理解しており、下記の事項に同意します。一、チャレンジの結果として生じる私の障碍、死亡またはその他の損害について、貴社がいかなる形においても責任を負うことはないこと。二、それによる報奨金の使い道については、貴社に一任すること。三、本同意書に関して、私の家族、相続人または譲受人も同意しており、一切の異議を申し立てないこと。署名（自署）》
この通り、当番組は国家の保証する正当な制度に準拠して作られた、一〇〇％合法的なものです。そして社会全体の利益を最大にすることに貢献しています。従っていかなる結果になろうとも、すべては出場者の自由意志によるものです。この点をお間違えにならないよう願います。
それでは特設スタジオの樺山さん、マイクをお返しします！

17

朝食の後片付けを終えると、全員で四階に上り、鞠子の死体が消えていることを確認した。

「本当だ。床の血もきれいに拭き取られている」

文太が唸った。

「あたしの言った通りでしょう？」

「そんなに得意気に言うなよ」

「誰も得意になんか、なってないわよ！」

恭子が口を尖らせた。

それから階段を下りて、全員でラウンジへと向かった。誰かが言い出したわけではないが、自然とそうなったのだ。みんなきっと、一人になるのが嫌なのだろう。

ラウンジでは各自、昨日よりもさらによそよそしく、他人と距離を置いて座った。

「うーん、一夜明けたら鞠子の死体が消えたことと、丸茂が殺されたことの間には、何か因果関係があるんだろうか？」

俺が独り言めかして呟くと、恭子がすかさず答えた。

「それは当然あるんじゃない？」

「どんな関係が？」

「それがわかったら苦労はしないわよ」

「まあそうだな」

みんな気が立っているのがわかる。まあそれも当然だ。これが落ち着いていられるわけがない。次は自分の番かも知れないのだ。

「それにしてもこの雨はどうなっているんだ？」

俺は少しでも話題を変えようとした。

「一体いつになったら止むんだ？　台風ってのは、一時的には大雨を降らすにしても、すぐに抜けるものじゃないのか？」

「この雨は台風じゃないぞ」

訳知り顔で答えたのは文太だ。

「ん？　そうなのか？」

「最近のこの異常気象はすべて、偏西風の蛇行が原因だよ。偏西風が蛇行すると、それによってシベリア付近の冷たい空気が南下し、地上付近の暖かい空気とぶつかって上昇気流が発生する。そこに南から湿った空気が流れ込むと、積乱雲が次々と発生して、あり得ないくらいの豪雨が数日間続くことになるんだ。途中で台風も確かに来ていたみたいだけど、今回の豪雨の主な理由は、偏西風の蛇行だよ」

「ふうーん。お前、いつから気象予報士になったんだ？」

文太は返事をしない。怒ったのだろうか？

「なあ平、前々から聞きたかったんだが」

かと思ったら、一向に気にしていない表情で尋ねて来る。あいかわらず、たまたま同様にマイペースな奴だ。

「何だ？」

「お前が平家の末裔《まつえい》だっていうのは、あれは本当なのか？」

俺は頷いた。

「まあ、いちおう本当だと聞かされて育ったけどな」

「平家ってのは、壇ノ浦で一人残らず死んだんじゃなかったのか」

俺は思わず笑い出した。

「あの時滅ぼされたのは、平清盛《たいらのきよもり》の系統だけだよ。そもそも複雑に枝分かれする血縁を、分家も含めて一人残らず根絶やしにするなんて、そんなこと毛沢東《もうたくとう》でもスターリンでもポル・ポトでも不可能だろ。もっとも地名に由来するものも含め、日本全国に平姓はいるみたいだし、俺だって本当に末裔だと証明しろと言われたら困るんだけどな」

「実家に家系図とかはないのか？」

「もちろんあるよ。それによると最初の祖先は九世紀で、十二世紀に本家から分かれたことになっている」

「何だ、じゃあやっぱり間違いないんじゃないか」

「オヤジや爺さんはそう言っているけど、俺は頭ごなしに信じてはいない。家系図なんて、あんなもの明治の頃に、お金をもらって偽物をでっちあげる商売人がいくらでもいたんだから」

「ふうーん。あとさ、これも前から訊きたかったんだけどさ、お前の名前は〈たいらさぶろう〉でいいのか？　それとも〈たいらのさぶろう〉なのか？」

　俺は再び笑い出した。

「〈たいらさぶろう〉でいいんだよ」

「だけど平清盛は〈たいらのきよもり〉で、平将門《まさかど》は〈たいらのまさかど〉だろ？　この〈の〉は一体何なんだ？」

「ああそれは、平清盛や平将門の〈平〉が本姓だからだよ。一方俺の〈平〉は、現在ではただの名字にすぎない」

「んんん？　姓と名字って、違うものなのか？」

　文太は首を傾げた。

「本姓は天皇から賜ったもので、一族の名前だよ。だが子孫が枝分かれしてどんどん増えて来ると、互いに区別する必要が生じて、住んでいる土地の名前や官職名に因《ちな》んで名字がつけられた。これは家の名前で、たとえば現在の栃木県の足利荘に住んでいた源氏が、足利氏と名乗るようになった。だがあくまでも本姓は源だから、足利義満《よしみつ》なんかも、正式な文書などには源とサインしている。徳川家康を〈とくがわのいえやす〉と読まないのも同様で、徳川が名字だからだよ。家康のフルネームは徳川二郎三郎源朝臣《あそん》家康で、徳川が名字、二郎三郎が通名、源が本姓、朝臣が姓《かばね》、家康は諱《いみな》だ。元々の名字は松平《まつだいら》で藤原氏の胤《いん》になるが、源氏の嫡流に近い新田《にった》家の《得川》を買い取って、それ以降徳川と名乗ったんだな。だが征夷大将軍の官位を受ける時などは、やはり本姓である源を名乗っている」

「んーと、要するに本姓の時は〈の〉を付けるが、名字の時は付けないと、そういうわけだな？　だがお前が本当に平家の末裔ならば、お前の《平》は本姓じゃん。どうして〈たいらのさぶろう〉と読まないの」

「今は本姓なんか使う人は誰もいないからだよ。源平だけじゃない。藤原や菅原や橘《たちばな》など、今でも古代の姓を名乗っている家があるのは、明治8年の苗字必称義務令の時に、それらの旧家が本姓をそのまま名字に転用したからだよ。もちろんその時、それらの由緒ある名前を拝借して、勝手に名乗った家もあるわけだけどな。ということで俺の〈平〉は現在ではただの名字。本姓も〈平〉なのかも知れないが、そっちはもう使わないってこと。ちなみに豊臣秀吉の豊臣は、天皇から下賜《かし》されたれっきとした本姓だから、〈とよとみのひでよし〉と読むのが正解らしい。姓を賜る前はもちろん羽柴《はしば》だったわけだが、豊臣に改名したわけではない。本姓で名乗る時は豊臣秀吉で、名字で名乗る時は羽柴秀吉、つまりどっちも正しいということだ」

文太は目からウロコが落ちたような顔をした。

「ふうーん、勉強になったよ。ところで名字と苗字というのは、どう違うんだ？」

「それは全く同じものだよ。俗に俺たちが〈苗字〉と言っているものを、文部科学省では〈名字〉と言い、法務省では正式名称として〈氏《うじ》〉と言っているだけのことだ」

「なあんだ、そうなのか。それにしても、どんな気持ちなんだ？　そういう由緒ある苗字を持っているというのは」

「別に。生まれた時からこの苗字だから、今さら何とも思わないよ。ただ小さい頃は、『ドラえもん』を見て、ああ、しずかちゃんは敵なんだと思ったりはしたかな」

「しずかちゃんが敵？」

「だって源でしょ、あの子の苗字」

「あ、そうか」

文太は笑い出した。

「しずかちゃんを見て敵だと認識する奴なんて、もちろんクラスで俺一人しかいないわけ。そういう点で友達と話が合わないことはあったかなあ。あとそうだなあ、俺は中学の時陸上部に入っていて、当時の県の中学記録を更新したことがあるんだが、その時地元の新聞に《平家の末裔の三郎君（△△中学）、県新記録樹立！》とか書かれたことがあったなあ。それを見た時は、ああこの先も一生俺は、何かやるたびにこう書かれるんだろうなあと覚悟した」

「なるほどねえ。だがそれは、決してマイナスなことではないだろう？」

「うーん、俺が突き抜けるくらい一芸に秀でていたら、この苗字を味方にできるかも知れないけど、中途半端な才能には、そういうのは重すぎるんだよ」

「そういえば織田信長の末裔で、フィギュアスケートの選手がいるらしいぞ。今度のオリンピック候補の有力選手らしい」

「へえー、それはすごいな。そういえば織田信長で憶い出したが、彼も一時《いっとき》、平姓を名乗り、書状に平信長と署名していることを知っているか？」

「え、信長が？　それは初めて聞くな」

「ああ。織田氏は元々は忌部氏《いんべうじ》の筈なんだが、当時世の中に広く流布していた源平交代思想にかぶれて、平清盛―源頼朝―北条時政《ほうじょうときまさ》（平氏）―足利尊氏《たかうじ》（源氏）と続いたから、次に天下を取るのは平氏だということで、ある時から懸命に平氏の末裔であることをアピールしはじめたんだよ」

「意外だな。信長ってのは、そういうのは一切気にしない豪傑なのかと思っていた」

「いや信長は正統性ということに、ものすごく拘った男だよ。まあ戦国武将ってのは、多かれ少なかれみんなそうだろ。兵を挙げるのにも、大義名分があるかどうかを常に気にしていたわけだし」

「チェックポイーント！　何だか話が戦国武将談議になっていますが、これはわざと話を進ませないで読者を焦らす、いわゆるロシア・フォルマリズムの言うところの〈遅延〉の効果を狙ったものですかねえ」

「あ、でも、あそこでランプが点きましたよ」

「はい、十二月田《しわすだ》健二《けんじ》さん。これまた珍しいお名前で」

「ふふん。俺の苗字の由来、知りたいか？」

「知りたくないと言っても、どうせ言うんでしょう？」

「まあな。丹羽《にわ》基二《もとじ》著『日本苗字大辞典』によれば、この苗字は、埼玉県川口市にある十二月田《しわすだ》町に由来するものだそうだ。日本人の苗字というものは、実にバラエティに富んでいるな。ちなみに市町村名としての十二月田の方は、現在は残念ながら町名変更で消滅してしまったから、俺の一族がこの名を絶やさないように頑張らないとな」

自らの苗字の濫觴を、胸を張って披露した十二月田だが、苗字の珍しさとは裏腹に、ノーブランドの服を着て中肉中背、あまり特徴のない目鼻立ちをしている。

「ところで十二月田《しわすだ》さん、御兄弟とかは」

「いや俺は一人っ子」

「その大事な跡継ぎが今ここに？　思い切り絶やしかけているじゃないですか！」

「んーできればそこは触れないで」

頭を掻く。

「では、絶やさないようにせいぜい頑張って下さい。解答をどうぞ」

「いやー、まさかこの手を使うとはなあ」

「と申しますと？」

「その前に、さっきの十一月《しもつき》とかいう女の推理の不備を指摘しておこう。結構いい女だったのに、残念ながら不正解だな。惜しいなあ」

「あ、並木犯人説ですね」

「ああ。いかにも尤《もっと》もらしいことを言っていたがな、初めの方で丸茂が言った、『今年もみんなよく揃ったものだ』という一文で、全てが否定されるぜ。三郎も同じ感想を抱いているしな。並木という人間が殺人を犯して逃げて行ったのなら、当然並木はこの場にいないわけだろうが」

「並木はサークルには所属していなかったとか？」

「何だ司会者。お前はあの女の肩を持つのか。さては色香に迷ったな」

「いえいえ、決してそんなわけではございません」

「だけどあの女もやはりタクシー料金のくだりから、この屋敷には秋山鞠子の他にもう一人、読者の目に隠された人物がいると推理し、さらに三郎の独白の一見どうでも良さそうな箇所に目をつけて、並木は人名であると結論づけたわけだろ？　つまりタクシーに乗ったのはヒデ、恭子、秋山鞠子、並木の四人ということになり、従ってたまは猫。それがあの女の結論だったわけだ」

「でした、ね……」

「だがな、そうなるとサークル的には部外者である並木が、いきなりタクシーに同乗したことになるんだよ。そもそもこれは不自然だが、百歩譲って顔見知りということで同乗したとしても、それならば来る時は同乗していた並木の姿が、いつの間にか屋敷から消えていることに、誰かが気付いて騒ぎ出してしかるべきじゃないのかい？　窓からその姿を目撃した三郎が何らかの理由で口を噤んでいるとしても、少なくとも一緒にタクシーに乗ったヒデや恭子や秋山鞠子は、犯人が誰だかすぐに気が付いた筈で、それも全部記述からカットされているというのは、さすがに不自然。というかやっぱりダメだろ、この推理は」

「そうか、確かにそうですよね！　ははは十一月《しもつき》さん、この屋敷の交通の便の悪さが命取りでしたね。じゃあ並木というのは、やっぱり文字通り樹木が並んでいるだけなんですね。はははは」

「そういうこと。じゃあ続いて、俺の推理な」

「はい、どうぞ。だけど、さすがにもうないでしょ、新しいのは」

「馬鹿野郎。ちゃんとあるんだよ」

「そ、そうですか、ではどうぞ」

「この事件、四時に電話で鞠子と話したという女――猫の頭を撫でていた女――の証言を正しいものとすると、誰が犯人だと仮定しても、密室の謎が解けないことになる。だからその証言をした女こそが真犯人だという説が一旦は主流になったわけだが、犯行時刻を誤認させるために真犯人が弄したトリックとしては、これはちょっと杜撰すぎると言わざるを得ない。何故なら今後鞠子の携帯のロックが外れて履歴を調べられたら、そんな嘘は簡単にばれてしまうからだ。果たしてそんなすぐにばれる嘘を、犯人はつくだろうか？」

「おお！　論理的に考えると、確かにそうですね！　仮に犯人が犯行後、四時に鞠子に電話をかけたとしても、それは受信履歴には残っても通話履歴には残りませんからね！　この点に関しては、現在も今世紀初頭も、基本的な機能は変わっていない筈です。となると、ちゃんと調べられたらその証言は嘘だとすぐにバレてしまいますね！」

「ああ。おつむの弱い犯人だったらわかるけどよ。『登場人物たちが全員ミステリー研のOBOGだという設定が、ここに至って、重要な意味を持って来る。全員本格ミステリー的な行動律に則って、論理的に行動すると見做すべきだし、そうでなければ作品世界が崩壊する』――こう言ったの誰だっけ？　俺はこの台詞、今日一番の名文句だと思う」

「確か三澤さんですね。三澤さん、人生の最後の最後にいい仕事をしましたねー！　ということは謎の女犯人説である八反果さん（謎の女＝秋山鞠子）と十和田さん（謎の女＝英）の御二人も、年貢の納め時ですねー」

「だから今回のこの事件、あくまでも密室の謎に拘るべきなんだ。密室の謎を破れる人間が犯人なのであって、それ以外ではないということだ」

「しかし、それが破れないわけですよね。だから四時の電話に鞠子が出たというのは、真犯人の弄した嘘という流れになった」

「まあな。だがこの密室の謎が、矛盾なく説明できる状況が一つだけある」

「それは？」

「よく憶い出してみろ。そもそも三郎は屋敷にやって来て、ただの一度も鞠子の生きている姿を見ていないよな」

「鞠子はラウンジにいませんでしたからね」

「もう一人の主要視点人物である丸茂も然りだ、視点人物が見ていないということは、俺たち読者も見ていないということだ。つまり鞠子が、物語がはじまってから殺されたというのは、視点人物以外の人物の言動や態度によって保証されているのに過ぎないんだよ」

「ほう？　すると鞠子が殺されたのはいつなのですか？」

「三郎が一時間近くうたた寝をしたせいで、その間に犯行がなされたかのように読者はミスリードされているが、実は鞠子は、三郎が到着する前にすでに殺されていたんだよ。俺たち読者は、冒頭からずっと騙されていたんだ」

「な、何とそんなことが！　いやー驚きの推理ですが、その根拠は？」

「まず犯行の時刻だが、これもミスリードの一環だ。死体発見時、鞠子の体温によって、死後一時間近く経過していることが示されたわけだが、これはあくまで大凡《おおよそ》の時間に過ぎない。体温計で正確に測ったわけでもなく、死後約一時間と推定した丸茂は、医者でもないし検視官でもない」

「まあそれに関しては、丸茂本人も大体だと言っていますしね」

「この約一時間前という曖昧な時間が、三郎が寝ている間に犯行がなされたという読者の思い込みを補強しているわけだが、考えてみるとこれはおかしい。いわゆる作品の内在律的におかしい」

「何故です？」

「何故ならその間に犯行がなされたならば、いつでも鞠子を亡き者にすることができた筈の犯人が、犯行に邪魔な三郎が到着するのを、わざわざ待っていたことになるからだよ。三郎が到着後に、すぐに自室で居眠りをはじめるなんてこと、犯人にはあらかじめ予想することはできなかったわけで、三郎が来てそのままラウンジに居座ってしまったら、余計な監視の目が増えることになり、絶好の犯行のチャンスを失うことになりかねない」

「うーん、それは果たしてどうでしょう。それまでもラウンジには常に複数の監視の目があったわけで、三郎が一人増えようが増えまいが、大した違いはないのでは？」

「いや、それが大いに関係あるんだよ。俺の推理を最後まで聞けばわかる」

「はあ」

「ああ、それから沙耶加も犯人ではない。つまり視点人物の三人と、いわば部外者であるヒデは犯人ではない」

「では犯人は一体誰なのでしょう」

「ははは、驚くな。犯人は、いま言った連中を除く全員だよ！　全員が主犯であり、共犯者なんだ」

「ええ～？　で、ですがそれは、ミステリーにそれほど詳しくない私でも知っている、海外の超有名作品のトリックですよね？　それってパクリなんじゃないですか？」

「知るかよ。そんなの、このテキストを書いた奴に言えよ。もっともパクリじゃなくてオマージュだとか言って逃げるだけかも知れないがね。犯行が行われたのは三郎が到着する直前、時間で言うと四時から四時半までの間。ヒデがワックスがけに行き、沙耶加が少し自分の部屋に籠もった隙に、屋敷にいたそれ以外の全員が共謀して鞠子を殺したんだ」

「沙耶加が席を外さなかったらどうするんです？」

「その時は恭子あたりが内緒の話があるとでも言って、自分の部屋に呼ぶか一階の食堂あたりに連れ出す手筈になっていたんだろう。まあ結果的にその必要はなかったがな」

「では、ダイイング・メッセージは偽装なのですね？」

「その通り。犯人グループは、Sの血文字を残すことで、三郎と沙耶加の両方に、それぞれ相手に対する疑念を植え付けようとしたんだよ。二人共にイニシャルはSだからな。こうしておけばどちらが先に死体を発見しようが、発見した方が、相手を疑いはじめることは必定だ。なかなか上手い手だよな。そしてその目論見は、ある程度成功した」

「では、丸茂を殺した犯人は？」

「これも同じ。視点人物たちを除く全員だ。丸茂は単独で捜査を進め、昨夜のうちに、その可能性に気付いた。それをうっかり誰かに喋ったんだろうな。ひょっとしたら疑いを仄めかして、〈犯人たち〉の反応を見ようとしたのかも知れない。ところがそれに危機感を抱いた彼らの手によって、夜の間に丸茂は口封じをされてしまったというわけだ」

「しかし、と言うことは、恭子や文太も一味の一人なわけですよね」

「もちろん」

「その恭子が、死体を調べようと強硬に主張していたのは何故ですか」

「だって死体の爪の間にあった口紅片、あれはやっぱり沙耶加のものだもの。犯人グループは沙耶加の口紅をひそかに盗み出し、その破片を鞠子の爪の間に入れた。それを丸茂ないしは三郎に発見させて、沙耶加に対する疑念をさらに強固なものにさせようと工作していたんだ。きっとそれは恭子のアイディアだったんだろう。

　こちらは一部成功し、一部失敗した。三郎がそれを見て、沙耶加への疑念を膨らませたことが成功。一方、馬鹿正直に現場保全を訴える丸茂に阻まれて、その事実が全員共通の認識にならなかったことが失敗。事実沙耶加は、自分の口紅がそんなことに使われたことに、いまだに気付いていていない。即ちこれは、視点人物三人組対その他全員による仁義なき戦いなの。犯人たちが一番恐れているのは、知力に優れたこの三人が結託して事件解決に乗り出すこと。だからこうして疑念の種を蒔《ま》いて三人の結束を弱めておいて、一人一人バラバラに仕留めようとしているのさ」

「うわあ何かドキドキして来ました！　それじゃあこれから、残る三郎と沙耶加も命を狙われるわけですか？」

「そういうことになるだろうな」

「ではどうして鞠子の死体が消えてしまったのでしょう。死体が消えてしまっては、せっかくの偽装細工が水の泡ではないですか」

「だから犯人グループの中にも派閥があって、対立しているんだよ。一方は犯行そのものを隠蔽しようとしているグループで、その代表格は文太だが、このグループはこれから丸茂の死体も隠してしまおうと考えている。もう一方は、その代表格が恭子だが、罪を三人になすりつけて、全てが片付いたあと、三人が互いに殺し合ったように見せかけようと主張しているグループだ。ところが第一のグループが夜中に独断で鞠子の死体を処分してしまい、恭子がそれに異を唱えているという場面なんだよ、あれは」

「では真夜中に、丸茂の部屋に三郎が入って行ったというのは？」

「文太は見たと言い、三郎は行ってないと言う。二人の話が真逆である以上、どちらかが嘘をついているわけだが、これは文太だろう。あの場面は丸茂を殺した罪を三郎になすりつけるために、全員でお芝居をしている場面だが、実はその芝居は、沙耶加たった一人に見せるために行われているものだ。文太は視点人物ではないし、地の文ではなくて台詞だから、これはアンフェアには当たらない」

「では丸茂は犯人ではないのですね？」

「だって事実、殺されちゃっているじゃないか」

「そ、そうですね。では丸茂は白鬚橋を渡り終えて、屋敷に到着するまでの空白の小一時間、一体何をしていたんですか？」

「ははっ。いかにも怪し気に書かれているがな、あれは事件とは何の関係もない。ちゃんとヒントも書いてあった」

「と申しますと？」

「はは。思ったより早く着いたんで、あたりが暗くなるまでの時間、自分の趣味に没頭していただけのことだよ」

「趣味？　丸茂の趣味って、何ですか？」

「最初に丸茂が視点人物になった章に、ちゃんと書いてあったじゃないか」

「趣味なんて、書いてありましたっけ？」

「『私は普段はとても穏やかで礼儀正しい人間である。趣味は自然観察だし』とあっただろう？」

「あう……」

「この人里離れた鞠子の別荘の周囲は、珍しい動植物や昆虫たちの宝庫なのに違いない。丸茂は屋敷に通じる林道の途中で車を停めて、周囲の自然を観察していたんだよ。毎年来ているとはいえ、こんな大雨の日に来たのは初めてだったんだろう。雨の日に色鮮やかに見える珍しい植物や、葉裏で羽を休めている昆虫の姿など、いつもとは違う光景が、きっと新鮮な驚きを与えてくれたんだろうな。夢中で観察を続け、気が付いたらあっという間に小一時間が経過していたというわけだ」

「だったら丸茂は、初めから素直にそう言えば良かったじゃないですか！」

「既に誰かが言ったと思うが、自分だけは物理的に犯人ではあり得ないという状況を、崩されたくなかったんだろう。探偵役を買って出て、みんなのアリバイなんかを調べている自分が、実はアリバイがなく、犯行推定時刻には屋敷の近くに車を停めて一人で自然観察をしていたなんて、何とも締まらない。疑われたら探偵としての活動にも影響する。丸茂としては、死体発見の直前に屋敷に着いたということは決して嘘ではないし、余計なことを言って自分まで容疑者の仲間入りすることを避けたかったんだよ」

「うーむ、矛盾はないみたいですね。しかし、しかしですよ。もし視点人物以外の全員が犯人ならば、謎の女がわざわざ四時に鞠子と電話で話しているなんて、嘘の証言をする必要もなかったのでは？」

「んんん？　あれは嘘の証言ではないよ。さっき俺は、犯行時刻は四時から四時半の間と言っただろう？　四時に恭子あたりが鞠子に電話をかけて、今からちょっとだけ顔を見に行くよと言ったんだ。そこで鞠子は鍵を開けて待っていた。そこに恭子、文太、たま、秋山鞠子等が集団で訪れてこれを殺害、いや一人くらいはヒデや沙耶加を見張るためにラウンジに残っていたかも知れないけどさ。今後鞠子の携帯のロックが外れて、四時の通話履歴が見つかった時に、何でそんな大事なことを黙っていたんだと視点人物たちに怪しまれるのを避けるために、通話のことだけはあらかじめ言っておくことにしたのさ」

「いやー、確かにありましたね。全てを引っくり返すような意外な推理が！」

「ふっふっふ。正解だろう？」

「いや、それはまだまだわかりません！」

18

　みんなラウンジから動こうとしない。だが他人とは距離を取っている。

「コーヒーどうする？」

　恭子がコーヒーメーカーを横目で眺めながら言う。これがもしコーヒー狂の鞠子だったら、問答無用で豆を挽《ひ》きはじめていることだろうが――。

「さっき下で飲んだからいいよ」

　文太さんが邪険な口調で答える。

「もう俺はこの屋敷で、他人の手が加わったものは一切口にしない。今後は食事も自分で作って一人で食べるから、そのつもりでいてくれ」

「ついさっきは、沙耶加が焼いたトーストや、あたしの作ったスクランブル・エッグを食べたくせに」

　恭子が皮肉な口調で言う。

「その時と今では事情が違う。さっきまでは、犯人の狙いは鞠子だけだと思っていたからな。だが丸茂の一件があって考えが変わった。この犯人は最終的に何人殺すつもりなのかわからない」

「それは……」

「それから今後は、俺が丸茂に代わって指示を出す」

文太さんがいきなりそう宣言した。

「は？　お前が？」

面食らったような表情で言ったのは平さんだ。

「大丈夫か？　探偵役を買って出た丸茂は悲惨な最期を迎えた。お前も真犯人に狙われて、第三の死体になるのが関の山なんじゃないのか？」

「関の山？　それは俺の苗字に何か引っ掛けた皮肉なのか？」

「いや、それは考えすぎだ」

「それとも俺の指示の下《もと》に動くのは不満か？」

「いや、俺はお前のことを心配しているんだよ」

「だけどいい加減に真相を明らかにしたいだろ。天気の回復を手を拱《こまね》いて待っているだけじゃあ、サルと一緒だぜ」

朝食の席で恭子も言っていたが、今回の文太さんは、いつもの文太さんとはちょっと違う。どこが違うのか、明確には言えないけれど——。

「具体的に何か考えはあるのか？」

「まずは鞠子の携帯のロックを外す。ご家族に連絡するためもあるが、最大の目的は通話記録を確かめることだ。鞠子の部屋の差し込み錠は壊されてはいなかった。ということは、鞠子はその人物が来ることをあらかじめ知っていて、鍵を開けて待っていたんだろう。ならばその人物が直前に電話をしたりメールを送ったりしている可能性がある。仮に四時以降に通話記録が残っていたら、その相手が最重要容疑者だ」

平さんが異を唱えた。

「そいつはどうかな。別にいきなり部屋に行ってノックしたとしても、警戒していない鞠子はドアを開けてくれたことだろうよ。そもそも自分の家なんだ、鍵なんかかけていなかった可能性の方が高いだろ」

「もちろんそうだが、やってみる価値はある」

「だが肝腎のそのパスワードを、誰一人知らないわけだろう？」

「推測してみればいい。鞠子の生年月日、好きな数字、好きな映画俳優の名前、応援しているスポーツチームや選手の名前、俺たちが知っている鞠子についての情報を片っ端から出し合って、組み合わせて試してみればいい」

「気が遠くなるような作業だな」

「じゃあ他に何か、いま俺たちが事件解決のためにやれることがあるか？　警察が来た時のために、少しでもできることをやっておくべきだろ」

「まあそれは……」

平さんが口を濁した。

だけど文太さんの真の目論見はたぶん違っている。通話記録を見たいというのは本当だろうが、本当に確かめたいのは犯人からのメールなどではなく——もちろんそんなものが残っていれば最高だけど——四時に鞠子が本当に電話に出て話をしたのかどうかなのだろう。もしその証言さえひっくり返れば、すなわち四時に鞠子がまだ生きていたという証拠がなくなれば、密室の謎は消滅するからだ。

†

しばらくみんなで知恵を出し合ってみたが、ダメだった。パスワードは英数字のみならず、ひらがなも漢字も、それらの組み合わせも何でもOKになっていたので、鞠子の誕生日や渾名、ラッキーナンバー（と鞠子が思っていたふしのある数字）、好きだった食べ物等々、いろんなものを試してみたが、何を入力しても《パスワードと一致しません》という表示が出るのだ。

「おかしいなあ。それじゃあ全くの無意味な文字列あるいは数列なのかなぁ」

文太さんが頭を抱える。「だがそれじゃあ、本人も憶えにくくて困るだろう。何か意味のある言葉なのに決まっている」

「お前、本当に知らないのか？」

文太さんが平さんを問い詰める。

「何で俺が知っているんだよ」

「だってお前は鞠子とそういう関係に」

「だから！　それはもうとうの昔に終わった話だって！」

平さんは憮然《ぶぜん》とした顔で、文太さんの言葉を遮る。

「変よねー。鞠子はあれほど、『パスワードはかけてない』って言っていたのにねー」

恭子が首を傾げる。

「言ってたよねー。あたしもそれ聞いたことある」

アキが快活な口調で答える。昨日とは別人のように血色がいい。一晩寝ただけで、こんなに元気になるなんてびっくりだ。

「そんなに何人にもパスワードかけていない宣言をしておいて、実際にはきっちりかけているところが不思議なんだよなあ」

文太さんも首を傾げる。

た。

「おい、いま何て言った？」

すると憮然とした顔で黙っていた平さんが、突然素っ頓狂な声を上げてみんなを見

「さっきの台詞、もう一回言ってくれ」

文太さんが戸惑いながら答える。

「ん？《そんなに何人にもパスワードかけていない宣言をしておいて、実際にはきっちりかけているところが不思議なんだよなあ》？」

「お前じゃねえ！　その前！」

「え？《あたしもそれ聞いたことある》？」

アキが目を丸くしながら答えた。

「それでもない！　その前、その前！」

「え？　あたし？」

今度は恭子が目を丸くする番だった。

「ひょっとして、《鞠子はあれほど、『パスワードはかけてない』って言っていたのにねー》ってところ？」

「それだ！」

平さんは恭子に向かって人差し指を突きつけた。

「え？　え？　何のこと？」

「だから《かけてない》がパスワードなんだよ！　きっとそうだ。鞠子には多分、何か虫の知らせのようなものがあったんだろう。だから鞠子は自分に万が一のことがあった場合に備えて、そうやってさりげなくみんなにパスワードを伝えていたんだよ！」

「ええ⁉」

鞠子の携帯は私の手の中にあった。周囲を見回すと、みんなが私を見て小さく頷いていた。

そこで、震える手でやってみた。ひらがなの入力の画面にして、〈か・け・て・な・い〉と全角ひらがなで入力して、ＯＫボタンを押した。

すると――。

何とその通りだった。電子音が鳴って、ロックが解除された。

「解除された……」

「何だって⁉」

そして私は、続いて画面に表示された《メッセージが一件あります》という表示にどきりとした。未読メールではない。メッセージだ。

「何これ？」

一体誰に対するメッセージだというのだろう？　誰がパスワードを解読するのかなんて、生前の鞠子に予想できた筈はない。ということはひょっとして、私たち全員に宛てた鞠子からのメッセージなのだろうか？

私は震える指でそのメッセージを開いた。

そして次の瞬間、私は言葉を失った。

†

かつて俺たちがひそかに付き合っていた頃、鞠子は携帯にパスワードをかけていた。だから俺が悪戯心で中を見ようとした時も、見られなかった。それは確かだ。

そして現場で見つかった携帯にも、しっかりパスワードが設定されている。

それなのに、最近いろんな人間に「パスワードはかけてない」と話していたというのだから不思議なことだ。

この矛盾を、一体どう考えればいいのか？

ずっと考えていたところ、突然天啓のように一つの可能性に思い到った。

俺がそれを口にすると、沙耶加が半信半疑の顔のまま、手を震わせてやってみた。

みんなが固唾《かたず》を呑んで見つめる中、暢気な電子音が鳴った。

「解除された……」

「何だって⁉」

「やっぱりそうか」

俺は頷いた。鞠子らしい、何とも頓智《とんち》の利いたパスワードだ。

ところがロックが解除された画面を、そのまま覗き込んでいた沙耶加が、何も言わずに携帯を回して来る。

一体どうしたのだろう。俺は受け取って小さな画面を覗き込んだ。

そしてその瞬間、俺はようやく憶い出したのだ。

鞠子の背中に刺さっていたナイフの欛《つか》にあったあの紋様、あれをどこで見たのかを――。

「チェックポイーント！　いやー早く先が読みたくて仕方がありませんが、ここで一旦チェックポイントです！　三郎が憶い出したナイフの欛《つか》の紋様は、一体何だったんでしょうかねー」

「気になりますねー」

「文太のライダースーツの胸のエンブレムと同一のものだったら、ずっと目の前にあったわけですから、とっくの昔に誰かが気付いていてしかるべきでしょう。文太犯人説の九鬼さんも、やっぱりハズレっぽいですねー。ざまーみろ、あのヤ〇ザ！」

「あ、解答ランプが点きましたよ」

「はい、十三十三《とみじゅうぞう》さん！　こんな苗字、あるんですね」

「あるんだよ、ここに」

十三《とみ》はエラが張っているのにアゴは尖っていて、野球のホームベースを思わせる顔をしている。

「しかもそれで下の名前に十三《じゅうぞう》とつけるとは、親御さんはなかなかのチャレンジャーですね！」

「何だお前。俺の名前に難癖つけてんのか？　俺はこの名前、気に入っているんだから放っておけよ」

「気に入ってらっしゃるんですか？　では放っておきます。さあお答えを！」

「いやーなかなかの難問だったよ」

「まあ、記念すべき第十回大会ですしね。では犯人をどうぞ」

「ふふふ。やっとわかった。犯人は丸茂大介だよ」

「はいはい、丸茂ね。最初は完全無欠な名探偵を気取っていたくせに、途中からものすごーく怪しくなった丸茂ですね。しかし意外にもここまで丸茂犯人説を唱えたのは、あの序盤の二谷お嬢さんだけです。途中で私が丸茂が怪しいと述べた時は、八反果さんに冷たーく無視されました」

「根に持ってんのかよ。執念深い司会者だな」

「別に根には持っていません。せいぜい心の中で『死ね八反果！』と思っている程度です」

「思い切り根に持ってんじゃねえか！　それはそうと、あのお嬢さんの解答と俺の解答は、別物ということでいいんだよな？　あのお嬢さんは〈丸茂＝女性＝犯人〉説だったが、俺はれっきとした男性の丸茂が犯人なんだから」

「はいはい、少々お待ちを」

樺山桃太郎、耳のイヤーモニターに手を当てる。

「はい、大丈夫です。別の解答として認めるとのことです」

「よおし。まあ当然だけどな」

「では詳しく伺いましょう。その丸茂ですが、三郎が橋の崩落の時刻を突きとめた時には、すでに第二の被害者として殺されてしまった後だったんですよねー。すると十《と》三《み》さんの推理は、第一の事件と第二の事件では、犯人が違うということなのでしょうか？　いわゆる不連続殺人事件？」

「いや、同じだよ」

「んん？　ですがいま申し上げました通り、第二の事件ではその丸茂が殺されてしまっているのですが……」

「果たしてそうだろうか？　全てを疑うことからはじめて、コギト・エルゴ・スムに到ったかのルネ・デカルトのように、我々も全てを疑うことからはじめなければならないのではないだろうか？」

「はあ？」

「テキストをよく読め。二日目の朝食が終わった後、文太が痺れを切らせて立ち上がり、丸茂を呼びに行ったんだよな」

「はい、そうですね」

「ところがその文太は、二分もしないうちに血相を変えて戻って来てこう言った――

『大変だ！　ベッドの上で丸茂が、つ、冷たくなってる！』」

「はい、その通りです」

「さらにそれを聞いて今度はヒデが駆け出して行き、戻って来てやはりこう言った――『残念ながら、文太の言う通りだった。変わり果てた姿で……。ちょっとひどい有様だから、女性たちは、見るのをやめておいた方がいいと思う』」

「それもその通りです。ですから丸茂大介は死んで……」

「一体どこに死んだと書いてある？」

「え？」

「死んだとは、い、い、い、一言も書かれていないぞ。そもそも、丸茂の死体についての具体的な描写はどこにもない。死因すらわからない。刺殺なのか絞殺なのか。はたまた撲殺なのかそれとも毒殺なのか」

「ええー!?　た、確かに死体の描写はありませんが、それでもこう書いてある以上、死んでいることは確実なのでは？」

「だからそれが騙しなんだよ。ただ、

『ベッドの上で冷たくなっていた』

『ひどい有様だった』

という描写があるだけじゃないか」

「ですからそれは死んだということでは」

「頭の固い司会者だな。いいか、日本語の《冷たい》という表現にはいろいろな意味がある。たとえば沙耶加が冒頭で三郎に対して取っていた態度。あれは正に《冷たかった》よな。そう《冷たい》には、そっけない、愛想がないという意味がある。つまりそれまでリーダーシップを取っていた丸茂が、急にやる気をなくして、もうどうでもいいという投げ遣りで不貞腐れた態度を取りはじめたということだ。だから《変わり果てた姿》で、ちょっと《ひどい有様》なんだ」

「はうあっ！」

「つまり、この第二の事件は狂言なんだよ。丸茂が文太とヒデを協力者として取り込んで、現在死んだフリをしているという状況だ。つまりこれは逆向きのバールストン先攻法なのさ。もっとも狂言と言っても、誰一人嘘はついていない。日本語の奥深さ、その多義性《ポリセミー》を利用して、みんなを騙したんだ。その点では文太とヒデ、二人とも一切アンフェアな言動はしていない。まあそれもこれも、全ては丸茂の入れ知恵だろうけどな」

「しかし、一体どうやって文太とヒデを協力させたのです？」

「探偵である自分が、真犯人に知られることなく、屋敷内を自由に動いて捜査を行えるように協力してくれとでも言ったんだろう」

「でもさっきは、丸茂はやる気がなくなったのだと……」

「だから、言葉の多義性を利用したトリックだと言っただろう？　実際にはやる気がないどころか、れっきとした真犯人様だからな。ただどうせみんなを騙すにしても、そこはやはりミステリー研ＯＢの性《さが》で、嘘はつかずに、日本語の奥深さによってミスリードすることにしたんだ。これは丸茂なりのフェアプレイ精神なわけだよ」

「で、では第二の事件は狂言ということで、第一の事件に話を戻しますが、こちらの犯人もやはり丸茂なのですか？」

「そうだよ。空白の一時間を利用して一旦屋敷を訪れ、また立ち去ったんだ。まさか真犯人とは知らずに協力している文太とヒデこそ、いい面の皮だな。逆向きのバールストン先攻法と言ったのはそういう意味さ。普通のバールストン先攻法は、犯人が自分を死んだように見せかけてから犯行に及ぶものだが、今回の犯人はまず犯行に及び、その後死んだと見せかけているんだから」

「うーん……。しかしここまで丸茂犯人説がいまいち人気がなかったのは、かつて三澤さんによって、丸茂の服が一切濡れていなかったことなどを理由に完全否定されたからだと思うのですが、この点についてはどう説明されますか？」

「ははは、あの人は少し良いことも言ったけど、やっぱり馬鹿だよなあ。服なんかどうにでもなるだろうが。人目のつかないところに車を駐めて屋敷にそっと忍び込み、犯行後また車に戻るのに仮に三十分かかったとしても、それからその車を運転してみんなの前に姿を現すまで、まだ三十分も時間的余裕があるんだぜ」

「そうですけど、びしょ濡れになった服は三十分では乾かないでしょう」

「お前もやっぱり馬鹿なのか？　そんなもの、あらかじめ車に着替えを用意しておいて、車の中で着替えればいいだけの話だろうが。髪の毛だって、車の中にドライヤーを用意しておいて、それで乾かしたら余裕だろう？　コンセントが付いていない車ならば、乾電池式のドライヤーを用意しておけば良い」

「そ、それじゃあ昨日の深夜、三郎が丸茂の部屋を訪れて、その後丸茂の苦悶の声が聞こえて来たというのは？　丸茂が殺されていないのならば、あれも文太の嘘なのですか？」

十三十三《とみじゅうぞう》は首を横に振る。

「いや、あれは本当のことだろうな。文太は丸茂の狂言に加担しているが、それは真犯人を暴くためだと固く信じている。従って必要以上の嘘をつく理由はない。あれは否定した三郎の方が嘘をついていたんだ」

「ええっ？　それじゃあ文太が聞いたという、丸茂の苦悶の声は？　あれは殺された時の断末魔の声なのではないんですか？」

「それもやっぱり、日本語の多義性を利用したミスリードだよ。苦悶の声というのはあくまで耳にした文太の抱いた主観であって、丸茂の声そのものに関しては、『低いくぐもったうめき声』と描写されているだけだ」

「はいっ？」

「三郎が部屋に入っていって、程なくその声が聞こえて来たんだろう？　ということはあの場面、三郎が丸茂に夜這いをかけたんだよ。文太が聞いたのはその時の行為の睦声」

「アーーーッ！」

「つまり平三郎は両刀づかい、丸茂大介はゲイなのさ。三郎が丸茂に対して、『お前には沙耶加にプロポーズするなんて芸当は、逆立ちしてもできやしまい』という感想を抱く場面があっただろう？　あれが丸茂ゲイ説の根拠その1だよ。三郎は男と女の両方愛せるが、丸茂は男しか愛せないんだな。恭子が丸茂に告白して、冷たくあしらわれたのもそのせい。ちゃんとカミングアウトしていれば、恭子が惚れることもなかったのに、罪な男だな。これが根拠その2。そして三郎と丸茂は表面上はいがみ合っているが、これは二人の仲を知られないためのカモフラージュで、実は隠れて肉体関係を結んでいたのさ。三郎と鞠子の関係を知って、丸茂が少なからずショックを受ける場面があっただろう？　あれはただ愕いただけじゃなくて、そこには嫉妬の感情も混じっていたんだよ。これが根拠その3」

「そんなあ……」

「となると三郎の、『さすがは丸茂、女性たちの口紅の色とか、普段からよく観察していらっしゃる』という独白の意味も変わって来るよな。あれは丸茂が女好きという意味じゃない。ゲイのウケ（女役）である丸茂には、女装の趣味もあるんだよ。そういう人は、参考にするべく、普段から女性の化粧や服装を細かくチェックしているものなのさ。これが根拠その4。もちろん翌日の朝食の場面、両刀づかいの三郎としては、その場にはプロポーズ保留中の沙耶加もいるし、昨夜丸茂に夜這いをかけて肉体関係に及んだことは、できれば言わずに済ませたい。だから咄嗟に嘘をついて、夜中に丸茂の部屋に行ったこと自体を否定したんだ。まだこの時点では三郎は、《丸茂が冷たくなった》ことを知らされていないからな」

「う……う……。何だか悲しくなって来ました」

「何でお前が泣くんだよ」

「だってえ。三郎が性豪すぎますよ。何なんですかこの人。オットセイですか？　もう手当たり次第じゃないですか。ううう……」

「こら司会者。幼児に退行するな。そう言えば三郎の独白で、『野郎三人が、雁首揃えて純白の螺旋階段を下りるというのは、何だか背中のあたりがこそばゆい』という箇所があっただろ。真ん中を歩いていた三郎はこの場面、狭いところで男の肉体に前後を挟まれて、ちょっとムラムラ来てるんだよ」

「こそばゆいって、そっちの意味ですか！　三郎はちょっと興奮していたんですか！ううう……」

「泣くなよ！」

「うう……で、では丸茂はこの場面、おホモだちの三郎までも騙して、死んだフリをしているわけですね」

「そういうことになるなあ。案外次に殺されるのは三郎なんじゃないの？　関係を清算したくなった丸茂が、《見えない人》になったこの状況を利用して、三郎を殺すとかね」

「では密室の謎は？　丸茂が人目につかないところに車を駐めて、ひそかに屋敷の中に入ることができたとしても、四階に行くにはやっぱり螺旋階段を使わなくてはなりませんよね。ところが螺旋階段の上り口はラウンジから丸見えで、複数の目によって監視されていた。そして四時以降は誰も中央階段の二階より上の部分を使っていない。この謎に説明がない限り、その説は説得力に欠けると思うのですが……」

「密室の謎？　そんなものはとうの昔に解けている。解けていたのはどうやら俺だけだったようだがね。一番初めの三郎の独白に、最重要ヒントが述べられていたのさ」

「はあ、最初の独白？」

「あっただろ？『フランスのどこかのお城にある、有名な芸術家の設計した螺旋階段を模しているらしい』と」

「ああ、そう言えばありましたね、そんな記述」

「フランスのお城で有名な芸術家の設計した螺旋階段と言ったら、当然これはロワール河畔のシャンボール城にある、レオナルド・ダ・ヴィンチの設計した二重螺旋階段《エスカリエ・ア・ドゥブル・レボルシオン》のことだろ！」

十三《とみ》は尖った顎を撫でながら喝破した。

「二重螺旋階段？」

「ああ。螺旋階段を二つ、互い違いに抱き合わせる形に交差させたもので、設計したダ・ヴィンチの狙いは、身分の低い人間が高い人間と階段ですれ違う際に、相手が通り過ぎるのを、お辞儀して待たなければならないという気遣いから解放してあげるためだったと言われているが、悪戯好きの鞠子が螺旋階段の建設を思いついたとき、これを模したことは充分に考えられる。なにしろ中央階段は旧岩崎邸のものを模しているんだ。新しく作る螺旋階段の方は、シャンボール城くらいじゃないとバランスが取れない。というかこれ以外フランスの城に、〈有名な芸術家の設計した螺旋階段〉なんて存在しないんだから間違いない。シャンボール城のものは全体が吹き抜けになっていて、二本の階段が抱き合わされている構造を外から眺めることができるが、鞠子は螺旋一本一本の側面および全体を、壁ですっぽりと覆ってしまった。こうすれば、その開口部を隠してしまえば、円柱の中にもう一本螺旋が内包されていることは、外側からは全くわからない。そもそもこの螺旋階段、『初めて来た人が開口部が見えない位置から眺めたら、古代ギリシア神殿風のぶっとい円柱が、いきなり廊下のど真ん中に聳えているようにしか見えないことだろう』と描写されていたが、通常の一本の螺旋階段ならば、そんなに全体を太くしなくても作れる筈で、これは中に見えない螺旋がもう一本隠れていることを暗示していたんだよ。全体が太い割には階段の横幅が狭いことは、何人かが同時に上る時は、一列になって上っている事実によって示されている」

「何と……」

「四階の廊下の描写があったよな。『四階には一部屋しかないので、廊下もやはりすぐ行き止まりになるが、幅は他の階と同じだ』とあった。二重螺旋においては、構造的に二つの螺旋は必ず対蹠的《たいしょてき》な位置にあることになるから、正規の階段の開口部が鞠子の部屋のすぐ前に開いているということは、もう一本の階段の開口部はその反対側にあるわけで、必然的に廊下も、そこまで広がっていなければならなかったんだよ。そうでなきゃ、もう一本の階段は結局使えないからな。きっと白い円柱のどこかを押すことで、何らかのスイッチが入って、潜り口のような〈扉〉が現れるんだろう。二階も同じで、正規の開口部がラウンジを向いているということは、もう一つの開口部はその反対側、ラウンジからはちょうど死角になる位置にあるということだ。何らかの手段でそれを知った丸茂は、ラウンジにいる連中に見られずに二階から四階まで自由に行き来ができたんだ」

「一体鞠子は、何でそんなものを……」

「鞠子は悪戯好きだったんだろ？　いつの日かこの二重螺旋階段を利用した悪戯でも仕掛けて、みんなをあっと言わせたかったんじゃないの？　でも何らかのきっかけでそれを知った丸茂に、あべこべに利用されてしまったわけだ」

「では、鞠子の死体が消えたのは何なんです？」

「恭子の度重なる慫慂《しょうよう》にもかかわらず、丸茂が死体を調べることに頑として同意しなかった理由はもう明らかだな？　自分が犯人であることを示す明白な証拠がそこにあったからだよ。従ってあの場面、丸茂は何としても探偵役になってイニシアチブを取る必要があったわけだ」

「しかし爪の間にあったのは、口紅の破片だったのでは？」

「だから犯行時丸茂は、女装していたんだよ！　丸茂にはそっちの趣味もあるって、さっきから散々言ってるだろ！」

「アーーーッ!」

「屋敷内で万が一、誰かに後ろ姿でも目撃された時のことまで考えていたわけだ。ただし口紅には唾液なんかも混じっているかも知れないから、ＤＮＡ鑑定のことなんかを考えると、やっぱりそのままにしておくのはヤバいと思った丸茂は、みんなが死体を調べるのを全力で阻止し、みんなが寝静まった夜中にこっそり死体を処分した」

「するとあのダイイング・メッセージは？　あれはやはり偽装だったのですか？」

「ああ。丸茂は三郎に罪をなすりつける心算《つもり》で、あのダイイング・メッセージを残したんだ。だからあれはやっぱり「」じゃなくてＳ。自分でやったんだから、現場を一目見ただけで、それが消されたことにも気付いたわけさ。そしてその湮滅ができるのは、三郎一人だけであることにも。それをあたかもその場で推理したかのような顔で喋っている」

「何ともいけしゃあしゃあと！　夜中に男同士で乳繰り合っていたくせに！　オエッ！　いやー、それにしてもミステリーヲタの方々の観察眼と想像力はすごいですね。どんな小さな記述をも見逃さず、そこから一つの結論を引き出す。誠に恐れ入りました！」

「ははは、そうかい」

「その観察眼を実生活に生かしたら、そちらの席に座る羽目になることもなかったのでは？」

「うるせえよ、ミステリーヲタをなめんな。ミステリー以外のことにはからきしダメなのが、由緒正しいミステリーヲタなんだよ！　従って、〈人生勝ち組のミステリーヲタ〉なんてのは、そもそも撞着語法《オクシモロン》なの。言ってみれば〈丸い三角〉とか〈清純派AV女優〉なんかと同じ。だって出演している時点で〈清純〉じゃないだろう？　つまり言葉として発語することはできても、その実体はこの世に存在し得ないものなの。もしもそれに近い人がいたとしても、それはただミステリーに一時的に嵌まっている一般人であって、ミステリーヲタではないの！」

「はあ、ミステリーヲタの歪んだプライドの披瀝《ひれき》、どうもありがとうございました。では十三《とみ》さんも、解答済みブースの方へ、すみやかに移動願います。さあ、残る解答者は、いよいよあと一名です！」

19

全員の疑心暗鬼はピークに達し、文太さんだけじゃなく、お昼はとてもみんなで一緒に食べるという雰囲気にはならなかった。恭子やアキは、簡単なサンドウィッチのようなものを作って食べていたけど、私は全然食欲がなかったので、お昼は抜くことにした。

そしてその日の午後、とうとう恐れていたことが起きた。

朝食の前に橋の様子を見に行った平さんだが、お昼を過ぎたら再びいてもたってもいられなくなったらしく、復旧したかどうかもう一度見に行くと言い出した。雨はやや小降りになりながらまだ降り続いているので、無駄だと思った私や英は止めたのだが、たとえ無駄だとしても、自分の目で確かめないことには気が済まないと言って、出て行ってしまったのだ。

ところがその平さんが、一時間経っても二時間経っても戻って来ない。

これはおかしい。なにしろ白鬚橋は、ここから車で十分足らずのところなのだ。道が悪いから徐行したとしても、二時間経って戻って来ないというのは絶対におかしい。

「自分だけさっさと逃げ出したんじゃないの？」

元々そういう下地があったのか、男嫌いの冷笑キャラが何だか板について来た恭子がそんなことを言ったが、私は英と二人で捜しに行ってみることにした。まだ橋が復旧していないならば、戻って来ない平さんが心配だし、もし既に復旧しているのなら、昨日の夕方に丸茂さんが呼んだ筈の警察が、何故やって来ないのかが不思議だ。

「この雨で自然災害があちこちに起こっていて、殺人事件は後回しになっているのかもな」

文太さんが煙草をふかしながら気怠《けだる》そうに言った。

「事件はもう起きてしまったんだからしょうがない。だが自然災害は一刻の猶予も許されない。警察がそう判断したとしても、それは責められないわなあ」

文太さんも私同様、お昼は何も口にしていないようだった。

「ひょっとすると橋はもう復旧していて、それを見た三郎は、そのまま車を飛ばして、一向に来る気配のない警察を、直接呼びに行ってくれているのかも知れませんよ」

英がそう言って私を励ましてくれた。

そうか。その可能性があった。

少し希望が湧いて来た——。

英と私は傘をさして、まず屋敷の裏庭に回ってみた。平さんがそんなところにいるわけがないのはわかっていたが、いちおう確認しようと思ったのだ。ひょっとしたら消えた鞠子の亡骸《なきがら》を発見できるかもという目論見もあった。

裏庭を歩くのは一苦労だった。敷石があるところは何とか歩けるが、そこから一歩でも外れると、いちめんの泥濘《ぬかるみ》である。ヒールの踵《かかと》が泥にのめり込む。パンプスより少し高くなっている分ましかなと思っていたけど、やはり歩きにくいことこの上ない。今回この靴で来たのは大失敗だった。可愛い靴だったのに、あっという間に泥だらけになってしまってショックだ。

もうこの靴は、東京に戻ったら捨てるしかないなあと思いながら振り返って建物を見上げると、雨に烟《けぶ》る中、四階の鞠子の部屋から、雨樋《あまどい》のような細いダクトが、壁に沿って垂直に走っているのが見えた。ダストシューターだろうか。

気を取り直して、大きな庭石の後ろや灌木《かんぼく》の裏などをざっと見て回ったが、やはり平さんの姿はどこにもない。鞠子の亡骸も見つからない。

そこでとりあえず行けるところまで行ってみようということになり、私たちは、表に戻ってそのまま門を出た。

前の林道の地面は、やはりひどくぬかるんでいて、庭よりももっと歩きづらかった。ヒールの状態はもうお話にならないほどだが、さらに二、三歩歩くだけでストッキングまで泥まみれになってしまった。雨脚自体は今朝よりも少し弱まっているのだが、やはり下がこんなにぬかるんでいては、このまま徒歩で白鬚橋まで行くのは、さすがにちょっと厳しいかも知れない――。

ところが、そこまで行く必要もなかった。

程なく私たちは見つけてしまったからだ。

表の幹線道路に続く林道の途中に、道を塞ぐような形で、平さんが最近買い換えたばかりの軽自動車が停まっていた。林道は途中でゆるやかにカーブしているので、屋敷の窓からは見えなかったのだが、距離にすると屋敷の門から二〇〇メートルも離れていないところだった。

車を目にした瞬間、英が一目散に走り出した。下が悪いので私は走れない。先に車に着いて中を覗き込んだ英が、振り返ると片手に傘を持ったまま、車の前に仁王立ちになり、もう片方の手を横に拡げて、私を通せんぼしようとした。

「見ない方がいいです」

私は歩きにくいヒールを思い切って脱ぎ捨て、傘も投げ捨て、ストッキングの足を泥の中に突っ込みながら英の脇をすり抜けて、車の中を覗き込んだ。〈気配りの英〉はああ言ってくれたものの、自分の目で見るのが私の義務だと思ったのだ。

そしてそこには、ステアリングの上に俯伏せになって絶命している平さんの姿があった。

平さんの両目は飛び出し、顔全体が紫色に変色していた。

その首には、細い紐のようなものが二重三重に巻かれていた。平さんはこれで絞殺されたのだ。

「ああ……」

「大丈夫ですか」

私はその場で崩れ落ちそうになりながら、英に支えられて何とか持ちこたえた。英が傘とヒールを拾って来てくれた。私は泥だらけのヒールを、履くというよりはつっかけ、英の肩を借りて何とか屋敷に戻った。身長は私よりも低いものの、さすがは男性、英の肩はがっしりしていた。

雨と泥だらけの足の先は凍えそうだったが、もうそんなことはどうでも良かった。鞠子、丸茂さん、平さん、大切な仲間がこれで合計三人も――。

特に平さんには、折角してくれたプロポーズに対して、ちゃんと返事をすることもできなかった……。

これまでの人生で、何度も絶望を経験して来たつもりだったが、それらは絶望でも何でもなかったことを、私は思い知った。

「チェックポイーント！　いやーとうとう三郎まで殺されてしまいましたねー。丸茂の時は死因も曖昧で、死体の描写もありませんでしたから、さきほどの十三《とみ》さんが唱えたような狂言説が生まれる余地がありましたが、ここには『ステアリングの上に俯伏せになって絶命している平さんの姿があった』とはっきり書いてあります。死因も絞殺とはっきりしています。だから殺されたことは一〇〇％確実ですね！」

「疑う余地はありませんね」

「歩く生殖器疑惑もあり、いけ好かないところもあった三郎ですが、いなくなってしまうとちょっと淋しいですねー。何と言っても主要視点人物でしたからねー」

「そうですねー」

「それから英はやっぱり男性でした。ということはやっぱりこれは、あの管理人のヒデさんと同一人物みたいですねー。英と表記されていたのは、沙耶加視点のパートだけでしたから、彼女の頭の中ではこの人物は常に漢字で想起されるべき存在で、そして三郎同様、本人の希望通りタメ口で呼んでいたのですね。十和田の爺さん、ざーんねんでした」

「ヒデさんと英さんが同一人物ということは、あとは恭子さん、秋山鞠子さん、たまさんの四人で、タクシー料金が〈千円ちょっと〉になりますね」

「そうですね。どうしても並木をタクシーに乗せたかったら、たまを再び猫に戻すしかないわけですが、十一月《しもつき》さんも、何だかハズレっぽいですねー。ざーんねん、いい女だったのになあ」

「ちょっと樺山さん、仕事仕事！」

「はいはい。ここでの新たな問題は、三郎を殺したのは一体誰かということです！　果たしてさきほどの十三《とみ》さんの推理通り、犯人は死んだと見せかけて生きている丸茂なのでしょうか！」

「あ、最後のランプがいま点きました」

「はい、十四日《とよか》定吉《さだきち》さん」

十四日《とよか》と呼ばれた男は、頬に大きな創痕《きずあと》があった。

「時は来た！　それだけだ！」

「はあ。プロレスラーですか？」

「大どんでん返し、行くぜ！」

「え、この期に及んでどんでん返しですか？　さすがにもう、全部出尽くしたんじゃないんですか？」

「まだ取ってておきのやつが残っているだろうが」

「では、とりあえず伺いましょう。犯人は誰ですか」

「犯人は鞠子だ」

十四日《とよか》は胸を張って言った。

「ああ、秋山鞠子さんですね」

「違うよ！　この別荘の持ち主である鞠子だ。男か女かは、どっちでもいい」

「はあ。でも鞠子さんは最初の被害者ですよね。すると何か機械的なトリックを使って、第二第三の殺人が起こるようにしたわけですか？」

「まさか。そういうことじゃない」

「では、一体どういう……」

「そもそも、どうして誰も、鞠子の死体が消えた謎を真剣に考えないんだ？　あれこそ最大にして最重要ヒントだろうが」

「いちおうさっきの十三《とみ》さんは、犯人である丸茂が隠したという説でしたが」

「隠すと言ったって、一体どこへだよ。勝手のわからない他人の家で、そんなに簡単に死体を隠せるものか？　外は外で大雨。車を使えばエンジン音を聞かれる危険があるし、抱えてそう遠くへは行けないぞ？」

「そこらへんは、何とも……」

「だからこの事件、最初からみんなが騙されていたんだよ。屋敷の主人である鞠子は死んじゃいない。生きているんだ」

「ああ、例の何とか先攻法ですか？　しかし……」

「鞠子が生きているとすれば、死体消失の謎はあっさり解ける。死体なんて初めからなかったんだから、床の血糊《ちのり》を拭き掃除するだけだ。つまり今も鞠子は生きていて、恐らく家族専用の三階の空き部屋の一つにでも籠もって、今後の計画を練っているのさ」

「何と……」

「それから鞠子の携帯に残っていたメッセージの謎。あれもみんな抛ったらかしだ。全くもって、馬鹿どもの集まりだな」

「確かにあれは、その後記述がありませんね。ということは逆に、あのメッセージを見たら真実が明らかになるということなのでしょうか？」

「そういうことだろうな。いいか、初日の鞠子の死体が発見された場面で、実際に死体に触れたのは三郎と丸茂だけで、あとの連中は遠巻きにして眺めていただけ。それは死体に触れた三郎を丸茂が厳しく叱責し、二人の間で口論がはじまったからで、これによってもう死体に触ろうという気を起こすやつはいなくなった。なにしろ三郎はその後、身体検査まで受けさせられたわけだからな。だがその喧嘩も身体検査も、全て仕込みだったとしたらどうだ？」

「二人の喧嘩が仕込み？」

「そういうこと。つまり鞠子は今回狂言自殺をすることを、あらかじめこの二人にだけは告げて、協力を頼んでいたんだよ。まあ三郎と丸茂が学生時代ライバル関係にあったことは事実なんだろうが、今回の二人のこの対立は、真の対立ではなく、打ち合わせによるものだ。三郎と丸茂は、わざといがみ合うような演技をして、協力態勢にあることをカモフラージュした」

「ああ何か二人並んで立ちションしながら、それらしきことを話していた場面がありましたね。でもあれは……」

「いいか。そもそもこの二人には、死体発見直後からいまいち緊張感が感じられなかった。三郎なんか、大切な仲間であり、元恋人でもある鞠子の死体を目の前にしながら、不謹慎にも死体をゼンマイ仕掛けの人形に譬《たと》えたりしている。これは鞠子の死が狂言で、目の前にあるのが本物の死体でないことを知っているからだ。丸茂も屋敷に着いたばかりとはいえ、コーヒーを飲み干してから一番最後に四階に向かうという体たらくだ、探偵役を自任するなら、コーヒーなんか抛ってておいて、真っ先に駆けつけるべきところだろ！」

「確かにあそこは、少々暢気な気がしましたが、しかし丸茂もその時点では、まさか殺人事件だとは思っていなかったでしょうし……」

「さらに丸茂視点の章にあった、『着いてすぐに三郎が鞠子の死体を見つけたおかげで、コーヒーを一杯飲んだだけで、忙しく動き回ることになった』という文章、あれはとりあえず打ち合わせ通りにやったけど、三郎の奴、俺がコーヒー一杯飲み切るくらいまで、待ってくれてもいいだろうにという愚痴だよ。そう思って読まないと、丸茂のこの発言はあまりにも不謹慎で、賢い丸茂にはふさわしくない。この事件、鞠子の事件はいわば目くらましで、本当の事件は第二第三のやつだったんだよ」

「すると丸茂と三郎は？」

「その二人は本当に殺されている。三郎に関しては、『絶命している』とはっきり書いてあるんだから一〇〇％確実だし、ということはやっぱり丸茂も死んでいるんだろう。そしてその犯人は、屋敷の持ち主である鞠子。最初の事件は、鞠子が自らを嫌疑外に置くための狂言だったんだよ」

「おおお！　わかって来ました！　では丸茂と三郎は、鞠子の狂言に手を貸して、その挙句に自分が殺されてしまったというわけですか？」

「そういうことになるねえ。お気の毒に」

「でも丸茂と三郎は、そもそもどうしてそんな狂言に協力したんでしょう」

「こいつらが、一体何しに集まったのか、それをどうして誰も考えないのかね」

「え？　インカレサークルのＯＢＯＧ会では？」

「ただのサークルじゃない。ミステリー研究会だろう？」

「はい……」

「ミステリー研の連中が、集まってやるのは何だ？　ただの飲み会か？　それとも麻雀大会か？　違うだろ？」

「私はミステリー研に所属したことがないのでわからないのですが、読書会とかですか？　あとは機関誌の編集打ち合わせとか？」

「それもやるかも知れないけど、ミステリー研の一大イベントといったら、何と言っても創作問題による犯人当ての推理合戦だろ」

「ああ、そう言えばそういうことをやるサークルがあると、聞いたことがあります」

「初めのところで何度か、鞠子は『今夜の準備で忙しい』というくだりがあったじゃないか。今夜一体何があるのか。飲み会なら別に大した準備は要らない。これは犯人当て大会で、今回は鞠子が出題役だったということだろう。そこまではいいか？」

「はあ……」

「そして鞠子が死体で発見されるこの状況こそが鞠子の用意した今回の〈問題〉だったんだよ！　この日の昼食時、鞠子はワクワクしている感じだったと沙耶加が証言していただろう？　これから起こることを考えたら、もう楽しくて楽しくてしょうがなかっただろうな」

「これこそが〈問題〉……」

「沙耶加は『そういう芝居がかったことを好むところが鞠子にはあった』とも言っていたよな。つまり鞠子は丸茂と三郎と、あらかじめひそかに打ち合わせを行い、今回は現実の事件を模したリアルな問題で行くことを告げたんだ。ミステリー好きならばこれは進んで協力したくなることだろう。三郎が死体発見の場面で、ドアの向こう側に『禍々しい光景が俺を待っている』と思ったのは、純粋な予感ではなく、そこに何があるか知っていたからだ。さらに中央階段の二階と三階の間をヒデさんにワックスがけさせたのも、よりミステリー的な現場の状況を作り上げるためのシナリオの一部だ。そもそもワックスをかけさせるなら、人がいない時にやらせる方がはるかに良い筈なのに、わざわざ客が大勢来ているこんな日に一部だけかけさせた理由を考えれば、そこに何かあると気付く仕組みだ。こう考えると鞠子が昼食後自室に籠もって、使用人のヒデさんにも遠路はるばる到着した恭子たち一行にも、誰にも会わなかった理由もはっきりする。ヒデさんはミス研の一員ではないから騙さなくても良いんだが、バカ正直ですぐ顔に出そうなヒデさんに企みを知られるのは、やはり避けた方が無難だからな」

「何とまあ……」

「この日の〈問題〉は、誰かが鞠子の死が狂言だと見抜いた時点でその人物が正解、ゲーム終了になる予定だった。そして丸茂と三郎の役どころは、他のメンバーたちを誘導しつつ邪魔をすること。たとえば途中で誰かが警察を呼ぼうとすると、通報は明日にして、とりあえず今夜は自分たちだけで謎を解いてみようと主張すること。また誰かが死体を詳しく調べようと言い出したら、それを阻止すること。ところが偶然の大雨によって、どちらにしても警察は来られなくなったので、前者の必要はなくなった」

「でも丸茂は携帯が通じなくなる前に、警察に通報していますよね」

「してないよ」

十四日《とよか》は自信満々に答えた。

「え？」

「通報なんかしてないんだよ。あの場面は、丸茂が自分で『通報しておいたぜ』と言ったただけだろう？　実際にはしてないのさ。筋書きでは通報を止めさせる役だったわけだが、どっちにしても警察は来られないわけだから、いちおう通報はしたと言っておく方が、みんなを納得させやすいとその場で判断したんだ。その証拠にその後も一切、警察がやって来そうな気配はないじゃないか。それから鞠子の死体を調べさせない理由はもう改めて言うまでもないよな。ちょっとでも他のメンバーに触られたら、実は生きていることが、一発でバレてしまうからな」

　樺山桃太郎、感心したように顎に手を当てる。

「なるほど……確かにまだ残っていましたね、大どんでん返し。じゃあ丸茂は生きている鞠子の手首を握りながら、『すでに少し体温が下がりかけている。（……）恐らく最低でも死後一時間近くは経過している』とか言っていたわけですか」

「そういうこと。その場のイニシアチブを握り、みんなが現場に勝手に近づくことを禁じた丸茂は、携帯を探しに行く時も、唯一安心して話ができる三郎と二人きりで行こうとしていた。携帯はヒントとして呈示するべしというのがシナリオだったんだろう。ところがそこに文太が急遽《きゅうきょ》一緒に行くと言い出したので、死体のフリが終わって四階の自室でやれやれと寛いでいた鞠子は、慌てて再び死体のフリをしたわけだ。この場面、なかなかコミカルな動きだから、想像してみると愉《たの》しいね。あの場面、三郎が『床の上の鞠子の死体をなるべく見ないようにして』いたのは何故だと思う？　あれは死者の尊厳を重んじるとか、そういった理由じゃない。必死に死体のフリをしている鞠子を見て、うっかり噴き出してしまうのを避けるためだ。丸茂と二人だけだったら噴き出してもセーフだが、文太も一緒について来ちゃったからな」

「ではその場面で、やはり狂言の片棒を担いでいる筈の丸茂が、鞠子の傍らにしゃがみ込んで血に染まった指先を凝《じ》っと見ているのは？　死体のフリをしている鞠子からしたら、一刻も早く立ち去って欲しいのでは？」

「それは自分にこんなことの片棒を担がせた鞠子に対する、ちょっとした嫌がらせ。マルクス兄弟やバスター・キートンの映画なんかで、悪者に追われて、咄嗟にマネキン人形や蠟人形のフリをしている主人公の脇の下を、主人公の協力者が悪者の死角をついてくすぐったりするのと同じ。あの直後、三郎と丸茂がトイレで話をする場面でも、三郎がおかしくて噴き出しそうになっていたが、自分たち以外誰もいないトイレの中でも、丸茂が真面目な顔で一向に演技をやめようとしないことが、三郎にはおかしくてたまらなかったんだろう」

「ただその場面ですが、丸茂と三郎だけだったら、鞠子は死体のフリをする必要はないわけですよね？　ニタニタ笑って携帯を手渡して終わりなわけですよね？　ところが文太も一緒に来たことを知って、咄嗟に再び死んだフリをしたわけですよね」

「そうだよ」

「間に合わないのでは？」

「充分間に合うよ。鞠子はこの屋敷の主じゃないか。ラウンジに盗聴器くらい当然仕掛けてあるに決まっている。しかもあの時、『丸茂がいつもより大きな声で言った』という記述があった。もちろんこれは、文太も一緒に様子を見に行くことになったから、もう一度死体のフリをしろと、盗聴器で聴いている鞠子に確実に伝えるためだ。

そして丸茂は『先頭に立って螺旋階段をゆっくり上りはじめた』とも書いてあった。先頭に立ったのは、文太が勝手にどんどん先に進んで行くのを、身を挺して防ぐため。つまりは鞠子に死体のフリをする時間的余裕を与えるためだ。さらには現場に着いてからも、絶対に死体に触らないようにと釘を刺すことも忘れなかった」

「ちょっと待って下さい。三郎が到着してすぐにラウンジに行った時、『てっきり鞠子やたまもいるものだと思っていた俺はちょっと拍子抜けがした』とありました。鞠子の死が狂言で、三郎がそれに協力しているならば、鞠子が自室で〈仕込み〉をしていることを当然知っているわけで、これは矛盾なのでは?」

「ははは。だからこの〈鞠子〉は、秋山鞠子のことなんだよ」

「あ……」

「その直後、屋敷の主である鞠子のことは、わざわざ『我らが鞠子』と呼んで区別しているじゃないか。どうだ、矛盾はないだろ? 秋山鞠子の存在が、ここで生きて来るとはなあ!」

「じゃあこれが〈問題〉であることは、結局メンバーは誰も見抜けなかったわけですか?」

「ああ。初日のクリームシチューの夕食が終わった後、『丸茂がおもむろに口を開いた』という記述があった。その先はカットされていたが、この後、推理合戦が行われたんだ。だが誰一人正解に辿り着いた者はなく、というかみんな怖気付《おじけ》いてしまってまともな推理も出ず、盛り上がらないまま散会、従って解答篇は翌日に持ち越し、三郎は翌朝白鬚橋の様子を見に行って戻って来た時、みんなが何やらひそひそ話をしているのを見て、『ようやく自分たちがミステリー研のOBOGであることを憶い出して、推理合戦でもしているのだろうか』と独語しているが、これは昨夜、いまいち盛り上がらなかったことを受けての感想だよ」

「丸茂の空白の一時間は？」

「その時間は丸茂が、直前まで鞠子の部屋で鞠子の狂言の手伝いをしていた時間だろうな。血糊を背中から床に垂らしたり、それが入っていた容器を片付けたり、協力者がいないとできないことがいろいろあるからな。その時間帯は三郎が視点人物を担っていたから、鞠子の手伝いをしていたのは丸茂だということはわかっていたが、その後どうやって誰にも見られず屋敷を後にすることができたのかが謎だった。その謎を解いてくれたのは、さきほどの十三《とみ》さんの二重螺旋階段説だ。それを使って一旦車に戻った丸茂が、やがて〈正式に〉屋敷に到着、あまり間を空けずに打ち合わせ通り三郎が鞠子の死体を〈発見〉、その後二人はわざと諍《いさか》いを演じて、二人が協力態勢にあることを誰にも悟られないようにした。またピリピリした雰囲気を醸し出して、誰も鞠子の死体に近付けないようにした。三郎がうたた寝から目覚めたとき、『ちょっと焦りながらベッドの上で上体を起こした』のは、もう少しで死体発見の打ち合わせ時刻を寝過ごしてしまうところだったからだ。鞠子が『いま忙しい』ことも知っているから、湿ったシーツを替えてもらうのも諦めている」

「ところが、その鞠子が丸茂と三郎を殺したんですか？」

「そういうこと。だから丸茂が殺されたと知った時、三郎は本当にビビった。そして一人だけ逃げだそうとして、鞠子に殺された。全てはこの二人を亡き者にするために練られた計画で、実は鞠子の出した問題も、螺旋階段と同じように二重になっていたのさ。つまり本当の問題は、三郎と丸茂殺しの犯人を当てろというものなんだ。そして現在、鞠子は完全にみんなの嫌疑の外にある。真っ先に殺されたものと、みんな信じ切っているんだから」

「うわぁ、何だかすごい！　死んだ筈の鞠子が実は生きていて、メンバーを殺して回っている！　三郎と丸茂は、協力した挙句、騙されて殺されてしまった！　ここに来て浮かび上がる連続殺人犯鞠子の巨大な影！　さあて、それではいよいよ最終部分のシークエンスです！　記念すべき第十回の今回、遂に正解者が現れるのでしょうか？　あれ？　あれあれあれ？　何ですか何ですか何ですか？　あれあれあれ？　一ノ瀬さんに二谷嬢、三澤さんに七尾さん、九鬼さんに十一月《しもつき》さんまで。一体どうしました？　そもそもどうしてあなたがたはピンピンしているのです？　あなたがたは全員、不正解が確定した時点で執刀部隊に拘束されて筋肉弛緩《しかん》剤を注射された筈では……うわあ、何するんですか。スタジオが壊れる！」

「汚ねえぞ、てめえら！」

「は、はい？」

「この《ミステリー・アリーナ》で不正解の烙印を押された参加者全員が、臓器移植を待望する特権階級からの要望と、環境問題や年金問題の究極の解決策として、十年ちょっと前に圧倒的多数で可決された、《臓器くじ法》およびその一部修正である《臓器くじチャレンジ法》に則って安楽死させられ、使える臓器を全て摘出されている。そうだよな？」

「はい、それは番組の中でもさきほど御説明した通りですが」

「だが今年で通算十回目のこの《ミステリー・アリーナ》、これまで正解に辿り着いて賞金を手にした者は、ただの一人もいない。そうだな？」

「はあ、それはそうですが、しかしそれは、実際に誰も正解されていないのですから、仕方がないのでは？　賞金だって、毎回全額キャリーオーバーされているわけですし」

「そうじゃないんだよ。お前らはやり方が汚い！」

「と申しますと？」

「お前らは、正解を思うがままに操作しているだろ！」

「はへっ⁉」

「俺を含めた何人かが序盤から、いきなり当てちゃったらどうするのかとか、そういった類のことをしつこく訊いていただろう？　あれはお前が一体何と答えるのか、カマをかける意味合いがあったのさ。だってどう考えてもそれが番組的には一番困ることだからな。だがお前は顔色一つ変えず、常に余裕綽綽だった。あれで俺たちは確信を得たのさ。こいつは序盤で正解が当てられるようなことは、絶対にないと知っているとね」

「そ、そんなの、何の証拠にもならないでしょう」

「黙れよ。お前らのやり方はこうだ。あらかじめ解答者の数よりも一つ以上多い分岐シークエンスを用意しておいて、解答者の誰かが正解または正解につながる答えを言ったその瞬間に、まるで映画館の上映室で上映技師がフィルムを替えるように、問題のテキストの続きを別のシークエンスに差し替える。誰かがもっともらしい答えを出すと、次のシーンでわざとらしくそれを否定するような内容が述べられるのはそのためだ。たとえば二谷が《丸茂＝女性＝犯人》説を唱えて、その答えがなかなかの説得力を持っていると、次の章からは丸茂が女性であることを匂わすような描写は影をひそめる。さらには丸茂自身が視点人物になって登場することで、犯人であることを客観的に否定する。そしていつの間にか丸茂は男性という形に〈収束〉していく。それまではどっちつかずの状態なのに、誰かが解答を述べた瞬間に、その解答は不正解になり、その解答へと向かう話のシナリオごと、ばっさりと切り捨てられる。ある人の解答が、他の解答者に聞かれても大丈夫なのもそのためだ。通常こういう番組では、誰か一人が答えている時は、他の解答者には大音量の音楽などが流れる、ヘッドフォンをつけさせるものだからな」

「むむむ……」

「今日の俺たちの解答は、解答した時点ではどれも矛盾はなく、そのまま正解になってもおかしくなかった筈だ。だが唱えた瞬間に、不正解になることが決定した。まるでいくつかの異なる状態が重ね合わされている量子の状態が、観測された瞬間に観測値に対応する状態に変化するとする、量子力学のコペンハーゲン解釈みたいだな。量子力学の有名なパラドックス《シュレディンガーの猫》では、箱を開けるまでは猫は生きている状態と死んでいる状態が重ね合わされていて、箱を開けた瞬間にどちらか一方に収束するというものだったが、この推理闘技場《ミステリー・アリーナ》では、Aという人物が犯人である状態と、犯人ではない状態が重ね合わされていて、誰かが【犯人はAだ】と指摘した瞬間に、その可能性は消え、【Aは犯人ではない】状態へと、自動的に収束するというわけだ。絶対に正解者を出さないこのシステムを考えた奴が、なかなか頭が切れることは認めるが、やり方としてはあまりにも汚い。汚すぎる！」

「いやあんたが何言っているんだが、おら、よくわからねんだげんど」

「黙れよ。突然山形弁にして誤魔化そうとしても遅いよ。お前は『普通だったら読み飛ばしてしまうような細部にもちゃんと意識のフィルターをかけて、注目すべき点を拾い上げ、そこを出発点として、緻密な論理を組み立てていく』とか何とか言って、俺たち解答者におべっかを使っていたが、本当はあの時内心ではせせら笑っていたんだろう。《馬鹿め。ばら蒔かれたレッドヘリングや偽の手がかりに、見事に引っかかっていやがる》とでも思っていやがったんだろ！」

「んねずー。ほっだなことないずー」

「山形弁で誤魔化しても遅いと言っただろ！　それにな、お前は今日途中で、うっかり口を滑らせた。三澤が沙耶加犯人説を唱えた直後に、沙耶加が視点人物として登場した時には、『まるで三澤さんの解答を傍で聞いていて、意地悪をしているかのようです！』とか言いやがった。そしてその後芥川龍之介の『藪の中』の話をしたときには、『人間の視点の数だけ真実がある』とか、したり顔で抜かしやがった。おとなしく道化に徹していれば良いものを、馬鹿に見せているけど実は賢い司会者と、ちょっと思われたくなったのか？　どうせこいつらにはヒントをあげても解りっこないと、俺たちを見下して優越感に浸《ひた》っていたのか？　お前らがやっていたのは正にそれじゃないか。正確には解答者の数プラス1の真実がある、だけどな。正解者がなかなか出ない超難問の推理クイズ番組として、老若男女の関心を集め、出場者たちが生死を賭けるというサスペンスで視聴率を荒稼ぎしつつ、臓器くじチャレンジ法によって提供される臓器に対する国家からの報奨金も、番組が受け取るシステムを作り上げた。生命のリスクと引き換えに正解者の賞金は二億円、正解者がいない場合はキャリーオーバーで、どんどん高額になって行くという仕組みで人々の射幸心を煽った。こうして賞金はとうとう二〇億円にまで膨れ上がったわけだが、どうせこれだって払う気はさらさらないんだろう。来年あたり、誰か関係者の一人を解答者に仕立て上げ、やらせで正解させて、ちゃっかり回収する予定だったんだろ」

「…………」

「だがテキストの中にはしっかりと証拠が残っているぞ。一旦読まれてしまったテキストを、時間を遡《さかのぼ》って書き換えることはさすがに不可能だから、呈示された伏線は回収されないまま、そっくりそのまま残ってる。たとえば鞠子の実家が『東海道五十三次』に描かれており、鞠子の父親がとろろ飯の全国チェーン店を経営しているとかな。これは鞠子を苗字にする予定だった、動かぬ証拠だろうが」

「ほ、ほっだなもの、たまたま偶然そうなっていただげかも知んねべずー」

「あくまでも山形弁で白ばっくれるつもりか。黙れ。もうネタは上がっているんだよ。調整室も副調整室ももう占拠ずみだ。俺たちはボタン一つでシークエンスを切り替える仕組みも、すでに押さえてあるんだぜ。てめえら汚い、汚すぎる。日本のテレビ局が腐っているのは別段今にはじまったことじゃないが、これは史上最大の汚さだ。なにしろお前らのせいで、これまで総勢一〇〇人以上の人間が、使える臓器を全部抜き取られて命を落としているんだからな」

「ぐぐ……」

「完璧だと思った自らの推理が、次の章でまるで後出しジャンケンのような反事実の呈示によって、見事なまでに否定されることに疑問を抱いた出場者は、過去にもきっといたことだろう。だが彼らの口は、永遠に封じられた。他人の不幸は蜜の味と言うが、お茶の間の視聴者は、年の瀬に見知らぬ連中の大量死が見られて満足。オバケのような高視聴率でスポンサーもお前たちスタッフも大満足。若くて健康な臓器が手に入って、寿命をさらに延ばすことに成功した特権階級の老人たちはさらに大大大満足。だが今日という今日は年貢の納め時だぞ。この番組、一回のチェックポイントで解答できるのは最大二人までというルールは確かにあるものの、それでもなるべく遅く、材料が出揃ってから解答する方が明らかに有利なのに、今日は俺を筆頭に、みんな解答が早目早目だっただろう？　強敵揃いだから、先に言われてしまう前に解答するとか口では言ったが、実はさっさと答えて隣のブースに移動するためだったのさ。

あそこには執刀部隊および不正解を悟った解答者が万が一暴れ出した時に鎮圧するための武装集団がいること、だからまずあそこを制圧しないと何もできないことは、あらかじめわかっていた。そこでまず俺が監視カメラを発見してコードを切断した。俺はこう見えても元英国諜報部員でね。監視カメラの隠し場所を見つけることに関してはプロなんだよ。二谷はこんなあどけない顔をしているが、実は元スペッツナズの女兵士でね、中の執刀部隊と武装集団を、火器を一切使わずにあっという間に全員気絶させた。一方、三澤は電気系統の専門家でね、コードを繋ぎ直し、あらかじめ用意しておいた代わりの映像を、監視しているであろう調整室に送るようにしてくれた。同じ映像がエンドレスで流れていることに気付いたのか、途中で何人かの男が様子を見にやって来たが、やっぱり二谷が全員をＫＯした。それから七尾はハッキングの名人でね、ホストコンピューターの中に侵入して、シークエンスの自動切り換えプログラムを発見した。それと並行して俺たちは催眠ガスの噴霧孔を発見し、そこを無力化したが、それは九鬼の手柄だ。九鬼はこんなこわもての外見をしているが、実は世界一の香水調香師《ネ》でね、空気中のわずか０・００１％含まれるガスも嗅ぎ分けられる鼻を持っているのさ。異状が発生した際には青酸ガスでも発生させ、中の武装集団ごと葬り去る予定になっていたんだろうが、ほんのわずかのガス分子を頼りに、目に見えないほど小さな噴霧孔を発見して、それらを全て塞いでくれた。信じられるか？　愕いたことに、昨年の大晦日にお前たちが噴霧した催眠ガス分子の僅かな残りを嗅ぎ分けたんだぜ。一方お前が気に入っていた十一月《しもつき》だが、彼女は元傭兵だ。特殊な武器で調整室と副調整室の制圧を一手に引き受けた。だから俺達以外の解答者も、すぐそこで全員ぴんぴんしているぜ、悪いがな」

「く……」

樺山桃太郎は唇を噛んだ。

「どうだ。何か言ってみろ」

「そ、そこまでわかっているならば、仕方がない、認めましょう。とりあえずそれだけ突き止めただけでもあなたがたは大したものです。しかし、どちらにしてもあなたは、生きてここからは出られませんよ。こうなった以上、このスタジオの扉は決して開きません。事実を知ったあなたがたを、生かしてこのスタジオから出すわけには行きません。局が不正操作で人殺しをしていたことが知られたら、これまでどれだけ好き勝手に偏向放送しても、総務省の役人に嗅がせておいた現ナマのおかげで取り上げられることのなかった放送免許が取り上げられ、局が潰れます。従って当局およびグループ企業全体を挙げて、また私の命にかけて、あなたがたの存在を**抹殺**します」

「ふん。今ごろそんなこと言っても、もう全国の視聴者は真実をだな……」

「甘い甘い！　あなた方がここを占拠する前から、異変を感じた局員の手によって、映像は全く別のものに差し替えられていますよ。今のここの映像や、さっきからのあなた方の戯言《たわごと》など、お茶の間にはただの一つも流れていません」

「はあ？　だが主調整室も副調整室も占拠したぞ。オンエアの赤いボタンは点いていたし、そこにあるモニターにも、いま俺たちの姿がちゃんと映っているぞ！」

「そこが甘いというんです！　元英国諜報部員も世界一の香水調香師も元スペッツナズの女兵士も、どうやら日本のテレビ局のシステムに関しては素人同然のようですね。あなた方は知らなかったらしいですが、局には万が一の場合に備えて、マスターと呼ばれる最終調整室があるのです！　元々は臨時ニュースのテロップを流したり、おバカタレントが、生放送でうっかり放送禁止用語を言ってしまった時などにピーをかぶせたりするためのものですが、そこで最終的にオンエアしても構わないかどうか、判断されてから電波に乗るのです。はは。普段あなたがたが手に汗握りながら見ているスポーツの生中継だって、実は中継画面はリアルタイムより、数秒から長い時は十秒近く遅れているのですよ。あははは。馬鹿どもめ。最終回ツーアウト満塁、カウントツースリー、お前らがお茶の間でどれだけ手に汗握ろうと、どれだけ必死に祈ろうと、実際にはその時もう結果は出てるんだよ。はははは。だからお茶の間のてめえら虫けらは、おとなしく俺たちが流してやる映像で一喜一憂してりゃいいんだよ。ははは。どうせ今だって、お茶の間にはCMか、あらかじめ別撮りした私と怜華ちゃんの当たり障りのないやり取りが流れていますよ。それも足りなくなったら、機器の故障か何かの名目で、さっきみたいに全然関係のない映像と《しばらくお待ち下さい》のテロップが流れるだけのことです」

「むむ……」

「しかし、ここまで見抜いたあなたたちに免じて、最後のチャンスをあげましょう。今回の出場者は十四人。従って我々は、あなたがたが言うように、プラスワンで十五通りの解答を用意しました。つまりこれまでのあなたがたの解答は、中には結構感心するものもありましたが、全て不正解です。一つの状況にはさまざまな解決の可能性が萌芽として含まれていて、作者が呈示する解答は、その中の一つに過ぎない――これが多重解決の考え方なわけですが、裏を返せばどれだけ多くの可能性の総体がそこに含まれていようとも、作品が完成する際に正解になる解答は、一つだけということです！　そう、ミステリーの正解はただ一つ、いくら美しかろうが、いくら意外だろうが、出題者の求める答えと一致しなければ、それは正解ではないのです！　そして番組の最後にお茶の間の視聴者に明かされるべき正解が、まだ一つ、手付かずでちゃんと残っています。問題篇はあとほんのわずか、もう切り替え可能なシークエンスは天に誓ってありません。問題篇を最後まで聞いて、あなた方が正解に辿り着いたならば、あなた方を生かしてここから出してあげましょう。しかし当てられなかった場合は、躊躇《ちゅうちょ》なくこのスイッチを押します。まさかこれを使う機会が訪れるとはね。このスイッチは、強力な青酸ガス発生装置と繋がっていて、ものの数秒でこのスタジオじゅうを青酸ガスで充満させることができます。まあ私も命はないことでしょうが、あなた方全員を道連れにしてやります！」

「なるほど。あくまでもミステリーで決着をつけようと言うわけか。面白え。おい司会者！　お前も実は、骨の髄までのミステリーマニアだったんだな！」

「まあ、あなたがたが赤の他人とは思えないことは認めましょう。今日は特に楽しかったですよ。こういう形で出会っていなければ、みなさんとお友達になれたかも知れませんね」

「ふん、開き直ってカッコ良いこと言いやがって。お前こそいま、名言を意識しただろ」

「ははは。で、どうするんですか？　最後のチャンス、やるんですか？　やらないんですか？」

「やるに決まってるだろ！　おいみんな、スタジオに入れ。席に戻るぜ。さっさと続きをやれ」

「ただし、解答は一回だけですよ。特例中の特例なんですから。相談されても構いませんから、全員の総意としての解答を、最後に一つだけ認めるということです」

「よおし、燃えてきたぞ！」

20

私は鞠子の携帯のディスプレイに表示されたメッセージを憶い出していた。
そこには鞠子がいつも使っている暢気極まりない丸っこい書体で、暢気極まりないことが書かれてあったのだ。

どうかしら、今回の問題。
結構自信作だったんだけど、
楽しんでもらえたかしら。
難しい問題を考えるおつむはないから、
身体を張ってみましたッ♡
きゃはっ。

鞠子♡

みんなも同様だったようで、ラウンジのテーブルに何となく置きっ放しになっている鞠子の携帯を、さっきから全員がちらちら眺めている。

沈黙を破ったのは文太さんだった。

「実は俺、昨日の夕方四階で鞠子の死体が発見された時、これこそが今回の〈問題〉なんじゃないかと一瞬疑ったんだ」

「え、一体どういうこと？」

「今回は鞠子が出題役だっただろう？　だから鞠子が殺されたフリをして、俺たちがそれを狂言と見破れるかどうかを、〈問題〉として出題したんじゃないかと思ったのさ。同時にこれは鞠子一人ではできないだろうから、協力者がいるのだろうとも思った。協力者はズバリ丸茂と平だ。昨日鞠子の死体が発見されたとき、実際に死体に触れたのは、あの二人だけだったろう？」

「ああ、そう言えば、そうだね」

「しかも丸茂はその後俺たちに、現場に近づくことを厳しく禁じた。それもあって俺は、丸茂と平が二人で四階に携帯を探しに行くと言った時、一緒に行くと言い出したんだよ。鞠子が本当に死んでいるのかどうか、いま一度確認したかったからな」

私は吃驚《びっくり》した。あの時の文太さんの言動に、そんな意味があったなんて。みんないろいろ考えていたんだ――。

「そうだったんだ……」

　恭子も目を上げた。

「で、どうだったんです？」

　英が先を促す。

「あれは間違いなく死体だったよ。鞠子は確かに死んでいた。狂言なんかじゃなかった」

　文太さんはきっぱりと断言した。

「触ってみたの？」

　恭子が訊く。

「いや、現場保存に異様な執念を燃やす丸茂に阻まれて、触ることはできなかった。だが床の上の鞠子の身体は、最初に見た時から一ミリたりとも動いた形跡はなかった。リアリティを完全に無視したサスペンス映画じゃあるまいし、生きた人間には何時間もの間死体のフリをし続けるなんてことは無理だから、もしも狂言だったら、誰もいなくなったところで鞠子は一旦死体のフリを止めていることだろう。そうしたら、その前と全く同じポーズを取ることは絶対に不可能だ。そして決定的なのは床の血だまり。死体をほんのちょっと動かしただけで、床の血痕は乱れる筈だが、床の血だまりの形は最初見た時のまま、全く変わっていなかった」

「やっぱりあれは死体だよねー。狂言じゃないとあたしも思う」

「さらにこれは傍証になるが、鞠子の背中から流れていた血が赤黝《あかぐろ》かったこと、青いサテン地に染み込んで、ほとんどどす黝く見えたことも挙げられる。あれは本物の血の色だよ。舞台なんかで使う血糊は、客席から見て一目で《血》だとわかるように、わざとらしいほど鮮やかな赤色をしているが、酸素を運び終えて心臓に戻る静脈の血は、ああいう結構ドス黝い赤色をしているんだ。元々血液が赤いのは、ヘモグロビンが酸素と結合して赤色を呈するからだからな」

「〈問題〉なんかどうでも良かったのに。あたしたちはただ集まって、昔話に花を咲かせるのが楽しかったのに」

「だが出題者の鞠子は張り切っていた。携帯のメッセージにもあるけど、今回の問題は自信作だということは、昼食の時に言っていた」

「うん、確かに言っていたね」

　私は文太さんに同意した。

「一方その携帯メッセージだけど、これを見る限りでは、やはり鞠子は、狂言で殺されたフリをしていただけのように思える。それが〈問題〉だったように思える。それなのに鞠子は死んでいた。鞠子は本当に殺されていて、その死体を犯人が隠したんだ」

「一体、どういうことなの？」

「だから鞠子本人は、狂言のつもりだったわけだよ。だからこんな暢気極まりないメッセージを残したわけだ。きっとこの携帯が一大ヒントになる予定だったんだろう。現場これを丸茂なり平なりが階下に持って行き、俺たちにパスワードを解読させる。現場の状況に加え、それが正解に辿り着くための近道になる予定だったんだ。さらにヒデさんのワックスがけによって、誰も現場に近づけなかったことが判明し……といった具合だ。ところがそのシナリオを真犯人が勝手に書き換えた」

「つまり……」

「つまり狂言で死んだフリをする予定だった鞠子を、本当に殺害した人間がいるんだよ。鞠子の死体を隠し、丸茂と平を殺したのも同一人物だ」

「となると犯人は……」

「もちろん。もう言わなくてもわかるだろう？」

「ああ……」

私は目の前が冥《くら》くなった。誰が犯人であっても、嫌は嫌だけど、それはその中でも、一番犯人であって欲しくない人間。できればその可能性は、考えたくもなかった人間——。

「わはははは。問題篇はこれで全て終わりです。ふへへへへ。さあ、どうです？　これに納得の行く解決をつけられますか？」

「最後に十四日《とよか》さんが到達した《ミス研の問題説》、わたし的にはかなり説得力があったのですけど、残念ながらそれもまだ正解ではなかったのですね」

「第一の事件が〈問題〉であることを見抜いたまでは良かったのですがねー。でもさらにもう一段階、先があったんですねー。鞠子はそれを利用した犯人によって、本当に殺されてしまった。鞠子の血がどす黝いという描写は、三郎と沙耶加の二人が言っていましたから、あそこをちゃんと覚えていたら、もう一歩踏み込めた筈なのにねー」

「犯人は誰なのでしょうか」

「さてスタジオには何故か、これまでの解答者が勢揃いしています。今回は問題が格段に難しかったということで、プロデューサーの温情により、全員に最後のチャンスをあげようということになったんです。いやー正に神様、仏様、プロデューサー様ですね！　ただしチャンスは一回だけです。さあお答え下さい。犯人は誰でしょう」

「おい、まだ犯人として名前が挙がっていないのは誰だ？」

「恭子くらいのものじゃないかしら」

「恭子も十三《とみ》さんの《視点人物以外全員犯人説》では、犯人グループの一人になってるけどな」

「だが、単独犯としては恭子犯人説は出ていない。司会者《あいつ》はさっき、俺たちの出した解答は全て不正解だと断言した。というかここまでは、何を言っても不正解だったわけだが……」

「うーむ……。間違いなく鞠子の狂言だと思っていたんだが……」

「わははははは。何やらごちゃごちゃ言い合っていますねー！　それでは冥土《めいど》の土産に特別ヒントをあげましょう！　死者は三人！　鞠子、丸茂、三郎、三人とも、きっちり殺されています！　丸茂が『冷たくなっていた』のは、あれはやっぱり死んでいたんです。一方、犯人は単独犯。共犯者はいません！　さあどうだ答えやがれ！」

「むう。すると、やはり恭子か？」

「だが根拠は？」

「それ以外の登場人物は、ほとんどが単独犯として誰かが犯人に挙げただろ。だがその中には正解はないとあいつは言った」

「何だ、消去法か」

「だがもうここは、消去法以外に手はない」

「秋山鞠子は？」

「八反果さんが単独犯として挙げてるよ」

「あれ、内輪揉めですか？　ふはははは。やっぱりダメな奴らには、何回チャンスをあげてもダメなんですねえ」

「ぐぬぬ」

「ちょっと待って。沙耶加が最後に犯人のことを、『一番犯人であって欲しくない人間』と表現しているじゃない。これって大ヒントなんじゃないの？」

「だが誰なんだそれは」

「うーん。三郎は殺されているわけだし、文太や秋山鞠子とも特別な関係はなさそうだし、英はヒデと同一人物だったし、するとやっぱり恭子かしら？」

「いや、たまがいるぞ、たまが。いつも自分の後ろをくっついて歩くたまが！」

「あ、そうか。でもたまの単独犯行説はすでに出たでしょう？」

「ああ、七尾が言った」

「はい時間切れ！　お答えをどうぞ！」

「うーも、仕方がない」

代表の一ノ瀬が、苦渋に満ちた声で答えた。

「犯人は恭子だ！」

「ふはははは、ざーんねん！　不正解！　不正解！　不正解！」

樺山桃太郎は、耳まで裂けるかのような大口を開けて高笑いした。

「犯人は平三郎でした。わはははははは。けけけけけ」

「何だそりゃ。一番最初の俺の答えのまんまじゃねえか。それじゃあ俺が正解だろうが」

一ノ瀬が憮然とした顔で言う。

「馬鹿言え。お前は正解じゃねえよ」

真顔に戻った樺山桃太郎が、目を剝いて答える。

「お前は平三郎が多重人格者で、意識が途切れている一時間の間に、平三郎の別人格が犯行に及んだという推理だったじゃねえか。だがそれは不正解だ。平三郎は多重人格者じゃないからな」

「では反駁させてもらう。多重人格者ではなく、それでも平三郎が犯人ならば、このテキストは冒頭の部分から、地の文で堂々と嘘をついていたことになる。これは明らかにアンフェアだ！　それに平三郎が犯人ならば、その平三郎を車の中で絞殺したのは一体誰なんだ？　お前は単独犯だと言ったし、自殺はあり得ないぞ！　首吊りによる縊死《いし》と違って、自分で自分を絞殺するのは、人間にはほとんど不可能だからな。これらの点に、きちんと説明を付けてもらおう！」

「はああ？　寝惚けたこと言ってるんじゃねえよ。俺は平三郎とは一言も言ってないぞ。犯人は平三郎だ」

「はへ？」

「だから犯人は平三郎ではなくて平三郎なんだよ」

「アホだったのか、この司会者？」

「仕方がないなあ」

するると司会者は、突然あらぬ方角を向いて叫んだ。

「では、ここまでわざとルビを省略していたＤＴＰのみなさん、ここらへんでルビを復活させて下さい！」

「へ？」

それから出場者たちの方へと向き直った。

「いいか、ルビ付きでもう一度言うぞ。犯人は平三郎《たいらさぶろう》ではなくて、平三郎《へいざぶろう》なんだよ」

「へ、へいざぶろう？」

「何だそりゃ」

「だから平三郎《へいざぶろう》って言ってんの！　平三郎《たいらさぶろう》の他に、平三郎《へいざぶろう》がいるの！」

「はへ？」

「そう。あれは丸茂視点の章だったかな、それまで【三郎】とのみ記されていた【平《たいら》三郎】が、時々【平三郎】とフルネームで記述されるようになっただろう？　あそこで気付かないお前たちはやっぱり阿呆だ。あれはいずれ登場する平三郎《へいざぶろう》の記述が、不自然にならないようにという慣らしだったんだからな」

「そんなのアリかよ」

「まああなた方の誰か一人でも、ギブアップして解答権を放棄するか、苦し紛れに他の人と重複する答えでも言ってくれれば、この解答は使わずに済んだんですがねえ。一年がかりで必死の思いで考えて来た十五重解決、これ以外の十四の解決は、全てあなたがたに当てられちゃいましたからねぇ。従ってアリも何も、これが正解ということになるんです！　あなたがたが本格ミステリーヲタとして、なかなかのものであることは認めますよ。まさかこれ以外、みーんな当てられちゃうとはね。でも不正解は不正解。わははははは。ざまあみろ。不正解、不正解、不正解！　さあ死ね。さあ死ね。おとなしく死ね！　お前ら全員死ね！　あ、ちなみにここの台詞も全部カットね。最終調整室の山ちゃん、そこんとこよろしく！」

「矛盾する答えは、答えとして受け容れられないと言ったのはお前だぞ」

「矛盾なんか、どこにもあーりませんよー」

「三郎の胸の万年筆はどうなるのよ！」

「だ・か・ら、三郎は万年筆マニアなんでしょ？　シャツを替えても常に一本、胸ポケットに挿しているほどの。それはそれで事実でいいですよ。でも並木は人ではありません、と。そんな感じ？」

「何がそんな感じだ！　平三郎《へいざぶろう》なる隠れ登場人物がいることについて、伏線も何もないのかよ。ひどすぎるだろ！」

「ははは。伏線だったら、思い切り張ってありますよ。そもそもこの作品は、伏線だけで成り立っていると言っても過言じゃないんだ。そこを張り忘れる筈ないだろうが！」

「伏線が張ってある……だと？」

「冒頭、雨の中着いたばかりの三郎が玄関へ続く外階段を上るシーンで、この屋敷には地下室があることが、ちゃんと示されているだろう？『地下室に明り取りの窓をつけるためにこういう構造になったらしい』――と。この手の《屋敷もの》で地下室があると言ったら、そこには誰か隠れている、あるいは隠されていることくらい、ミステリーヲタならば気付きやがれ。そして地下室に幽閉されているとなったら、発達障碍の子供に決まってるだろ！」

「そんなベタなこと、考えるかよ！」

「考えないそちらの責任です。ふん、その後も怜華ちゃんの読み上げるカンペの文章に総ルビを打つことで、わざわざルビの有無に注意を喚起してやったのに、それにも気が付かないんだから、阿呆にも程がある」

「ぐぬぬ」

「文太と三郎の間で交わされた、本姓と苗字についての薀蓄話の部分だって、遅延作用を狙ったものなんかじゃない。平三郎の名前に注目しろという大大大ヒントだったのに、それにも気付かない、やはりお前らはド阿呆だ」

「じゃあ四時に鞠子と電話で話した女ってのは誰なんだよ！」

「ええっと、ですからこの場合は、恭子ということになります」

「だったらそう書けよ！　思わせぶりに『一人の女が』なんて書くんじゃねえよ！」

「どう書こうとこちらの勝手です。『一人の男が』と書いたらアンフェアですが、嘘をついたわけじゃないんだから」

「丸茂の空白の一時間は」

「自然観察でしょ」

「鞠子の残したダイイング・メッセージはどうなる！」

「だから平三郎《へいざぶろう》の苗字がSではじまるわけですよ。ええっと、鈴木《すずき》平三郎《へいざぶろう》だったかな」

「今つけただろ！　今！」

「いやいや、初めから鈴木です。絶対に鈴木。誰が何と言っても鈴木。鈴木平三郎」

「何だその昭和初期っぽい名前は！　作品中の時代は、二十一世紀初頭だった筈だぞ！」

「平三郎が生まれた頃は、ちょっとしたレトロブームが来ていたんですよ！　いいですか、屋敷の女主人鈴木鞠子の一人息子である鈴木平三郎は、発達障碍かつ日光に当たると進行する難病にかかっていたため、地下室で暮らしていたんです。冒頭で三郎がちらりと見た地下室の明り窓、そこには厚手のカーテンが引かれていただろう？　お前らその理由を考えてみたか？　せっかくの明り取りの窓なのに、厚手のカーテンなんか引いたら地下室は真っ暗だろうが！　鞠子は普段はそんな平三郎の世話を一生懸命にしていたが、社交も大好きで、お客が来るとついつい平三郎のことは等閑《なおざり》になっていた。まあ逆恨みに近いわけですが、自分を抛っておいて仲間と楽しそうにはしゃいでいる母親を憎んだ平三郎が、これを殺してしまったわけです。しかも自分が毎回抛っておかれる、屋敷に大勢の客人が来た時をわざわざ選んで犯行に及んだ、これが真相です」

「むむむ……」

「平三郎クンは感覚もちょっと鈍いのかな。丸茂の部屋に入る際に、文太に後ろ姿を見られているのに、気付かなかったらしいからね。文太はその時のことを、『あの後ろ姿は見間違える筈がない』と言っていて、愚鈍なお前らは平三郎の金髪のことを指していると思ったんだろうがそうじゃない。平三郎《へいざぶろう》が子供だったからだよ。他はみんな大人なのに、一人だけ子供の背丈じゃあ、見間違える筈がないよなあ！」

「クソッ、最後の最後に汚ねえトリック使いやがって！　これだったら十一月の唱えた並木犯人説の方が意外性があるし、十三さんの唱えた二重螺旋トリックの方が、ずっと美しいじゃねえか！」

「一番美しい解が正解だなどというのは幻想です。全ての解は相対的なので、等価なんです。最初は十五通りの解答が全て正解で、いわば全ての可能性が〈重なり合った〉状態で存在する。それが一つ一つ減って行って、残った解答が正解になる。その仕組みはあなた自身がさっき言ったじゃないですか！　美しい解を正解にしたかったたら、最後までそれを言わなければ良かったんですよ！」

「じゃあ結局鞠子の〈問題〉とは何だったんだ？」

「だから！　物わかりの悪い人たちですね。何度も言いますが、鞠子はこれが〈問題〉のつもりでいたんですよ！　そして鞠子が協力者として選んだのは、丸茂でも平《たいら》三郎《さぶろう》でもなく、一人息子の平三郎《へいざぶろう》だったんです！　そもそも今回の出題者である鞠子が、そんな大掛かりなお芝居をしてまで騙したいのは、サークルの二大巨頭である丸茂と平三郎《たいらさぶろう》である筈でしょう？　その二人に協力してもらって残りの有象無象《うぞうむぞう》の連中を騙したところで、大して面白くないでしょうが」

「むう、それは確かに……」

「鞠子が現在、一年の半分近くをこの別荘で過ごしているのは、日光が大敵である息子の療養のためですが、今回は思い切ってその息子に趣向を話して、協力させることにしたんです。その役どころは、血糊の入った容器等を片付けることと、母親の偽装死体を発見し、しかも死体には誰も近付けないようにすることとです。遺されたたった一人の子供が、ママに近づくな！　と叫んだら、部外者は近づくのを遠慮するでしょう？　続けて『おにいさんたち、ミス研の人たちなんでしょう？　おにいさんおねえさんの中に犯人がいるんだから、けいさつ任せにしないで、自分たちで犯人を見つけてよ』と言われたら、これはもうその気になりますよ。大役ではありますが、こうした子供を預かる施設等では、治療の一環としてロールプレイングをやらせることがありましてね、生の自分ではない自分、あるいは赤の他人を演じることによって、自閉が好転するような場合があるんですね。鞠子は一石二鳥でそれも少し期待していたんですよ。

　ところがその大役に対するプレッシャーに加え、ウキウキと準備している母親の姿を見て、また母親が自分を除《の》け者にして、仲間と一緒に楽しもうとしていると思い込んだ鈴木平三郎は、衝動的に、いそいそと死体のフリを始めようとする母親の背中に、使う筈のおもちゃのナイフではなく、本物のナイフを突き立ててしまった。動揺した平三郎《へいざぶろう》少年は、そのまま地下室に逃げ帰り、結果として死体は平三郎《たいらさぶろう》が発見しました。その後はみなさん、テキストで読まれた通りです。どうです？　ここまでのテキスト、意図的な省略はあるにせよ、三郎も丸茂も沙耶加も、地の文では誰一人として嘘はついていませんよ」

「じゃあ鞠子は息子の犯行なのに、犯人を指し示すダイイング・メッセージを遺したのか？　そこは普通、実の息子を庇うところだろ！」

「いやいや、やっぱりこんな風に逆恨みで人殺しをするような息子を、世間様に野放しにしてはいけないという親としての責任感が、最後に犯人を指し示すメッセージを遺すという行動になって現れたわけですよ」

「だけど鈴木は自分の苗字でもあるんだろうが！」

「でもちゃんと、鈴木平三郎《へいざぶろう》をも指し示すでしょう？　それに死を目前にした神々しい瞬間、人間の脳は突拍子もないことを考えるものだとか、誰か言っていませんでしたっけ？」

「じゃあどうして平三郎《たいらさぶろう》はダイイング・メッセージを見て『結果的にSは、沙耶加しかいない』なんて思ったんだよ。毎年のように来ていて、平三郎《へいざぶろう》の存在を知っているならば、矛盾しているじゃないか」

「はあ。それはただ単にその時、平三郎《へいざぶろう》の存在を忘れていただけのことですよ」

「アンフェアだろ」

「違いますよ、嘘をついたわけじゃないんですから。それに滅多に人前に出てこない病気のガキが地下室にいることなんて、スケベな事で頭がいっぱいの性豪平三郎《たいらさぶろう》が忘れていても、別段不思議ではありません」

「じゃあ平三郎《たいらさぶろう》が見た、ナイフの欄の紋様は一体何だったんだよ！」

「だから、鈴木家の家紋ですよ。冠婚葬祭の食卓で肉でも切り分ける時に使うような特注品なのでしょう。それを憶い出してやっと平三郎《たいらさぶろう》は、この屋敷には鞠子の他に息子の平三郎《へいざぶろう》がいること、そして彼が犯人であることを悟ったんです。だから一刻も早く警察を呼びに行こうと、車に乗り込んで発進したところを、あらかじめ後部座席に潜んでいた平三郎《へいざぶろう》によって、後ろから紐のようなもので絞殺されてしまったんです」

「鈴木なんてありふれた苗字のくせに、家紋があるのかよ！」

「あ、今の発言は差別的ですね。全国の鈴木さんに謝りなさい！　さらに論理的に言っても、平三郎《へいざぶろう》以外に犯人はあり得ない」

「どんな論理だよ」

「沙耶加の口紅を盗むチャンスがある人間は、平三郎《へいざぶろう》だけなんだよ。沙耶加は前日から屋敷に泊まっているが、事件当日の朝に口紅を使っている。従って口紅が盗まれたのはその後。ところが沙耶加の部屋はラウンジのすぐ隣だから、ラウンジに人がいる時間帯は盗みに入れない。となると、恭子たちが到着して以降はほぼノーチャンス
で、盗めるのは沙耶加と鞠子と文太が、一階の食堂で三人でお昼を食べていた時間帯
だけだ。そしてその時間帯に屋敷内を跳梁《ちょうりょう》できたのは平三郎《へいざぶろう》だけじゃないか」
「言われてみれば確かに……とか言って納得すると思ったら大間違いだ！　そもそ
も、鞠子の爪の間にあった口紅片は偽装だったわけだろう？　だが偽装するには、沙
耶加の口紅をあらかじめ盗んでおく必要がある。一方平三郎《へいざぶろう》が母親を殺したのは、衝
動的なものだろう？　矛盾してるぞ！」
「母親から今回の計画を聞かされた時から、殺意はあったんです。だから本物のナイ
フも隠し持っていた。でも、本当に殺す踏ん切りはまだついていなかった。ただ万が
一自分の殺意が本物になった時に他人に罪を被せられるように、あらかじめ口紅は盗
んで持っていたんです」
「思い切り知能犯じゃねえか、平三郎《へいざぶろう》！」
「平三郎《へいざぶろう》の知能が劣っているとはひとことも言っていません。ただちょっと偏ってい
るだけなんです。明るい場所が苦手な彼は可哀想に、客が来るといつも薄暗い地下室
で、たった一人で食事していたんですよ。おいおいおい」
「そんな偽装をしながら、凶器は家紋入りのナイフなのかよ！」

「家紋入りの食器は、食卓のガラスの食器ケースに、揃いで展示してあったんですよ。つまり誰にでも盗み出すチャンスはあった。犯人を特定する材料にはなり得ません」

「ちょっと待てよ。平三郎《へいざぶろう》は血糊を容れていた容れ物とか、そういう狂言の小道具を片付ける役目だったんだろう？　自分で筋書きを書き換えておきながら、平三郎《へいざぶろう》はそれらを予定通り片付けたのか？」

「もちろん。背中に突き立てる予定だった、おもちゃのナイフも片付けました。だって沙耶加に罪を着せるつもりだったんですから。狂言の道具が現場に残されていたら、協力者として選ばれそうな自分が真っ先に疑われてしまうでしょう？」

「じゃあ、沙耶加の口紅片を母親の爪の間に入れる偽装工作は行いながら、床の上のダイイング・メッセージはどうして見逃したんだよ！」

「Sが自分を指すものだとはわからなかったんです。通学が困難な平三郎《へいざぶろう》少年は、可哀想に英語はもちろん、ローマ字もまだ習ってないんですね」

「じゃあ丸茂は。丸茂は何故殺したんだ。動機は」

「あの夜、いち早く犯人の見当がついた丸茂は、誰にも言わずに一人で地下室を訪れ、平三郎《へいざぶろう》少年に自首を促した。平三郎《へいざぶろう》少年はその場では答えを保留し、深夜に丸茂の部屋のドアをノックして、夜が明けたら自首する決心がついたことを告げた。文太が見たのはその時の後ろ姿だ。よく決心してくれたと、諸手を挙げて歓迎する丸茂の部屋に入ると、隠し持っていたナイフで丸茂を刺し殺した。丸茂の死因は鞠子と同じ刺殺だ。ある意味、今回一番可哀想だったのは丸茂だな。あらぬゲイ疑惑までかけられて」

「だったら死因を書けよ！　狂言を疑っちまったじゃないか！」

「だ・か・ら！　ミステリーは故意に描写を省くことは許されるって、散々言ったでしょ？　この時平三郎《へいざぶろう》クンの後ろ姿を目撃したことを文太が翌朝、《ここだけの話》にした理由もわかるよな？　これが平三郎《たいらさぶろう》だったら、《ここだけの話》にするどころか、すぐにでも拘束しないとダメだろうが。相手は被害者である鞠子のたった一人の遺児で、しかも病気の子供ということで、捕まえて縛り上げたりするのは遠慮したんだ。一〇〇％犯人という確証はまだなかったし、こちらから刺激しなければ、もうこれ以上の凶行には及ばないだろうと高を括《くく》っていたんだな。ところがそれが裏目に出て、その後三郎までが犠牲になってしまったというわけだ。何故なら平三郎《へいざぶろう》としては、一旦凶行をはじめた以上は、平三郎《たいらさぶろう》は絶対に殺さなくてはならない存在だったからな」

「ぐぬぬ」

「それじゃあそろそろ大団円だ。テキストの終わりの部分を読んでみるか？　大団円だって十五通り用意してあったんだけどな、お前らが頑張ったせいで、一つしか残ってねえんだわ」

21

「やっぱり彼なの？」

「ああ、そうとしか考えられない。平が車で出掛けてから、俺たちは全員ここにいて、互いに互いを見張っていた。犯行が可能なのは彼しかいない。昨夜の後ろ姿だけではまだ確証は得られなかったが、これでもう間違いない」

丸茂さんと平さんが殺されてしまい、私達のメンバーではたった一人の男性になってしまった文太さんが力なく言った。

「彼を野放しにしなければ、少なくとも平クンは殺されずに済んだわけよね……」

恭子の言葉に私は愕然とした。そうだ。どうして今朝の時点で、平三郎《へいざぶろう》さんを拘束しようと提案しなかったのだろう。後悔先に立たずとは、正にこのことだ。物証は何もなかったし、文太さんが見たという後ろ姿も、本当に丸茂さんが殺された時のものという確証がなかったからだけど、結局は彼が犯人である可能性をできるだけ考えたくなくて、警察が来たら事情だけ話して、あとは全て任せてしまおうという安易な気持ち、後味が悪そうなことはできるだけやりたくないという責任逃れの気持ちが、平さんの命まで奪ってしまったのだ――。

「じゃあ、みんなで平三郎《へいざぶろう》くんのところに行ってみよう」

文太さんを先頭に、全員で地下室へ続く階段を下りた。文太さんのすぐ隣には、この屋敷の非常駐の管理人である英。彼を野放しにしていた責任を感じているのか、蒼白な顔をしている。私に恭子、たま、秋山鞠子の女性四人もその後に続いた。

文太さんは後ろ手に、工具箱で見つけたくぎ抜きを持っている。万が一逆上した平《へい》三郎《ざぶろう》さんが、何か武器を手にいきなり襲い掛かって来た時に備えるためだ。英は何も持っていないが、プロボクサーだった頃を思い出してか、両手を胸の前に引いて、すぐにパンチを繰り出せる体勢を取っている。

地下室のドアの前に着いた。英がゆっくりとノックする。

「平三郎くん、ちょっと入っていいかな」

返事はない。英がもう一度呼びかけ、やはり返事がないのを確かめた上で、ドアノブに手をかけて回そうとした。

だがノブは途中で止まってしまった。

「鍵がかかっている」

文太さんと英が目配《めくば》せして、英が一歩後ろに下がった。それから文太さんがくぎ抜きで、ドアノブの少し上の箇所を思い切り引っぱたいた。それを何度かくり返すと、その箇所が破損し、掛け金が差し込み口ごと外れる音がした。

英が半壊したドアを蹴破り、ファイティング・ポーズを取りながら中に飛び込んだ。その後ろに文太さん。続いて私たちも中へと入った。

だけど遅かった。私たちが見たものは、天井の梁《はり》から紐を吊って、自ら縊《くび》れ果てている少年の痛ましい姿だった。

「仕方がない。鞠子、丸茂、三郎といっぺんに三人も殺して、さすがに良心の呵責《かしゃく》を感じたんだろう」

「うむ……」

文太さんと英が協力して、ぶら下がっている平三郎《へいざぶろう》さんを梁から下ろし、沈痛な顔で小さなベッドへとその身を横たえた。

†

一時間後。

雨があがり、空がようやく霽《は》れた。

携帯がつながるようになった。

警察がやって来たのは、さらにその一時間後のことだった。

ようやく白鬚橋が復旧したらしい。

昨日の夕刻に丸茂さんが警察に通報した時点では、犠牲者は鞠子一人だったのに、私たちが平三郎《へいざぶろう》さんを拘束しなかったことで、犠牲者が増えてしまい、結果として平《へい》三郎《ざぶろう》さん自身を救うこともできなかった。これに関して私たちは、道義的な責任を感じずにはいられない。

だけど、とりあえずこれで帰れるのね――。

安堵感に包まれるのと同時に、どうしようもない無力感に私は襲われていた。

「さあ、全てが終わりました。いやー何とも悲惨な事件でしたねー。でも本当に悲惨なのは、ここにいる皆さんの運命かも知れませんねー。はは、不正解。けけけけけ、不正解。不正解、不正解。全員不正解！」

「最初に鞠子が殺された時、その遺児の様子を誰も見に行かなかったのかよ！　冷たすぎるだろ！」

「さあ。書いていなかっただけで、食事くらいはヒデさんが運んだでしょ」

「それはそうと、三郎は何故殺したんだ？　丸茂を殺したのは、口を塞ぐためだというのはわかった。だがお前はさっき、平三郎《へいざぶろう》は平三郎《たいらさぶろう》を絶対に殺さなくてはならなかったとか言ったよな？」

「母親を不幸にした上、自分の存在に一向に気付いてくれないからですよ。だって三郎は平三郎《へいざぶろう》の父親なんですから」

「はあ？」

「だって三郎と鞠子は、かつてそういう関係にあったと、ちゃんと書いてあるじゃないですか！　そしてどうやら鞠子は未婚の母らしい。となれば、当然その可能性に思いを馳《は》せてしかるべきでしょう？」

「じゃあ鞠子は読み方だけを変えて、父親のフルネームをそっくりそのまま息子につけたってことか？」

「そういうことです！　かつて愛していた男のことを忘れないために。またその男にも、別れたとはいえ、自分と共有した愛の時間を忘れないで欲しいという願いから！　だが涙が出るほど鈍感な平三郎《たいらさぶろう》は、一向にそれに気付かなかった。何だかまぎらわしいな、と思っただけだった。だから鈴木平三郎《へいざぶろう》が代わって復讐したんです」

「何という名前をつけているんだよ！」

「西洋では全く同じということだって、良くありますよ。ウィーンでワルツを作曲していたヨハン・シュトラウスの息子が、やはりヨハン・シュトラウスで作曲家になり、息子の方が大物になっちゃったので、息子を〈ワルツ王〉、父親を〈ワルツの父〉と呼んで区別します。『三銃士』や『モンテ・クリスト伯』を書いた小説家アレクサンドル・デュマの息子が、やはりアレクサンドル・デュマで小説家になり、仕方がないので父親は〈大デュマ〉あるいは〈デュマ・ペール〉、『椿姫』を書いた息子の方は〈デュマ・フィス（息子）〉と呼んで区別します。こんな例は枚挙に遑《いとま》がありません」

「ここは日本だろ！」

「そもそもお前ら、人の名前にケチつけられる立場か？　一から十四まで、順序通り並びやがって！」

「いま何人目の解答者なのか、一目でわかって良いだろうが！」

「じゃ、じゃあ鞠子の死体が消えたのは？」

「あれは平三郎《へいざぶろう》が、母親の死体がみんなの好奇の目にいつまでも曝《さら》されていることを嫌って、深夜地下室へと運び込んだんです。いま鞠子の死体は、地下室の大型冷蔵庫の中にしまってあります」

「自分で殺しておいて、好奇の目に曝されるのが嫌も何もないだろ！　それにいくら夜中とはいえ、子供が大人の死体を、四階から地下まで抱えて下りたのかよ！　それで誰にも気付かれなかったのかよ！」

「地下と四階を直通で結ぶエレベーターがあるんですよ」

「何だそりゃ。アンフェアだろ！」

「《屋敷もの》なんて、秘密の通路や隠し扉の一つや二つ、必ずあるものでしょ？　かの《十戒》のノックス先生だって、秘密の部屋や通路は一つに限り許されると言ってるし、むしろないと不満を言う読者だっていますよ。それにこのエレベーターの存在は、ちゃんと文中で示唆されていますす。三郎を捜すために屋敷の裏手に回った沙耶加が、壁に沿って垂直に走っている、ダストシューターのようなものを目にしているでしょ？　あれがそうです。そもそも親子なのに、普段から四階と地下室に分かれて暮らしていては、不便でしょうがないでしょう？　とろろ飯屋チェーンの創業者の娘で、お金はたんまりあるんだから、そりゃあエレベーターくらい、つけようということになりますよ。それくらいは推理しないと」

「エレベーターとダストシューターを見間違えるなんて、どんだけだよ！」

「さあ、沙耶加はきっと空間と大きさの関係の把握が苦手なんでしょう。いますよね、巨大な歴史的モニュメントなんかをすっごく遠くから見て、『あれ、意外とちっちゃいんだね』とか言っちゃう人」

「そうだ、螺旋階段は！　螺旋階段は結局どうなっていたんだ！」

「だから二重螺旋でいいですよ。シャンボール城の階段のこと、十三《とみ》さんよく御存知でしたねー。お見それしました。でも今回の真犯人は、螺旋階段そのものを使う必要がなかったと、そういうわけです」

「くそっ。矛盾が見つからない！」

「ははははは、当然だ。それにいいか。最初はナレーションが問題のテキストを読み上げていたが、途中からナレーションがつかなくなっただろう？　お前らはあの理由もちゃんと考えてみたか？　阿呆だからきっと考えてないんだろうな。表向きの理由は、視聴者やてめえら解答者の読む速度が、みんなてんでバラバラだからということだったが、実はそれにも隠された理由があったのさ」

「むむっ？」

「まだわからねえのか。読み上げられない理由があったということだろうが。そこに気付かないお前らはやっぱり馬鹿だ。前半ずっと登場していたのは平三郎《たいらさぶろう》だったのに、後半から平三郎《へいざぶろう》が紛れ込んで来た。でも音読するとなると、正しく読み分けなくてはさすがにアンフェアになる。だから音声ナレーションを付けるわけには行かなかったのさ。はっはっはっは。これが真相だ。ざまあ見ろ！」

「ぐぐ……」

「ヒデは若いのか？　老人なのか？」

「どっちでもいいでしょ。でも元プロボクサーだったとは意外でしたね」

「後付けだろ、そんなの！」

「後付けじゃありません。人間の属性なんて、一刻一刻変化するもんなんです。その証拠に今のあなたがたの属性は、一〇分前の属性と同じではありません。このあとすぐに死を迎える運命という重大な属性が追加されています。ヒデさんはボクシングの実力はあったのに、チキンハートが原因でチャンピオンになれず、今は別荘の非常駐の管理人をやっているという属性が、ついさっき加わったんです」

「非常駐の管理人なのに、車の免許を持ってないのかよ！」

「事故を起こして、現在免停になっているというだけのことです。丸茂が買い出しの件を訊くときに、ちゃんと『ヒデさんはいま、車の免許を持っていないよな』という言い方がされていた筈です。で、自分の起こした事故の記憶がまだ生々しいから、タクシーの運転手が大雨の中、事故を起こさないかと心配していたりしたんですね」

「そのタクシーの料金の件は一体どうなっているんだ！」

「ははは。だからヒデさん、恭子、秋山鞠子、たまの四人で〈千円ちょっと〉になるでしょ？　真犯人の平三郎《へいざぶろう》クンは元からここに住んでいるんだから。それにぶっちゃけタクシー料金なんて、実はどうにでもなるんですよ。一人多くなりそうだったらたまを猫に、少なくなりそうだったらバレリーナにすればいいんだから。そもそものために、わざとどっちにでも取れるように書かれてあるんだから」

「たまが人間だったら、何で階段の場面で、英がたまをすり抜けて沙耶加にぶつかったのよ！　おかしいでしょ！」

「ああたまが、『沙耶加の後ろの方で（……）不自然で窮屈そうな体勢のまま、じっと動かない』というところですね？　ちゃんと『後ろの方』と書いてあるじゃないですか。あれは狭い螺旋階段を上り切って廊下に出た途端、左右どちらかにジュテかソ・ド・バスクで跳んだたまが、空中に浮いている片脚をそのまま後方に伸ばして、アラベスクのポーズを取っていたんですよ」

「何ところ構わずバレエを踊ってるのよ！　この馬鹿たま！」

「だから少しでも広い空間があったら、踊っちゃう人なんですよ。それから馬鹿たま、じゃありません。烏丸珠《からすまるたま》さんです。お母さんは彼女が幼い頃に亡くなり、有名なダンサーであるお父さんの手で育てられました。立派すぎるお父さんに対する反抗心から、一時バレエから離れた時期もあったのですが、やはり自分にはこの道しかないと心機一転、いまはもう頭の中がバレエのことで一杯なんです。今はまだ群舞《コール・ド・バレエ》ですが、これからプルミエール、さらにはエトワールを目指して頑張っていくので、応援よろしくお願いします」

「要らねえよ、こいつのそんな詳細な情報！　そもそも、何で来たんだよ今回！」

「それは人間、息抜きも必要ですから。でも来たは良いが、やっぱり頭の中はバレエのことで一杯で、一人黙々と練習しているわけです」

「何でこいつだけ、そんなにバックボーンを作り込んでいるんだよ！」

「それは別の作品でも、登場してもらう予定があるからです。ちなみに片脚で跳んで、逆の脚で下りるのがジュテ、片脚で跳んで、同じ脚で下りるのがソ・ド・バスクです」

「どうでもいいわよ！」

「ちなみにこのようにたまが人間だった場合、鞠子が飼っていた白猫の名前は〈ミーコ〉になります」

「もっとどうでもいいわよ！」

「『廊下をびしょびしょにしてしまったら、鞠子に悪い』という三郎の台詞は！　ヒデが使用人なら、あんたに悪いと何故言わない！」

「別におかしくはありません。濡れるとカビが生え易くなったりするでしょう？　ミステリーに出てくる館ってのは、いつ行ってもメンテナンスが行き届いていて、チリ一つ落ちていない状態で保たれていますが、実際には建物というのは老朽化するものですからね。廊下を濡らしたら（劣化が早まって）オーナーの鞠子に悪いと言っても、全然おかしくないですよ。ほら三郎は、洗濯物を入れるためのビニール袋をバッグに入れていたり、部屋で雨に濡れたシャツを干す時も、水滴が床に落ちないように洗面台の上に干すなど、結構気を配っていたじゃないですか。こういうところは几帳面でよく気が付くんですが、女性に関してはだらしがなかったんですねえ」

「三郎は鞠子に話があったんだろ？　ありゃ一体何だ」

「どうでもいいでしょう、そんなこと」

「大事だろ、そういう細部が！」

「さあ。お金でも借りていたんじゃないですか？　かつて恋人同士だった頃に、鞠子が数百万円ほど用立ててあげて、その返済をもう少し待ってくれるよう、お願いしに行ったとかね」

「女に私生児を産ませた上、金まで貢がせていたのかよ。最低だな三郎！」

「まあそこらへんは三郎本人に言って下さい」

「秋山鞠子って一体何だったのよ！」

「何だったのと言われても。そういう名前の人ですよ」

「犯人でも何でもないなら、存在を隠蔽なんかしないでよ！」

「だから、この人が犯人でもよかったんですって。全ての解は正解の潜勢態《デュナミス》であり、誰かがその解を口にした瞬間に、不正解の現実態《エネルゲイア》へと移行する。まあ結果としてこちらの鞠子さんは、引っかけ、本当に隠蔽すべき人物の囮《おとり》として機能しましたね。鞠子は確かに二人いたわけですが、最終的に鈴木鞠子さんと秋山鞠子さん、二人とも女性ということに〈収束〉しました。グループ内に鞠子が二人いて紛らわしいから、秋山鞠子さんの方は仲間うちでは苗字由来の〈アキ〉で呼ばれていたというわけですね。これで何の矛盾もあーりません」

「ぐぬぬ」

「まあ《東海道五十三次》の鞠子宿ととろろ飯屋の伏線が、あんなにあっさりと指摘されなければ、秋山鞠子さんが登場する機会も、もっともっとあったんですけどね。その可能性が切り捨てられたため、ほんのチョイ役で終わってしまいましたね。それもこれも全部お前らのせいだ。お前らが先々の展開を読むからだ。むははははは。ざまあみろ。何が鞠子宿だ。何が安藤広重だ。ひーっかかった、ひーっかかった！」

「それは〈鞠子＝男性〉説が、途中で説得力をもって提出されたからだろうが！　その直前までは、鞠子を男にする積もり満々だったんだろうが！」

「何度同じことを言わせるんですか。だから屋敷の主の鞠子が男性で、秋山鞠子が犯人でも、一向に構わなかったんですって！　今回はこういう形に〈収束〉したんですよ！　もし別のメンバーでもう一回番組を最初からやり直したら、全く別の形に〈収束〉したことでしょうね」

「むう……」

「全く、毎回毎回こんな問題を用意する方の身にもなれよ。こちとら解答者が十人いたら十一通りの、十四人いたら十五通りもの筋書きを用意しなきゃいけないんだぜ？　そのうち使われるのはたった一つなのにな。この虚しい作業！　俺の苦労を少しは思い知れ！

　俺がリスクを承知で芥川の『藪の中』の話をしたのはなあ、別にお前たちを馬鹿にしたわけじゃない。純文学に比べていまだにミステリーを下級なジャンルと見做している自称〈アカデミック〉な連中に、一言言ってやりたかったからだよ。純文学だったらなあ、可能性の総体を示すだけで作品になるんだよ。『藪の中』はもちろん掛け値なしの傑作だが、世の中にはそれに倣《なら》ったつもりなのか、大して面白くもねえ可能性だけをいくつか示して、後は読者の皆さんが考えて下さいみたいな〈逃げ〉をかましている〈純文学〉作品がゴマンとあるんだよ。むしろ最後に落とし前をつけていない作品の方を、〈開かれた作品〉なんて呼んで高く評価する、アカデミック・コンプレックス丸出しのバカどももいる。

だがミステリーは、そこからさらにもう一段階必要なんだ。可能性の総体を示してやるだけじゃ、ミステリーの読者は満足しない。その中からたった一つの、納得できてしかも意外な結末を用意しなきゃいけない。一つの状況には、無数の展開の可能性が萌芽として含まれているのに、毎回涙を呑んで、その中のたった一つを〈真実〉として呈示しなきゃいけないんだ。勿体なくて涙が出るね。可能性の総体をそのまま呈示しつつ、しかも読者に満足してもらえるミステリーをいつか書くのが、俺の見果てぬ夢だね」

「それじゃあ、これを書いたのもお前なのか？」

「そうだよ。他に誰がいるんだよ。ちなみにこの番組の俺のギャラは、出演料、台本制作料、全て合わせて一本当たり三億円だ。俺は一年でこの一本しかテレビに出ないが、それでも充分なんだよ。他の番組で顔を見なくて悪かったな。そして俺は一年の残る三百六十四日を、何十通りもの分岐が可能な台本の構想を練り、それを書くことで過ごしている。こんな原稿を何千枚と書いている俺の身にもなってみやがれ！　あ、今のところも当然カットね、山ちゃん、よろぴく♪」

「ひょっとして、プロデューサーからの指令とかいうのも嘘なのか」

「当たり前だ！　耳にイヤーモニターは嵌めているが、こんなものおもちゃだ。電波なんか拾いやしない。そもそもプロデューサーなんかより、俺の方がずっと偉いんだ！　俺がいなきゃこの番組は成り立たない。ははは。さあ死ね。とっとと死ね」

「そうだったのか。ならば丁度いい。俺はこの問題の作者に、どうしても訊きたいことがあったんだ」

「何だ？　つまらねえ質問だったら答えねえぞ」

「この〈ミステリー・アリーナ〉、多重解決をやりたいんなら、SF的手法を使って問題をいわゆる〈ループもの〉や〈パラレルワールドもの〉にして、一つの解決のたびに主人公をループさせたりパラレルワールドに送ってしまえば、それまでの枝分かれした部分の記述を全部チャラにして、一番最初の設定に戻ることができる。その方が後々辻褄を合わせる必要がなくて、はるかに楽な筈なのに、お前はそれはしないんだな？」

「ほう、そこに気付いてくれるとは正直言って嬉しいね。やっぱりあんたとは、別な形で出会っていたら、親友になれたかも知れないな」

樺山桃太郎は我が意を得たりとばかりに頷いた。

「そこは俺のプライドさ。だって俺はパラレルワールドとかタイムループとか、全く信じていないからね。そういういわゆる〈やり直しもの〉が理論的な拠り所としているのはやはり量子力学、特にエヴェレットの多世界解釈と呼ばれるものなわけだが、量子力学を真面目に研究している人間で、既に〈収束〉した過去に遡って同じ状況をもう一度生き直したり、パラレルワールドに移動してやり直せるなどと考えている者などいない。そもそもエヴェレット自身がそんなこと一言も言っていない。むしろ量子力学という学問は、この世界を気の遠くなるような数の量子の収束として捉えるから、過去を変えることなど絶対に不可能だと考える学問だよ。そもそも全人類の総数を考えてみろ。人間が何かを選択するたびに世界が分岐していたら、世界がいくつあっても足りないだろうが。人間の選択だけが世界を分岐させると考えるのも人間の驕《おご》りで、仮に選択による世界の分岐を認めるならば、右に行って大きな魚に食べられてしまう運命と、左に行って生き延びる運命を併せ持った小魚の一匹一匹にだって、それが起きなきゃおかしい。一体どれだけの数の宇宙があると言うんだ？　あり得ないだろ。世界はいまここにあるたった一つ、人生は一度きり。一人一人が置かれている現在の状況も一回限り。そして一度収束してしまった過去は絶対に変えられない。パラレルワールドだのタイムループだのは、その現実の重みに耐えられない連中が、逃避しながら見ている夢に過ぎない。まあフィクションの世界で設定として面白おかしく使う分には罪はないけどさ、とりあえず俺は使わない」

「なるほど、それに関しては同感だ。それじゃあその一度限りのかけがえのない人生を、お前によって奪われた人間たちの恨みを、その身に引き受ける覚悟も当然できているな？」

「何だと？」

「下っ端を捕まえてもトカゲの尻尾切りになるだけだから、俺たちは真の黒幕を捜していたんだよ。十一月《しもつき》がお前を散々馬鹿だ馬鹿だと挑発して、何とか尻尾を出させようとしたけど、さすがだな、自分は一介の司会者にすぎない、自分がこの番組の司会を任されているのは、ゴマすりが上手いからだと言ってそれを躱《かわ》した。全ての筋書きを書いていたくせに。さすがのタヌキだな」

「だから何だ？」

一ノ瀬は返事をする代わりに、どこかからマイクロPCを取り出してディスプレイを開いた。

「あ、この野郎。電子機器は全て取り上げた筈なのに！」

「これを持ち込むには苦労したぜ。俺たちは事前に出演者名簿を入手することに成功し、解答者同士で接触することに成功した。そして十五人で部品を手分けして持ち込んで、トイレで組み立てたのさ。これだけじゃないぞ。超小型の高性能マイクにCCDマイクロカメラ、高性能のトランスミッターも同じやり方で持ち込んだのに、お前らは全然気が付かなかったようだな」

「何……だと？」

「見ろよ、このディスプレイの映像を。この局の入り口に、警察や他局のマスコミが殺到しているだろう？　地上波のお前らの番組とは別に、ここでの一部始終は、ずっと動画投稿サイトで生放送されていたんだよ。すごいことになってるぞ」

「高性能マイクとCCDマイクロカメラとトランスミッターだと？　本番前にスタジオを隈なくチェックした時には、そんなもの影も形もなかったぞ！」

「まだ気付いていないのか。さすがのお前もヤキが回ったな」

一ノ瀬はスタジオの隅を顎でしゃくった。

「む、さ、さてはお前が持ち込んだあの花束！」

「やっと気付いたか。スタジオの隅からあの花束の中に仕込んだマイクロカメラが、お前の悪党ぶりをずっと放送し続けていたんだ。最終調整室でのマスターによるカットなど一切ない、お前の全ての生台詞をな！　こちらが鈍いフリをして質問を続けていたら、細かい点まで全てきっちりと自供してくれたようだな」

一ノ瀬と二谷、三澤に七尾、九鬼、そして十一月《しもつき》らが上着やコートを脱ぐと、男性は薄いメッシュの黒いシャツ、女性はボンデージ風の揃いの衣裳を身に纏っていた。

「お、お前たちは……」

「俺たちは警視庁の特殊法規捜査チームだよ。いろんな分野の専門家が集まっていることをさっき示唆してやったのに、鈍いやつだ。この番組で途轍《とてつ》もない不正が行われているという内部告発があったから、調べていたのさ。ただし俺たちがミステリーヲタであることは嘘じゃない。これでも全員、ちゃんと予選を勝ち抜いて出場資格を得たんだから褒めて欲しいね。さっき言った通り今日俺たちは、時間調整の役も担っていた十一月《しもつき》以外は早目早目に退場したが、明確な証拠を摑むまで番組には正常に進行してもらわなきゃならないから、その時点で最良と思われる答えを、知力を振り絞って答えてからこのスタジオを後にした。そういう意味では俺たちも今日は、登場人物の誰でも犯人となり得ると同時に、誰も犯人になり得ないというこのテキストの中で、複雑に枝分かれする推理のあらゆる可能性を汲み尽くして楽しんだ。人間がホモ・ルーデンスであることを再確認させてもらった。その点は礼を言うぜ。さあ、今の言葉を餞《はなむけ》にして、樺山桃太郎、おとなしくお縄を頂戴しろ」

「ぐ……」

「俺たち解答者は十四人。なのにさっき俺は、部品は十五人で手分けして持ち込んだと言ったのに気付いたか？　そもそもどうして俺たちが解答済みブースに武装集団がいることを知ったのか、シークエンスの切り替えプログラムをこの短時間でどうやって特定することができたのか。さらに青酸ガスの噴霧孔の存在をどうやって知ったのか。それは全て勇敢なる内部協力者が、自らの身の危険を顧みず、事前に可能な限り調べてくれていたからだよ」

解答者の中に紛れた彼ら六人がさっと分散し、スタジオのあちこちで、カメラマンやフロアディレクター、テクニカルディレクター、プロデューサーのフリをしていた老け顔のＡＤや、化粧っ気のない女ＡＤ、アゴを外しかけていた本物のプロデューサーなどを、一人残らず拘束した。

「くそっ」

樺山桃太郎がテーブルの下からガスマスクを素早く取り出し、それを装着してボタンを押そうとした。

「させない！」

その時だった。すぐ隣にいたモンテレオーネ怜華が、樺山桃太郎の腕を取って背中に回して締め上げた。

「いてててて」

だが樺山桃太郎の方が力は強かった。その手を振り払って、ボタンに手をかけた。モンテレオーネ怜華が必死の形相でその腕に飛びつく。

それに気付いた十一月《しもつき》雪菜《ゆきな》が、捕縛していた男を瞬時に前に蹴り倒すと、長い髪をかき上げながら唇をふっと尖らせた。

するとと次の瞬間、今まさにボタンに手をかけようとしていた樺山桃太郎の首筋に、黒光りする太い針が突き刺さっていた。

「許せない。こいつ、並木製作所のことを知らないフリをして、実は全て知っての上ですっ恍《とぼ》けていた」

「いや、十一月《しもつき》。お前が万年筆マニアなのはみんな知っているけどさ、怒るのはそこじゃないでしょ」

吹き矢の針の尖《さき》には筋肉弛緩剤が塗ってあったらしく、樺山桃太郎の全身から力が抜けた。モンテレオーネ怜華がその腕を離すと、その身体はマグロのようにスタジオの床の上に転がった。

「サンキュー怜華ちゃん！」

良かった、うまくいって、本当に良かった。神様ありがとう——モンテレオーネ怜華が、花が咲くように微笑んだ。

文庫化のためのあとがき

三島由紀夫は若い頃、自作の中に凡庸《ぼんよう》な文章が一行でも入ることを嫌ったそうだが、凡《およ》そミステリー作家を自任する者で、無意味な描写の一切ない、純度一〇〇％のミステリー小説を、夢想したことのない者がいるだろうか。

もちろんあらゆる文章に「意味」はある。純度一〇〇％の水を、人間は決して飲むことができないように。ミステリー的には特に意味を持たない描写や会話が、小説としての彩りや陰影を与えることもあれば、多くの読者が退屈する箇所が、クライマックスの急展開を引き立てることもある。本筋と何の関係もない横道にも、やろうと思えばレッドヘリングの美名を与えることも可能である。

だが、ぎりぎりまで純度を上げることは可能ではないのか？　どこまで肉薄できるものなのか、やってみる価値はあるのではないか？

かねてから私は、一つの状況にはさまざまな展開・解決の萌芽《ほうが》が含まれていて、作者はその中の一つを選び取っているのに過ぎないと感じており、その考えが量子コンピューターの土台となる量子の《重ね合わせ現象》と結びついた時に、この作品のアイディアは固まった。全篇が伏線となり、人間の観測そのものが影響を与えるために、その正確な運動量と位置を同時に知ることが決してできない量子のように、真実が常に《重ね合わされた》状態で存在し、剔抉《てっけつ》されるということ自体が、真実の姿を刻一刻と変貌させてしまうような、そんな推理小説——思いついた時は夢中になってしまい、その後の塗炭《とたん》の苦しみの日々には思いが至らなかった。この作品一つに専念しなければ、絶対に完成まで持っていけないという予感があったため、他の仕事を全てストップして書き出さねばならなかった。

今回文庫化にあたって、若干の改稿と細かい語句の訂正を行ったが、その際に飯城勇三氏の評論集『本格ミステリ戯作三昧』(南雲堂) 内の本作に対する評論から示唆を受けた箇所がある。飯城氏にこの場を借りてお礼を申し上げる。

そして何より構想から完成まで、何年もじっと待ってくれた原書房の石毛力哉氏、文庫化をサポートしてくれた講談社の河原健志氏、すばらしい解説を書いて下さった辻真先氏、美しい本に仕上げてくれた装丁の坂野公一氏、「ブリューゲルの『バベルの塔』に螺旋《らせん》階段がなんちゃらかんちゃら」という漠然としたイメージを、細緻な筆で見事形にしてくれた装画の木原未沙紀さん、その他本書に関わった全ての方々に、心から御礼を申し上げる。

文庫化によって、より多くの読者に手に取ってもらえることを、大変嬉しく思っている。

２０１８年６月　　深水黎一郎

解説

辻　真先（作家）

『かい・せつ　解説』

よくわかるように物事を分析して説明すること。また、その説明。

広辞苑　第六版（岩波書店）

この作品をどう解説したらいいかわからないので、辞書をひいてみた。

「よくわかるように」？　うわ。

「物事を分析して」？　ひええ。

どうしよう。よけいわからなくなった。

広辞苑に則《のっと》って、ミステリのオチまでよくわかるように分析したら、評者に石が飛んでくるに違いない。

だいたいミステリの解説は、困難な作業である。うっかりキー打つ指を滑らせると、すぐネタバレになるので、深夜の町歩きに危機を覚える。本音をいえばネタバラシは楽しい作業だけれど、仮にそれをやってのけるにせよ、本作の解説は困難を極める。なにせ解決が十五通りもある！

あっ、これはネタバレになりませんよね。帯か裏表紙か、たぶんコピーの一部に入っていると思うので。

と一行書いただけでも、優秀なミステリ読者のあなたは推理することだろう。ああアレか、アントニイ・バークリーの『毒入りチョコレート事件』を代表例とする、多重解決ものだろう。

エーここまでなら、まだネタバレといえませんね。本文にあたればその趣向がすぐ判明するのだから。

ひとつの事件の解決を論理で煮詰めてゆくと、結論がいくつも枝分かれしてどれが正解なのか混乱してくる、超技巧派探偵小説（『毒チョコ』が日本で翻訳されたのは１９３４年というから、推理ではなく探偵小説の時代）がこのジャンルに属する。といってもバークリーのそれは、わずか八通りの解決だから、十五通りという本作がいかに驚天動地の猛作であるか想像を絶していただきたい。

だいたい深水黎一郎さんという作家は、２００７年のデビュー作『ウルチモ・トルッコ』からして凄まじい。「読者が犯人」という第36回メフィスト賞作品だから、もしあなたが未読であったら用心して読むことをおすすめする。ラノベという言葉もない昔に似た趣向の某辻という男の『某殺人事件』があったが無視するとして、明くる年に出た『エコール・ド・パリ殺人事件』から『花窗玻璃《はなまどはり》』と、美術の該博《がいはく》さで読者を圧倒したと思うと、『五声のリチェルカーレ』に始まる楽曲の蘊蓄《うんちく》。目にも耳にも自信がないぼくが、アレヨアレヨといってるうちに『人間の尊厳と八〇〇メートル』で、日本推理作家協会賞の短編部門を受賞してしまったから、エ、この人短編も書くのかい。それにしてもこのタイトルで、どんなミステリなんだろうと仰天した。まだそれは序の口で、『大癋見《おおべしみ》警部の事件簿』で怪笑をふりまいた挙句、『少年時代』『午前三時のサヨナラ・ゲーム』ときてはもういけません。

「端倪《たんげい》すべからざる」という言葉はどんなときに使うのですか？　と質問されたら、ぼくは躊躇《ちゅうちょ》なく答えるだろう。

「深水という作家の形容に最適です」

そんなわけで、後はウィキに任せることにして、『ミステリー・アリーナ』の話にもどる。

ここまで書いた拙文を読んだあなたは、納得したはずだ。そうか、それだけ幅の広い作風の主だから、多重解決ミステリに挑戦できたんだな、と。

テクニックの勝つ作風では、とかく作者がテクそのものに振り回されるケースも間々見受けられる。ミステリ、ことに本格ミステリには遊びの薬味がほしいから、技巧的作品を敬遠する読者は少ないが、中には辟易《へきえき》する人もいるだろう。

だから本作を書店の店頭でチラ見して、「俺の読みたいミステリじゃない」あなたがそう思ったとしたら、それは絶対にソンである。

評者は〝本気〟でいっております。

広辞苑には失礼ながら、解説（ことに文庫の解説）には必須の属性がある。未読の本好きに、この作品を読ませようとするエネルギーだ。

鐘と太鼓で強引に振り向かせるのではなく、作者の目線と姿勢に共鳴した評者が読んでほしいと読者に迫るのも、解説の役目ではあるまいか。名匠巨匠なら文章力だけであなたを作品世界にいざなうだろうが、ぼくにそんな筆力はない。ただしあなたがまだこの解説しか読んでいないのなら、なにがなんでも本文を読むべきだと肉薄する誠意の持ち合わせはあります。

『ミステリー・アリーナ』の物語は、徹底して人工的な舞台に終始する。だがよく考えれば小説なんて代物《しろもの》は、それ自体が人間の営為の結果に決まっている。いかに悲しく美の香りに溢《あふ》れていると思っても、しょせんあなたが文字に対しているみじかい時間内の虚妄《きょもう》でしかない。

リアルな生活空間（せいぜいテレビやネットが見せる程度だが）を舞台にすれば、読者を物語宇宙に飛ばす燃料も少なくてすむが、最初からあけすけに楽屋裏を見せてしまっては、シラけて冷笑する読者がいるかも知れない。そこまで冷たいあなたでなくても、本作みたいにテクニックの集中砲火を浴びせる多重解決ものとなれば、一字一句に裏があり伏線があるから、眉に唾をつけながら読まねばなるまい。

怠惰な読者の悲鳴が聞こえるようだ。

「俺、疲れるよー」「私、頭悪いからダメー」

いや、ごもっともです。

白状すると、ぼくがそうだ。騙されて騙されて騙される作なら、ハナから本気で読むもんか。偉そうにそう思っていたら、これもまた罠だったのかな。

評者がそう思っただけで、作者の意図とずれるかも知れないが、物語の真相にはアソビと断じきれない怖さがあり、作者の肉声が漏れ聞こえてくる。

どうやらそれがぼくの、本作をいとしく思う理由であるようだ。

終盤にいたって、厭味《いやみ》でゴマスリで軽佻浮薄《けいちょうふはく》な番組司会役が喝破《かっぱ》する。

「純文学に比べていまだにミステリーを下級なジャンルと見做《みな》している自称〈アカデミック〉な連中に、一言言ってやりたかったからだよ。純文学だったらなあ、可能性の総体を示すだけで作品になるんだよ。（中略）だがミステリーは、そこからさらにもう一段階必要なんだ。可能性の総体を示してやるだけじゃ、ミステリーの読者は満足しない。その中からたった一つの、納得できてしかも意外な結末を用意しなきゃいけない」

それなのに解決を放り出した安易な〝純文学〟を評価する〈アカデミック・コンプレックス〉のバカどもの存在を、司会役は笑い捨てるのだ。さらに、

「多重解決をやりたいのなら、ループや多元宇宙などSFの手を使えばよかったろう」

という挑発にも、彼はあえて答えている。

「量子力学のブランドを隠れ蓑に、現実逃避しながら見る夢なんか、俺はプライドとして使わないね」

数年前に某講談社ノベルスでパラレルワールドのシリーズを書いた評者としては、赤面せざるを得ないけれど、あのときにラクな道を選んだ後ろめたさが、ぼくにある以上、頭《こうべ》を垂れて樺山桃太郎《かばやまももたろう》の、いつ終わるとも知れぬバカ笑いを聞くほかはない。

「わはははは。けけけけけ。ひひひひひ！」

本書は二〇一五年六月に原書房より単行本として刊行されました。講談社文庫刊行にあたって加筆修正されています。

｜著者｜深水黎一郎　1963年、山形県生まれ。慶應義塾大学卒業。2007年に『ウルチモ・トルッコ』で第36回メフィスト賞を受賞してデビュー。2011年に短篇『人間の尊厳と八〇〇メートル』で、第64回日本推理作家協会賞を受賞。2015年刊『ミステリー・アリーナ』（本書）が同年の「本格ミステリ・ベスト10」で第１位に輝く。他の作品に『倒叙の四季　破られたトリック』『少年時代』『午前三時のサヨナラ・ゲーム』『ストラディヴァリウスを上手に盗む方法』『虚像のアラベスク』などがある。

ミステリー・アリーナ

深《ふか》水《み》黎一郎《れいいちろう》

講談社文庫

定価はカバーに
表示してあります

2018年６月14日第１刷発行

発行者——渡瀬昌彦
発行所——株式会社　講談社
東京都文京区音羽2-12-21　〒112-8001
電話　出版（03）5395-3510
　　　販売（03）5395-5817
　　　業務（03）5395-3615

Printed in Japan

デザイン—菊地信義
本文データ制作—講談社デジタル製作
印刷———豊国印刷株式会社
製本———株式会社国宝社

ISBN978-4-06-511807-8

講談社文庫刊行の辞

二十一世紀の到来を目睫に望みながら、われわれはいま、人類史上かつて例を見ない巨大な転換期をむかえようとしている。

世界も、日本も、激動の予兆に対する期待とおののきを内に蔵して、未知の時代に歩み入ろうとしている。このときにあたり、創業の人野間清治の「ナショナル・エデュケイター」への志を現代に甦らせようと意図して、われわれはここに古今の文芸作品はいうまでもなく、ひろく人文・社会・自然の諸科学から東西の名著を網羅する、新しい綜合文庫の発刊を決意した。

激動の転換期はまた断絶の時代である。われわれは戦後二十五年間の出版文化のありかたへの深い反省をこめて、この断絶の時代にあえて人間的な持続を求めようとする。いたずらに浮薄な商業主義のあだ花を追い求めることなく、長期にわたって良書に生命をあたえようとつとめるところにしか、今後の出版文化の真の繁栄はあり得ないと信じるからである。

同時にわれわれはこの綜合文庫の刊行を通じて、人文・社会・自然の諸科学が、結局人間の学にほかならないことを立証しようと願っている。かつて知識とは、「汝自身を知る」ことにつきていた。現代社会の瑣末な情報の氾濫のなかから、力強い知識の源泉を掘り起し、技術文明のただなかに、生きた人間の姿を復活させること。それこそわれわれの切なる希求である。

われわれは権威に盲従せず、俗流に媚びることなく、渾然一体となって日本の「草の根」をかたちづくる若く新しい世代の人々に、心をこめてこの新しい綜合文庫をおくり届けたい。それは知識の泉であるとともに感受性のふるさとであり、もっとも有機的に組織され、社会に開かれた万人のための大学をめざしている。大方の支援と協力を衷心より切望してやまない。

一九七一年七月

野間省一

講談社文庫 最新刊

山田詠美
珠玉の短編
〈第42回川端康成文学賞受賞作収録〉
人の世はかくも愚かで美しい。詠美ワールドの美味なる毒、11編の絶品を召し上がれ！

中脇初枝
世界の果てのこどもたち
わたしたちが友達になったとき、国は戦争をしていた。2016年本屋大賞第3位の作品。

深水黎一郎
ミステリー・アリーナ
娯楽番組「推理闘技場《ミステリー・アリーナ》」に出演したミステリー読みのプロたちが、殺人事件の難題に挑む！

千野隆司
大店の暖簾《のれん》
〈下り酒一番〉
酒問屋武蔵屋の命運をかけた千樽の新酒が消えた。大店の再建物語、開幕。〈文庫書下ろし〉

竹本健治
ウロボロスの純正音律(上)(下)
洋館で名作ミステリ連続見立て殺人事件発生。京極夏彦他作家達が実名で推理合戦を展開！

富樫倫太郎
風の如く　久坂玄瑞《くさかげんずい》篇
松陰《しょういん》の志を継いだ久坂玄瑞は、幕末の動乱の中、長州藩の進むべき道を無私の心で探る。

穂村　弘
ぼくの短歌ノート
現代をすくい取る面白い歌、凄い歌。人気歌人が新たな世界に誘う短歌読み解きエッセイ。

おーなり由子
きれいな色とことば
色とりどりの気持ち、思い出、匂い。繊細な言葉と美しい絵が彩る、大人に贈るイラストエッセイ。

スーザン・ヒル
幸田敦子 訳
城の王
罪深い少年を描き、読む者の良心に問いかける名著が復刊。サマセット・モーム賞受賞作。